SEIN PERFEKTES VERBRECHEN

Emily Slate Mysterythriller

Buch 1

ALEX SIGMORE

Übersetzt von

DR. TANJA LAMPA

Dark Woods Press

SEIN PERFEKTES VERBRECHEN

EMILY SLATE MYSTERY THRILLER BAND 1

Printausgabe ISBN: 978-1-957536-67-5

Blurbs

Tief im Wald liegt eine Kiste, vergraben, wo niemand sie finden würde. Aber jemand fand sie doch...

Der FBI-Spezialagentin Emily Slate sind Schicksalsschläge nicht fremd. Nachdem sie vor drei Monaten ihren Ehemann verloren und dann den größten Fall ihrer Karriere verpfuscht hatte, ist sie nur knapp einer vollständigen Suspendierung entgangen. Entschlossen, ihr Leben auf Biegen und Brechen wieder in den Griff zu bekommen, nimmt sie einen scheinbar unmöglichen Fall an, in der Hoffnung, dass sie ihr Glück wenden kann.

Aber als Emily in einem Bergstädtchen in Virginia ankommt und in dessen Geheimnisse eintaucht, entdeckt sie die Überreste einer Frau, die mit zugenähten Augen begraben wurde. Während sie den komplexen Fall Stück für Stück aufdeckt, wird Emily klar, dass ein Wahnsinniger in den Schatten lauert, und es ist nur eine Frage der Zeit, bis er wieder zuschlägt.

Während Emily ihr ganzes Können bei der Lösung des Falles auf die Probe stellt, ahnt sie nicht, dass die bösen Mächte, die sie zu stoppen hofft, sie nun im Visier haben. Sie ist in etwas hineingeraten, das viel größer und heimtückischer ist, als sie es sich je hätte vorstellen können, und wenn sie nicht aufpasst, wird sie die nächste Leiche sein, die in einer Kiste landet.

Unsere Augen sind auf Sie gerichtet, Agent Slate.

Geheimnisse sind dazu da, um begraben zu bleiben.

Kehren Sie lieber um, bevor Sie sich unter ihnen wiederfinden.

Kapitel Eins

Vermassel es bloß nicht.

Als ich mich dem gelben Absperrband nähere, meldet sich dieses vertraute Gefühl in der Magengegend, das immer dann auftaucht, wenn ich in der Nähe einer Leiche bin. Ich werde es einfach nicht los, obwohl ich im Laufe der Jahre schon viele Tote gesehen habe. Aber dieses Mal ist es anders. Diesmal fühle ich mich wie eine Hochstaplerin, als sollte ich gar nicht hier sein.

Ich sollte auch nicht nervös sein, weil das meine Aufgabe ist. Eine Aufgabe, die ich schon hundertmal gemacht habe. Ich bin ausgebildete FBI-Agentin, das ist mein Job. Aber das hier ist mein erster Einsatz nach dem … *Vorfall*, und ich spüre das Gewicht der Situation auf mir lasten. Das hier ist ein Test; wir alle wissen das. Und wenn ich mich nicht zusammenreiße, kann ich meinen Job nicht mehr machen, egal was sie sagen. Mehr noch, ich verliere das Letzte, wofür es sich noch zu leben lohnt. Die gefrorene Erde knirscht unter meinen Stiefeln und ich wickle den Mantel fester um mich, während ich mich dem Tatort nähere. Wäre da nicht das Gemurmel der Streifenpolizisten, die die ganze Nacht auf dem Gelände patrouillierten, wäre es hier so still wie in einem Grab. Obwohl wir uns mitten im Wald befinden, ist kein einziger Laut zu hören. Keine Vögel, keine kleinen Säugetiere, die herumwuseln, nichts. Als wüssten sie, dass hier etwas Schlimmes passiert ist, und als wollten sie nichts damit zu tun haben.

Ich stelle den Mantelkragen hoch, um mich gegen die Kälte zu wappnen. Es ist die Art von Kälte, die nicht von einer leichten Brise herrührt, sondern von einem weiteren, beißenden Temperatursturz in der Nacht. Sobald die Sonne aufgeht, wird es wärmer werden, aber im Moment ist die Kälte ein Schock. Ich wünschte, ich hätte meinen Kaffee nicht im Auto gelassen.

„Morgen", sage ich und nicke dem Polizisten zu, der neben dem gelben Absperrband steht. Auch er ist dick eingemummelt und hat die Wollmütze mit dem aufgestickten Wort POLIZEI auf der Vorderseite tief in die Stirn gezogen. Ich kann trotzdem sehen, wie er die Augenbrauen zusammenzieht. Er fragt sich, was eine neunundfünfzig Kilo schwere und einen Meter siebenundsechzig große, dunkelhaarige Frau, die aussieht, als hätte sie erst vor ein paar Jahren die Highschool verlassen, an einem Tatort zu suchen hat. Ich sah schon immer jünger aus, weshalb ich das oft höre. Manchmal ist es nützlich, in anderen Fällen, so wie jetzt, erschwert es mir die Arbeit.

Ich zeige ihm meinen Ausweis. „Special Agent Slate. Ich wurde angerufen."

Die Veränderung in seiner Miene ist fast schon komisch. Im Bruchteil einer Sekunde wechselt sie von Skepsis zu regelrechter Abscheu. Ich wünschte, ich könnte sagen, dass mir mein Ruf vorauseilt, aber ich weiß, dass dies nur das übliche dumme Verhalten lokaler Polizisten ist. Jedes Mal, wenn sich das FBI einem ihrer Tatorte nähert, müssen sie sich einfach darüber aufregen.

Er verzieht das Gesicht, als wolle er mit mir streiten, und ich erhasche einen Blick auf sein Namensschild: Rutherford.

Er muss es bemerkt haben, denn er hebt das Absperrband hoch und lässt mich durch.

Gott, wie ich dieses Getue hasse.

Sie haben ein Gebiet mit einem Durchmesser von etwa neunzig Metern abgesperrt. Ich muss einen leichten Abhang hinuntergehen, um zu ihrem Fundort zu gelangen. Zum Glück sind meine Stiefel ziemlich robust, sodass ich den Hügel selbst bei Frost problemlos hinunterkomme.

An seinem Ende steht ein zweiter Beamter, die Arme um den Oberkörper geschlungen. Dampf entweicht seinem Mund. Er ist so groß wie ein Basketballspieler und es würde mich wundern, wenn er in seiner Jugend nicht gespielt hätte. Er sieht mich an und tut nichts weiter, als sich die Hände an den Oberarmen zu reiben, um sich warm zu halten.

„Sie sind aber früh dran“, ruft er, als ich nah genug bin. „Der Detective ist frühestens in dreißig Minuten hier.“

Genau das ist der Punkt. „Wo ist sie?“, frage ich.

Er deutet hinter sich. Etwa fünfzehn Meter weiter befindet sich eine kleine Lichtung, die von kahlen Bäumen umgeben ist. Eine tragbare Lampe und ein Generator wurden herbeigeschafft, aber noch nicht eingeschaltet. Der Himmel über mir zeigt erste Anzeichen von Leben, aber er ist immer noch dunkelblau und alles, was ich ausmachen kann, sind die Wipfel der Bäume. Die Sonne wird erst um halb acht aufgehen. Vielleicht war es dumm, vor Tagesanbruch hierher zu kommen, aber ich wollte mir einen Vorsprung verschaffen. Das ist ein Grundsatz in meinem Leben: Wenn ich nicht zu früh komme, bin ich zu spät, egal, um welchen Termin es sich handelt. Außerdem wollte ich sichergehen, dass ich vor allen anderen hier bin, damit ich den Tatort ein paar Minuten für mich habe. Das trägt ebenfalls dazu bei, dass die anderen Mitglieder unseres Berufsstandes mich trotz meines Aussehens etwas ernster nehmen.

Doch es ist und bleibt ein harter Kampf.

„Brauchen Sie Hilfe?“, fragt der Polizist.

Statt einer Antwort streife ich ein Paar Handschuhe über, schalte meine Taschenlampe ein und mache mich auf den Weg zum Tatort, wobei ich darauf achte, keine Spuren zu zerstören. Bis die Spurensicherung hier eintrifft, will ich nichts verändern, sondern nur verstehen, was ich da sehe.

„Dann halt nicht", höre ich ihn murmeln, während ich weitergehe, ohne auf seine Frage zu reagieren. Offensichtlich ist er neu, sonst hätte er nicht einen so leichten Auftrag bekommen, bei dem man die ganze Nacht draußen in der Kälte steht. Wahrscheinlich ist er sogar jünger als ich, obwohl man ihn auf Ende dreißig schätzen könnte.

Ich leuchte mit meiner Taschenlampe auf den Weg vor mir. Es ist zwar hell genug, um etwas zu sehen, aber ich suche nach etwas Unerwartetem. Nach dem, was ich über die Art und Weise weiß, wie sie gefunden wurde, ist es allerdings unwahrscheinlich, dass ich so etwas finde.

Laut dem ersten Bericht, der beim FBI eingegangen ist, wurde die Tote nur gefunden, weil es in diesem Gebiet in den letzten Monaten überdurchschnittlich viel geregnet hat, was zu einer starken Erosion geführt hat und vermutlich den rutschigen Hügel hinter mir erklärt. Der Tatort selbst liegt ebenfalls auf einer kleinen Anhöhe und als ich ihn erreiche, kann ich die Rille sehen, die das abfließende Wasser in die weiche Erde gegraben hat. Am Rande der Lichtung befindet sich eine flache Grube, daneben ein kleiner Haufen Erde. Dem Bericht zufolge wurde sie von einem Trapper gefunden, der mit seinen Hunden unterwegs war. In Wirklichkeit waren es wahrscheinlich die Hunde, die sie zuerst gerochen und ihr Herrchen hergelockt haben, der in Anbetracht des vielen Drecks, den er zur Seite geschaufelt hat, wahrscheinlich einen vergrabenen Schatz statt einer Leiche erwartet hat.

Man stelle sich seine Überraschung vor.

Die letzten Hinweise auf das Grab sind zweifellos längst verschwunden, entweder durch das Wetter oder durch den Trapper selbst, aber ich sehe mich trotzdem um. Niemand ist perfekt, und wer auch immer sie hier draußen zurückgelassen hat, hat Spuren hinterlassen. Es bleibt nur noch abzuwarten, ob sie das Wetter überdauert haben. Niemand kann sagen, wie lange sie schon hier liegt, bis der Rechtsmediziner sie genauer untersucht hat.

Ich vermeide bewusst den Fundort selbst, weil ich weiß, dass es kein schöner Anblick sein wird. Und obwohl mich so schnell nichts umhaut, spüre ich immer eine gewisse Verbindung zu meinen Opfern. Sie tot zu sehen ist … besonders in letzter Zeit ... einfach nicht gut. Aber ich *muss* das tun.

Ich suche die Umgebung erneut mit dem Lichtstrahl meiner Taschenlampe ab, finde aber nichts. Wenn die Sonne aufgeht und ich mehr Licht zum Arbeiten habe, werde ich mir das Ganze noch einmal anschauen, aber im Moment bleibt mir nur das Eine, das ich tun muss.

Ich atme tief durch und zwinge mich, mich zu beruhigen.

Das ist nicht er. Das ist nicht er.

Ich bücke mich vorsichtig, um nicht zu nahe an den Rand zu kommen, und leuchte in das flache Grab. Der Trapper hat tief genug gegraben, um das Oberteil einer kleinen Transportkiste oder vielleicht sogar einer Truhe freizulegen, obwohl ich so etwas schon lange nicht mehr gesehen habe. Der Deckel wurde abgenommen. Natürlich hat er den Verschluss an der Seite aufgebrochen und den Inhalt inspiziert, sonst wären wir gar nicht hier. Ich greife nach unten und ziehe den Deckel langsam zur Seite.

Bei dem Geruch, der stärker ist, als ich erwartet habe, wende ich mich ab, weil der Körper nach verdorbener Milch stinkt. Sobald ich meine Reflexe unter Kontrolle habe, schaue ich wieder hin, um herauszufinden, womit ich es zu tun habe.

Sie befindet sich in einem fortgeschrittenen Stadium der Verwesung. Teile ihres Skeletts sind deutlich sichtbar, auch wenn an einigen Stellen noch Hautfetzen hängen. Sie ist noch bekleidet, aber die Kleidung wurde von all den Organismen, die den Körper langsam von innen heraus auffressen, zersetzt.

Wären da nicht die Kleiderspuren und ihr langes, rotes Haar, wüssten wir nicht einmal das Geschlecht des Opfers.

Was jedoch am meisten auffällt, sind ihre Augen. Jemand hat sie mit einem dicken Faden zugenäht und nun hängen sie an Hautstücken, die kaum noch mit den Höhlen verbunden sind.

Ebenso seltsam ist die Art und Weise, wie sie in dieser Kiste zusammengefaltet wurde. Ein Kind passt problemlos in eine Kiste, ein Erwachsener dagegen nicht. Sie wurde zusammengefaltet und hineingeschoben, als hätte jemand einen Koffer zu voll gepackt. Ich verstehe nicht, wie jemand sie dort hineinbekommen hat, ohne ihr zumindest ein paar Knochen zu brechen, vor allem im Beckenbereich, damit ihre Beine hineinpassten. Das hätte nicht nur sehr viel Kraft gekostet, sondern wäre auch sehr umständlich gewesen. Und schwierig. Möglicherweise haben wir es hier mit mehr als einem Mörder zu tun. Aber zuerst müssen wir herausfinden, wer diese Frau ist und ob eine der Vermisstenmeldungen aus der Gegend auf sie passt. Aber ich kann jetzt schon sagen, dass sie nicht erst seit Kurzem tot ist, was meine Arbeit noch schwieriger macht. Die Bestimmung ihres Todeszeitpunkts wird entscheidend sein, um ihren Mörder zu finden, und nach dem, was ich sehe, liegt sie schon seit Monaten und nicht erst seit Wochen hier.

Kein Wunder, dass wir gerufen wurden. Stillwater ist eine winzige Stadt, zwei Autostunden von D.C. entfernt. Hier ist man für so etwas nicht ausgerüstet.

Licht dringt durch die Bäume, als die Sonne endlich den Horizont durchbricht und das skelettierte Gesicht des Opfers erhellt. Ich presse die Lippen zusammen und schließe den Deckel langsam wieder. Diese Person, wer auch immer sie war, hat etwas Besseres verdient als das hier. Und sie verdient eine respektvolle Ruhestätte, nicht hier draußen, vergessen, mitten im Nirgendwo.

Ein Teil von mir verflucht Janice dafür, dass sie mich hierher geschickt hat. Und doch weiß ein anderer Teil, dass die Entscheidung absolut gerechtfertigt war. Es ist ja nicht so, dass sie mir einen Softball zuwerfen könnte, nachdem was ich getan habe. Ich stehe da und sehe zu, wie die Sonne auf die kahlen Bäume und schließlich auf mich fällt.

Das ist deine letzte Chance, Emily. Du solltest sie lieber nutzen.

Kapitel Zwei

„Hey!“, ruft jemand aus der Richtung, aus der ich gekommen bin. Zuerst denke ich, dass es sich um denselben Polizisten handelt, bis ich zwei weitere Gestalten sehe, die sich vorsichtig den Berg hinunter bewegen. Ihnen folgen zwei weitere Personen, die beide Koffer bei sich tragen. Die Kavallerie ist endlich da. Ich schaue auf meine Uhr. Sie sind früher dran, als ich erwartet habe.

„Was machen Sie da?“, fragt der Mann, der die Gruppe anführt. Er ist groß, schwergewichtig, hat einen grauen Bart und vorwurfsvolle Augen, die mich schon aus hundert Metern Entfernung einschüchtern wollen. „Sie haben hier nichts zu suchen. Das ist ein Tatort.“

Die zuvorkommenden Herren, die mir den Zugang zum Tatort gewährt haben, haben also nicht daran gedacht, ihnen zu sagen, dass ich bereits hier bin. Die Dinge würden garantiert wesentlich reibungsloser verlaufen, wenn wir diese Show sein lassen und wirklich zusammenarbeiten könnten. Die Menschen würden der Polizei vor Ort mehr vertrauen, das FBI könnte seine Arbeit tun, anstatt von einem Haufen selbstgefälliger Idioten genau daran gehindert zu werden, und ich müsste mich nicht immer wieder rechtfertigen. Das war das einzig Gute daran, dass ich mir eine Auszeit genommen hatte – ich musste mich nicht mit der Art von Männern herumschlagen, wie sie gerade jetzt auf mich zukommt, mit hochrotem Kopf und inbrünstiger Empörung.

Ich trete einen Schritt zurück und ziehe meinen Dienstausweis aus der Tasche. „Ich bin Special Agent Slate. Und auf Ihren Wunsch hier."

Der Mann verliert ein wenig an Inbrunst, behält seine Arroganz aber bei. Wie ich feststellen kann, war er selbst nicht so bedächtig im Umgang mit dem Tatort. Offenbar war er mehr daran interessiert, zu mir zu kommen. Ich gehe noch ein paar Schritte von der Leiche weg und hoffe, so seine Laufrichtung zu verändern, denn ich weiß, dass er die direkte Konfrontation sucht.

„William Burke, der Chief von Stillwater", meint er schroff. „Und lassen Sie uns etwas klarstellen. *Ich* wollte Sie nicht hier haben. Das war der Bürgermeister, entgegen meiner ausdrücklichen Bedenken. Wir kommen damit schon klar."

„Daran habe ich keinen Zweifel, Chief. Ich bin nur hier, weil meine Chefin es mir befohlen hat."

Er kneift die Augen zusammen. Ich glaube, er hat gehofft, ich würde mich mehr wehren. „Wie alt sind Sie, fünfundzwanzig?"

„Ich wüsste nicht, warum das wichtig sein sollte."

„Es ist wichtig, weil ich wissen muss, ob ich mit einem Grünschnabel zusammenarbeite, der seinen Kopf nicht von seinem Hintern unterscheiden kann. Ich schwöre, wenn die mir einen …"

„Ich bin seit vier Jahren beim FBI", antworte ich zähneknirschend, weil ich bereits in die Defensive gedrängt wurde. „Also, keine Sorge, ich habe den Kindergarten schon hinter mir."

Er tritt mit einem spöttischen Grinsen zur Seite, sodass ich den anderen Mann, der ihm gefolgt ist, gut sehen kann. Er ist etwas jünger, aber nicht so jung wie die Polizisten, die ich bei meiner Ankunft traf. Er ist sehr gepflegt, hat einen feinen Teint und einen Drei-Tage-Bart. Sein blondes Haar ist kurz geschnitten, aber er sendet nicht dieselbe Ambivalenz wie Burke aus. „Das ist Detective Liam Coll“, brummt Burke. „Er wird die Ermittlungen leiten.“

Coll hält mir die Hand hin und ich schüttle sie kurz. „Ist mir ein Vergnügen“, meint er. Komisch, aufgrund seines Namens bin ich davon ausgegangen, dass er nicht von hier ist, aber er hat den typischen Nord-Virginia-Akzent. Es fällt mir auch schwer, mich von seinen haselnussbraunen Augen loszureißen. Sie sind weicher, als ich es von einem Polizeibeamten gewohnt bin. Ich muss mich immer wieder daran erinnern, dass Stillwater, Virginia, in den Bergen liegt und dass die Menschen hier an diese Art von Schrecken nicht gewöhnt sind. Das Schlimmste, womit diese Beamten es normalerweise zu tun haben, ist wahrscheinlich eine entlaufene Katze.

Trotzdem … diese Augen.

Um mich von ihnen abzulenken, wende ich mich wieder an Burke. „Ich bin überrascht, Sie vor Ort zu sehen. Ich wusste nicht, dass der Chief in alle Fälle in Stillwater involviert ist.“

„Bin ich nicht. Aber wir bekommen hier oben nicht so oft eine Leiche zu sehen, und wenn wir eine finden, können Sie sicher sein, dass alle Mann vor Ort sind.“

„Gut zu wissen. Ich habe bereits eine erste Untersuchung durchgeführt, aber ich möchte …“

„Hören Sie“, fällt Burke mir ins Wort. „Sie sind nur hier, um uns zu helfen. Und sobald dieser Fall abgeschlossen ist, möchte ich, dass Sie meine Stadt wieder verlassen, verstanden, kleine Lady?“

Ich schenke ihm das freundlichste Lächeln, das ich aufbringen kann, aber es kostet mich viel Mühe. „Chief, vielleicht ist Ihnen das nicht klar, aber wenn Sie das FBI einschalten, gehört der Fall automatisch dem FBI. Technisch gesehen gehört er also mir und Ihre Aufgabe ist es, dafür zu sorgen, dass ich alles habe, was *ich* brauche, um meine Arbeit effektiv zu erledigen. Ich werde nur zu gern wieder gehen, sobald ich mit dem Ergebnis zufrieden bin.“

Er malmt mit dem Kiefer. „Und welches Ergebnis wird das sein?“

„Den Mörder dieser Frau zu finden und ihn vor Gericht zu stellen.“

Burke starrt mich einen Moment an. Er überragt mich um einiges und muss fast einen Meter neunzig groß sein. Aber ich habe schon gegen größere Männer als ihn gekämpft und bin noch nie eingeknickt. Und ich werde jetzt nicht damit anfangen.

„Coll“, ruft er.

„Ja, Sir.“

„Sorgen Sie dafür, dass *Agent Slate* alles hat, was sie braucht, um den Fall so schnell wie möglich abzuschließen.“

„Alles klar.“

„Und erstatten Sie mir Bericht, bevor Sie gehen.“ Burke dreht sich um und drängt sich an den Kriminaltechnikern vorbei, die immer noch am Rand stehen und auf das Startsignal von Coll oder mir warten.

Ich sehe ihm nach, als er weggeht, wobei er offenbar so sehr mit seinem eigenen Ego beschäftigt ist, dass er nicht einmal daran denkt, dass keine dreißig Meter von ihm entfernt ein toter Mensch liegt. Jemand, dessen Leben frühzeitig beendet und der wie ein Stück Abfall entsorgt wurde.

„Toller Typ“, murmle ich. Das ist sowohl eine ehrliche Meinung als auch ein Maßstab für Coll. Ich kann ihn nicht wirklich einschätzen und daher nicht sagen, ob er einer dieser Ja-Sager ist, die alles tun, was ihr Vorgesetzter sagt, oder ob er Burkes lächerliches Verhalten bemerkt.

„Ja, er ist … nun ja, der Chief ist schon etwas Besonderes“, meint Coll schließlich, und ich sehe, wie die beiden Kriminaltechniker grinsend einen wissenden Blick wechseln.

Coll dreht sich wieder zu mir um. „Wie dem auch sei, jetzt können wir uns wohl an die Arbeit machen.“

Ich lächle. Wenigstens sind hier oben nicht alle Idioten. Aber ich werde mich weder Coll noch sonst jemandem gegenüber öffnen. Ich bin nicht hier, um Freunde zu finden. Ich bin hier, um einen Mörder zu fangen.

„Falls Sie sich dadurch besser fühlen, ich stimme dem Bürgermeister zu“, fügt er hinzu. „Wir haben keine Morde in Stillwater, zumindest nicht solche. Ab und an gibt es schon mal Probleme beim Kauf von Drogen, aber wir wissen immer, mit wem wir es zu tun haben, und wenn nicht, kennen wir die Leute hier gut genug, um es schnell herauszufinden. Auch wenn wir nur fünfundzwanzigtausend Einwohner haben, haben wir wie jede andere Stadt auch mit Kriminalität zu kämpfen. Aber das hier …“ Er stützt die Hände in die Hüften. „So was kriegen wir hier eigentlich nie zu sehen.“

„Waren Sie gestern Abend hier?“, frage ich.

Er schüttelt den Kopf. „Ich habe den Anruf erst kurz nach Mitternacht erhalten. Die Kollegen auf der Wache meinten, wir sollten bis zum Tageslicht warten, da sie erst gegen zwei Uhr morgens hier oben ankamen.“ Einer der Kriminaltechniker schaltet den Generator ein und scheucht einen Schwarm Vögel auf, die in einem Baum in der Nähe nisten und nun in den Himmel fliegen, der sich deutlich aufgehellt hat. Ich bin mir nicht einmal sicher, ob wir das tragbare Licht brauchen, aber sie schalten es trotzdem ein und konzentrieren sich auf die Mitte des abgesperrten Bereichs.

Ich gehe wieder neben der Kiste in die Hocke. „Es hätte nichts geändert, wenn Sie die ganze Nacht in der Kälte hier draußen verbracht hätten.“ Ich ziehe einen neuen Handschuh an und öffne den Deckel erneut. „Sie ist schon eine Weile hier.“

Ich bin gespannt, wie er mit dem Anblick klarkommt, und Coll schafft es tatsächlich, mich zu beeindrucken. Es ist nicht so, dass er überhaupt nicht reagiert, aber sein Gesicht verzieht sich, als er sie sieht, und ich kann echtes Mitgefühl in diesen haselnussbraunen Augen sehen. Genau das habe ich gebraucht. Denn sonst könnten wir nicht zusammenarbeiten. Wenn er einer dieser Polizisten gewesen wäre, die die Realität dieses Jobs so abgehärtet hat, dass er ihren Anblick regungslos hingenommen hätte, hätte ich diesen Fall lieber allein gelöst. Ich kann nicht mit jemandem zusammenarbeiten, der in ihr nur ein weiteres Opfer sieht. Ich muss wissen, dass er um sie kämpfen wird, dass er alles tun wird, um ihren Mörder zu finden. Genau wie ich.

„Mein Gott", sagt er und beugt sich hinunter. „Das war also kein Scherz."

Ich winke die beiden Kriminaltechniker herüber. „Fangen Sie hier an und arbeiten Sie sich dann sechzig Meter in alle Richtungen weiter. Markieren Sie alles, was kein Blatt, Stock oder Stein ist." Sie nicken und machen sich an die Arbeit.

Coll starrt mich an. „Sie liegt schon seit Monaten hier, mindestens. Bei dem ganzen Regen in letzter Zeit …"

„Da stimme ich Ihnen zu. Aber man weiß ja nie. Vielleicht haben wir Glück." Ich bleibe in der Hocke und schaue zum Hügel zurück, den wir alle heruntergekommen sind. Das scheint der nächstliegende Weg zu sein, den jemand eingeschlagen hätte, um sie hierher zu bringen. „Ich möchte wissen, ob sie bereits in der Kiste hierhergebracht wurde oder ob der Mörder das Ganze vorbereitet hat und die Kiste bereit stand, als er sie hierher getragen oder geschleppt hat."

„Sie klingen, als hätten Sie so etwas schon einmal gesehen."

„Nicht ganz", antworte ich. „Das ist mein erstes Opfer, das in einer Kiste zusammengefaltet wurde und dem man die Augen zugenäht hat."

„Sie sagten, Sie sind seit vier Jahren beim FBI. Haben Sie schon einmal in einem Mordfall ermittelt?"

„Das Gleiche könnte ich Sie fragen."

Er grinst, was sein Gesicht zum Strahlen bringt. Dass mir

das auffällt, schreibe ich der Tatsache zu, dass ich eine gute Agentin bin: Ich sehe, was andere nicht sehen. Deshalb mache ich diesen Job. Aber ich hasse es, dass ich ein leichtes Ziehen in meinem Bauch spüre; ein unterbewusster Teil von mir will ihm einfach vertrauen. Doch das bringt mich nur in Schwierigkeiten. Denn es bedeutet nur, dass ich besonders wachsam sein muss. Außerdem bin ich nicht dumm. Coll ist Burkes Kontaktmann, der mich im Auge behalten soll. Ich darf nicht vergessen, wem seine Loyalität gilt, auch wenn er nicht die beste Meinung von seinem Chef hat.

„Okay“, sage ich und richte mich wieder auf. „Machen wir uns an die Arbeit.“

Kapitel Drei

DREI STUNDEN später kehre ich zu meinem Mietwagen zurück. Coll und ich sind den Tatort mit den Kriminaltechnikern Zentimeter für Zentimeter durchgegangen, aber dort war wirklich nichts mehr zu finden. Entweder war unser Mörder sehr talentiert darin, seine Spuren zu verwischen, oder sie liegt einfach schon zu lange dort draußen und alle Beweise dafür, wer sie dorthin gebracht hat, wurden weggespült. Keine Abdrücke auf der Kiste selbst, weder innen noch außen. Und keine Spuren an ihrer Kleidung, aber sobald sie in der Gerichtsmedizin ist, werden sie einen zweiten Blick darauf werfen.

Coll scheint ein kompetenter Detective zu sein. Zusammen konnten wir feststellen, dass sie auf demselben Weg hergebracht wurde, auf dem wir gekommen waren, nämlich auf einem kleinen Pfad, der von der Landstraße abgeht. Die Kriminaltechniker konnten bestätigen, dass sie ursprünglich viel tiefer vergraben war, aber mit der Zeit hatten die Erosion und der steigende Grundwasserspiegel die Kiste an die Oberfläche gedrückt. All das sind gute Nachrichten, denn es bedeutet, dass ihr Mörder nicht damit gerechnet hat, dass wir sie finden, zumindest nicht so schnell. Das ist nicht viel, aber besser als nichts.

Ich erreiche schnaufend die Spitze des Hügels. Der Rechtsmediziner ist gerade unten und hilft den Kollegen, die Leiche aus der Kiste zu holen und in einen wasserdichten Sack zu packen, um sie ins Leichenschauhaus zu bringen. Coll bleibt direkt hinter mir stehen und schaut zurück. „Haben wir etwas vergessen?“, fragt er.

„Nein. Ich schau mir nur den Tatort aus der Perspektive an, aus der der Mörder ihn gesehen hat. Er hat sie begraben und mitten im Nirgendwo zurückgelassen. Glauben Sie, dass er sich einen Moment Zeit genommen hat, um seine Cleverness zu bewundern? Oder hatte er einen strikten Zeitplan? Hatte er es eilig?“

„Schwer zu sagen. Haben Sie schon gefrühstückt?“

„Wie bitte?“

„Frühstück. Haben Sie schon etwas gegessen?“

„Ich frühstücke nie“, antworte ich, während ich mich auf den Rückweg mache und unter dem gelben Absperrband hindurch ducke.

„Das ist die wichtigste Mahlzeit des …“

„Kaffee“, falle ich ihm ins Wort. „Nichts ist so wichtig wie Kaffee. Außerdem ist er schnell gemacht und kann einfach mitgenommen werden.“

„Richtig. Wo wurden Sie untergebracht?“

„Im Nite Owl, an der Route zweiundzwanzig.“

„Ich hätte gedacht, dass das FBI für bessere Unterbringungsmöglichkeiten sorgen würde. Nur ein paar Kilometer weiter gibt es ein schönes Holiday Inn.“

Ich antworte nicht, weil ich nicht verraten will, warum das FBI mir bei meinem ersten Auftrag nach dem … *Vorfall* nicht gerade den roten Teppich ausgerollt hat. Ich habe nur einen Fuß in das Motel gesetzt und sofort das Gefühl gehabt, eine Dusche zu brauchen. Aber das ist nur ein weiterer Test von Janice, mit dem sie mich unter Druck setzen will, um herauszufinden, ob ich das noch kann. Ich weiß genau, was sie tut, und ich weiß, dass alles vorbei ist, sobald ich mich beschwere. Eine Beschwerde über die Unterkunft würde zwar nicht ausreichen, um mich offiziell zu melden, aber ihrer Meinung nach wäre ich dann erledigt und würde nur noch Schreibtischarbeiten bekommen. Aber dafür bin ich einfach nicht geschaffen, ich muss raus auf die Straße. Nach sechs Wochen am Schreibtisch hatte ich bereits das Gefühl, den Verstand zu verlieren.

„Sind Sie gestern Abend angekommen?“, fragt er.

Ich schaue über die Schulter zurück, während wir gehen. „Wird das ein Kreuzverhör, Coll?“ Auch wenn mein Ton leicht ist, schwingt eine gewisse Ernsthaftigkeit in meinen Worten mit. Falls das Burkes Vorstellung von Subtilität ist, hat er sich den falschen Mann ausgesucht.

Er ist verblüfft. „Nein, ich war nur … neugierig.“

„Ich bin um drei Uhr in der Nacht angekommen, wenn Sie es unbedingt wissen müssen.“

„Sie sind eine Frühaufsteherin“, sagt er.

Ich schaue wieder vor mich und wir kommen an einem weiteren Beamten vorbei, der in Richtung Tatort geht. „Ich komme nicht gern zu spät.“

„Okay, wie gehen wir vor?“, fragt er.

„Ich möchte mit dem Fallensteller sprechen, der sie gefunden hat, um herauszufinden, ob er sich an irgendetwas erinnern kann, bevor er den Fundort verändert hat. Ich möchte sichergehen, dass es keinerlei Markierung für …“ Fast hätte ich ‚das Grab‘ gesagt, überlege es mir dann aber anders. „ … den Ort gab. Dass wir es nicht mit einer Art Ritual zu tun haben.“ Nach dem, was ich gesehen habe, gehe ich allerdings nicht davon aus. Es gab keines der üblichen Identifizierungsmerkmale, die normalerweise mit einer rituellen Tötung einhergehen. Keine Symbole, Erkennungszeichen oder Anzeichen für eine Zeremonie irgendeiner Art. Ich muss diese Möglichkeit einfach nur ausschließen, bevor ich zum nächsten

Punkt übergehe. In diesem Beruf geht es darum, eine bestimmte Situation aus allen Blickwinkeln zu betrachten und dann die Dinge, die nicht passen, zu entfernen, bis die Wahrheit übrig bleibt. Zumindest meiner Erfahrung nach.

„Anschließend müssen wir den Bericht der Gerichtsmedizin abwarten. Wahrscheinlich müssen wir sie anhand der Zahnunterlagen identifizieren."

„Sie trug noch etwas Schmuck", meint Coll.

„Den werden wir uns auch ansehen. Wenn wir den ursprünglichen Verkäufer finden können, wäre das natürlich sehr hilfreich. Wie viele Juweliergeschäfte gibt es in der Stadt?"

„Nur eines. Es sei denn, Sie zählen den Wal-Mart hinter der Interstate mit."

Das ist zwar eine Möglichkeit, aber wir werden zuerst im Juweliergeschäft nachfragen. „Wo ist der Trapper?"

„Ich habe Rollins gebeten, ihn heute früh aufs Revier zu bringen."

Ich bleibe stehen. „Warum nicht nach Hause?"

Coll zuckt mit den Schultern. „Er bestand darauf und meinte, dass seine Hunde keine Besucher mögen und dass es ihm nichts ausmacht. Ich glaube, er gehört zu den Menschen, die gern in Gesellschaft sind."

Wir erreichen den kleinen Bereich abseits der Straße, wo alle geparkt haben. Die blinkenden Lichter eines Streifenwagens sorgen dafür, dass die vorbeikommenden Autos langsamer fahren. So weit draußen erwarten die Leute wahrscheinlich nicht, vier Polizeiautos, einen Krankenwagen und drei normale Fahrzeuge am Straßenrand vorzufinden. Wenn ich etwas über Nebenstraßen wie diese weiß, dann, dass man auf ihnen die Verkehrsregeln etwas lockerer nimmt. Jemand könnte mit mehr als hundert Stundenkilometern um eine dieser Kurven rasen, eines der Fahrzeuge rammen und in einem Baum landen.

Ich sehe mich um, kann Burke aber nirgends entdecken.

Er muss sich gelangweilt oder beschlossen haben, dass er mich genug gemaßregelt hatte. Vermutlich ist er überhaupt nur deshalb hierhergekommen, damit ich weiß, wer bei diesen Ermittlungen das Sagen hat. Zum Wohle aller Beteiligten werde ich ihm nach Möglichkeit aus dem Weg gehen. Je weniger Kontakt wir haben, desto besser.

Ich gehe zu meinem Mietwagen, einem weißen Ford Fiesta. Mir wäre ein graues oder schwarzes Auto lieber gewesen, aber es gab nur dieses oder einen Geländewagen. Und mit dem wollte ich definitiv nicht zwei Stunden hierher fahren.

Coll steuert auf eines der anderen zivilen Fahrzeuge zu, einen grauen Kombi. „Wollen Sie mir zum Revier folgen?"

„Ja, fahren Sie vor", sage ich und steige ins Auto. Ich bezweifle, dass ich viel Zeit dort verbringen werde, aber es würde nicht schaden, mir einen Überblick über die Lage zu verschaffen, solange der Tag noch jung ist. So sehr ich die Arbeit in einem Büro auch vorziehen würde, das Misstrauen zwischen den Polizisten vor Ort und mir beruht auf Gegenseitigkeit. Und ich will nicht, dass sie mir die letzte Chance in diesem Job ruinieren. Ich habe viel für ihn geopfert und er ist alles, was mir geblieben ist.

Während ich Coll zum Revier folge, aktiviere ich die Freisprecheinrichtung und rufe die Zentrale an.

„Simmons", meldet sich Janice schließlich.

„Ich bin's." Ich warte einen kurzen Moment, ob sie etwas fragen wird oder ob ich die Gesprächsführung übernehmen muss. Ich bin nicht wirklich überrascht, als sie nichts sagt. „Bin gerade am Tatort fertig geworden. Das wird eine harte Nuss. Sie liegt schon eine ganze Weile da draußen."

„Brauchen Sie Hilfe?", fragt meine Chefin.

„Noch nicht. Wir fangen gerade erst an. Aber ich wollte Sie wissen lassen, dass die örtliche Polizei nicht gerade glücklich über meine Anwesenheit ist. Das könnte zu Spannungen führen."

„Dann sorgen Sie dafür, dass das nicht passiert", antwortet sie. Ihre Stimme ist völlig emotionslos, wie es sich für Janice gehört. Ich arbeite schon seit einigen Jahren mit ihr zusammen, und sie ist zwar sehr streng, aber eine der besten Agentinnen, die ich kenne. Ich habe großen Respekt vor ihr. Ich weiß, dass ich selbst schuld bin, dass ich jetzt hier bin.

„Ja, Ma'am."

„Wenn es sonst nichts gibt?"

Ich zögere. „Ich wollte Ihnen nur sagen, dass ich es zu schätzen weiß, dass Sie mir diesen Fall anvertraut haben. Und dass ich diese Chance nutzen werde."

Ihre Stimme wird einen Hauch weicher. „Deshalb habe ich Sie ausgewählt. Viel Glück, Agent Slate."

Als wir das Polizeirevier von Stillwater kurz vor elf Uhr erreichen, ist es in dem Gebäude so ruhig wie in einer Kirche am Montagmorgen. Auf den Wachen, die ich normalerweise aufsuche, herrscht immer reges Treiben, aber nicht auf dieser. Sie befindet sich in einem gewöhnlichen Granitgebäude, das allem Anschein nach irgendwann zu Beginn des 20. Jahrhunderts gebaut wurde. Es ist zweistöckig, mit Fenstern an allen Seiten und liegt direkt an der Straße im Stadtzentrum von Stillwater. Allerdings gibt es einen Parkplatz an der Seite. Hinter dem Gebäude befindet sich ein kleines Gefängnis, das durch einen modern anmutenden Glasgang mit der Wache verbunden ist. Für mich sieht es so aus, als hätte es früher einem anderen Zweck gedient, bevor es von der Polizei erworben und ins Revier integriert wurde.

Als wir eintreffen, stehen auf dem Parkplatz nur drei andere Autos.

„Es ist nichts Besonderes …“, setzt Coll an, als ich aus meinem Wagen steige und mich umschaue.

„Sagen Sie es nicht“, falle ich ihm ins Wort und schlage die Tür zu, wobei mein warmer Atem in der kühlen Morgenluft zu sehen ist.

„Was?“, fragt er mit einem Grinsen im Gesicht. Die Zusammenarbeit am Vormittag hat mir den Mann noch ein bisschen sympathischer gemacht. Er gehört zu den Menschen, mit denen man leicht scherzen kann und die nicht gleich wegen jedem kleinen Satz beleidigt sind. Bisher sind all meine Sticheleien an ihm abgeprallt.

„Sie wollten gerade ‚Aber es ist ein Zuhause‘ sagen.“

„Vielleicht. Aber vielleicht wollte ich auch ‚Aber es ist auch klein und dreckig‘ sagen.“

Das führt bei mir zu einem Lächeln, das ich nur mit Mühe verbergen kann. „Klingt wunderbar.“

„Nein, Sie hatten recht. Ich wollte sagen, dass es ein Zuhause ist. Und der Dreck ist gar nicht so schlimm, wenn man sich erst daran gewöhnt hat.“ Er gibt mir ein Zeichen, ihm hinein zu folgen, und ich bin automatisch schon wieder in der Defensive. Ich war schon ein Dutzend Mal in genau der gleichen Situation. Das geht nie gut. Und wenn Chief Burke ein Anhaltspunkt für die Leute in seiner Truppe ist, werden sie wohl nicht viel besser sein.

Auf beiden Seiten des Eingangsbereichs finden sich Stuhlreihen, in der Mitte befindet sich eine Trennwand, die den Raum in einen vorderen und einen hinteren Teil unterteilt. Vor ihr sitzt eine Frau hinter einem Schreibtisch und liest ein abgenutztes Taschenbuch.

„Morgen, Trish“, ruft Coll im Vorbeigehen.

„Morgen“, antwortet sie, ohne aufzusehen. „Besucher müssen sich anmelden.“ Ich drehe mich zu ihr um und sehe, wie ihr Blick mir über den Rand des Taschenbuchs folgt. Sie ist also doch nicht so blind.

„Das ist Agent Emily Slate vom FBI“, erklärt Coll ihr. „Sie

hilft uns bei den Ermittlungen im Fall der toten Frau, die gestern Abend gefunden wurde."

„Aha", antwortet Trish und wendet sich dann wieder ihrem Buch zu. Coll deutet mir an, ihm zu folgen, und wir gehen durch eine Sicherheitstür in den hinteren Teil des Reviers.

Auf der rechten Seite befinden sich die Vernehmungsräume sowie einige Schreibtische für die diensthabenden Polizisten. Doch Coll führt mich nach links, wo offenbar sämtliche Büros sind. Er betritt das dritte Zimmer und schaltet das Licht ein.

Im Raum stehen drei Schreibtische, von denen jedoch nur einer mit etwas anderem als einem Computer belegt ist. Die beiden anderen sind leer. „Bitte schön!", meint Coll. „Der Stillwater-Detective-Bereich."

Ich sehe mich um. „Das kann nicht sein. Hier muss es doch mehr als einen Detective geben."

Er zuckt mit den Schultern. „Dem war auch so. Aber Morrison ist vor Kurzem in den Ruhestand gegangen, Laufey hat seit letzter Woche Urlaub und kommt erst Ende des Monats zurück. Also gibt es im Moment nur mich." Er zeigt auf die beiden leeren Schreibtische. „Suchen Sie sich einen aus. Ich werde Ihr Profil im System einrichten, damit Sie auf alles zugreifen können, was Sie brauchen." Er setzt sich an seinen eigenen Schreibtisch und macht sich an die Arbeit.

Ich muss zugeben, dass mich sein Verhalten etwas überrascht. Wenn ich mit einem Revier vor Ort oder dem Büro eines Sheriffs zusammenarbeite, sitze ich meistens in einer Besenkammer mit schlechtem Internetsignal fest. Aber Coll bemüht sich wirklich, damit ich mich willkommen fühle. Vielleicht sind die Beziehungen zwischen Polizei und FBI doch nicht so hoffnungslos, wie ich gedacht habe. „Danke", sage ich und setze mich an einen der Tische.

„Kein Problem."

Ich frage mich, wie oft Coll in der Vergangenheit mit dem

FBI zu tun gehabt hat. Wenn ich raten müsste, würde ich sagen, selten bis gar nicht. Denn so schlecht uns die örtlichen Polizisten auch behandeln, wir teilen genauso gut aus, wie wir einstecken. Zumindest tun das viele meiner Kollegen, die offenbar ständig ihre Macht demonstrieren müssen, was ich einfach nicht verstehe. In meiner eigenen Abteilung gibt es Leute, die kaum lange genug das Schwanzwedeln einstellen können, um eine richtige Aufgabe zu erledigen.

Und doch werden sie nur selten gerügt.

„Okay“, meint Coll. „Ich habe Ihre Grundeinstellungen vorgenommen. Private VPN, sichere Systeme. Sie haben jetzt Zugriff auf unsere Akten, wenn Sie sie brauchen, aber Sie sollten sich auch sicher fühlen, wenn Sie sich von hier aus in die Systeme des FBI einloggen.“

Ich drehe mich zu ihm um und die Verwirrung ist mir ins Gesicht geschrieben. „Warum sind Sie so entgegenkommend?“

Er runzelt die Stirn, die Mundwinkel wandern nach unten. „Wie bitte?“

„Sie sind einfach zu großzügig. Normalerweise kooperiert die Polizei vor Ort nie so gut.“

„Na ja“, meint er ganz ungezwungen. „Die meisten Menschen sind Idioten.“ Er schenkt mir wieder dieses Lächeln und deutet dann auf die Tür. „Er ist drüben in Befragungsraum eins. Sagen Sie mir Bescheid, wenn Sie so weit sind.“

Ich stehe auf und habe ein ziemlich gutes Gefühl, was diesen Ort betrifft. Vielleicht wird das Ganze ja doch kein totaler Reinfall. „Dann wollen wir mal sehen, was er zu sagen hat.“

Kapitel Vier

„GUTEN MORGEN, Mr Berman. Wir haben nur ein paar Fragen an Sie", sagt Coll, als er den Raum betritt. Ich halte mich mit verschränkten Armen im Hintergrund und beobachte Augustus Berman, den Trapper, der die Leiche gefunden hat.

„Klar", sagt er, den Mund voller Kautabak. Er hinterlässt einen Geruch in der Luft, bei dem sich mir der Magen umdreht. Er nickt in meine Richtung. „Soll sie hier sein? Ich möchte ja nicht taktlos sein, aber das ist eine ziemlich heftige Sache. Ich will das junge Ding ja nicht erschrecken."

„Ich bin Agent Slate vom FBI, Mr Berman", sage ich mit ruhiger Stimme.

Coll wirft mir einen verlegenen Blick zu, als ob er wüsste, dass er mich beim Eintreten hätte vorstellen sollen. Ehrlich gesagt, ist mir das in diesem Moment egal. Ich habe das schon so oft machen müssen, dass es wie ein Reflex ist.

„Sorry, Ma'am, ich wollte Sie nicht beleidigen", meint Berman, während er weiterhin kräftig den Tabak kaut. Ich weiß, dass er ihn gern ausspucken würde, aber da dies einer der schöneren Befragungsräume ist, in denen ich bisher war – nicht einer von denen, die nur aus Betonwänden und Metalltischen bestehen –, bleibt ihm keine andere Wahl, als ihn im Mund zu behalten … oder herunterzuschlucken.

„Das wird nicht lange dauern", fährt Coll fort. „Wir müssen nur noch ein paar Details durchgehen." Er öffnet den dünnen Aktenordner, der vor ihm liegt und der kaum mehr als den ersten Bericht über den Fund der Leiche enthält. „Können Sie uns sagen, was gestern Abend passiert ist?"

„Klar", sagt er wieder. „Ich war mit meinen Hunden unterwegs – das sind Jagdhunde, aber ich habe sie darauf trainiert, verletzte Tiere aufzuspüren. Sehen Sie, nicht alle verletzten Tiere schreien und ich habe überall in den Wäldern Fallen aufgestellt. Ich wundere mich, dass Ihre Leute nicht in eine getreten sind."

„Ist das Ihr Land, Mr Berman?", will Coll wissen.

„Ähm, nein. Aber ich habe eine Vereinbarung mit den Landbesitzern da draußen, denen hundert Hektar oder mehr gehören, keine Ahnung. Denen ist es egal, ob ich da draußen bin." Coll dreht sich zu mir um. Wir werden uns mit den Landbesitzern in Verbindung setzen müssen. Ich werde eine entsprechende Suche starten, sobald wir wieder im Büro sind.

„Jedenfalls war ich mit meinen Hunden unterwegs, um alle Fallen zu überprüfen, als Ricochet etwas gerochen hat. Natürlich hab ich gedacht, dass es eine der Fallen ist, also lasse ich ihn von der Leine und renne ihm hinterher. Bei Gott, dieser Hund ist vielleicht schnell. Bei dieser Kälte machen mir die Knie zu schaffen, deshalb brauche ich etwas länger, als mir lieb …"

„Mr Berman", unterbricht Coll ihn ungeduldig.

„Natürlich. Also bin ich ihm zu dieser kleinen Lichtung gefolgt. Ich wusste, dass es dort keine Falle gibt, aber er hatte eine Fährte aufgenommen und war völlig besessen davon. Für einen Moment habe ich gedacht, es wäre ein toter Hirsch oder vielleicht sogar ein Bär. Einmal ist Trigger, mein zweiter Hund, blutverschmiert zurückgekommen, nachdem er diese Waschbärenfamilie gefunden hatte, von der noch ein bisschen übrig geblieben war. Ich schwöre, ich habe fast einen Herzinfarkt bekommen, als ich ihn gesehen habe, weil ich gedacht habe, das wäre *sein* Blut. Aber als er auf mich zugekommen ist und mit dem Schwanz gewedelt hat, wusste ich, dass es ihm gut geht. Dann hat er mich zum Ort des Verbrechens geführt, wie man im Volksmund so schön sagt. Wie sich herausgestellt hat, hat ein Rotluchs …"

„Mr Berman", sage ich. „Bitte versuchen Sie, beim Thema zu bleiben. Wir wollen Sie schließlich nicht den ganzen Tag in Anspruch nehmen."

Er wedelt mit der Hand in der Luft herum und lässt den Kopf sinken. „Richtig, richtig. Sorry. Ich bin nur ein bisschen nervös. Hab noch nie so eine Leiche gefunden. Ich habe Ricochet also wieder an die Leine genommen und dabei gesehen, dass er an einer Stelle gebuddelt hat. Der Boden ist zu dieser Jahreszeit ziemlich hart und ohne Schaufel konnte ich da auch nicht viel tun. Also habe ich die Stelle markiert und die Hunde zu meinem Wagen zurückgebracht. Als ich zurückgegangen bin, wurde es zwar schon dunkel, aber ich habe hier oben ein ziemlich gutes GPS, wenn Sie verstehen, was ich meine, also hatte ich keine Angst, dass ich den Weg zurück nicht mehr finden würde." Er tippt sich zusätzlich an den Kopf. „Ich grabe da also im Licht der Taschenlampe und denke, dass ich auf irgendein Geheimversteck gestoßen bin. Wer würde sonst so eine große Kiste mitten im Nirgendwo vergraben? Ich schaffe es, den Deckel und die Seiten so weit freizulegen, dass ich sie öffnen kann, und dann …" Er stockt und hält beide Hände hoch.

„Dann haben Sie sie gefunden", beendet Coll seinen Satz.

„Genau. Hab mich zu Tode erschreckt und wahrscheinlich auch geschrien, aber da draußen war kilometerweit niemand. Ich bezweifle, dass mich jemand gehört hat."

„Was ist dann passiert?"

„Ich habe die Kiste wieder geschlossen, bin zu meinem Wagen gegangen und habe einen großen Schluck von dem

Evan Williams getrunken, den ich im …“ Er hält inne und seine Augen werden immer größer. „Ich meine, ähm …“

„Ist schon in Ordnung“, sagt Coll und macht eine abwehrende Handbewegung. „Reden Sie weiter.“

„Und dann habe ich Sie angerufen. Das ist so ziemlich alles.“ Er lehnt sich zurück, hält kurz die Hände hoch und lässt sie dann wieder fallen.

„Mr Berman“, ergreife ich das Wort und trete vor. „Als Sie zu Ihrem Hund auf die Lichtung gegangen sind, ist Ihnen da irgendetwas aufgefallen? Irgendwelche Markierungen oder etwas anderes, das darauf hinweist, was dort vergraben war?“

Er schüttelt den Kopf. „Nee. Da war nur eine kleine, freie Fläche ohne Bäume. Bis ich bei Ricochet war, hat er natürlich schon an der Stelle gescharrt. Falls da etwas war, habe ich es nicht gesehen.“

Der Rest der Befragung besteht aus Routinefragen und nach einer halben Stunde sind wir fertig. Coll hatte recht, Berman redet gern. Der Mann ist wahrscheinlich einfach nur einsam, was irgendwie traurig ist. Ich werde dafür sorgen, dass ihn jemand nach Hause fährt. Dann hat er wenigstens jemanden, mit dem er sich auf der Fahrt unterhalten kann.

Wir kehren ins Büro zurück und ich mache mich sofort daran, die Landbesitzer zu ermitteln. Ich bin so daran gewöhnt, stets mit Staatseigentum zu tun zu haben, dass mir gar nicht der Gedanke gekommen ist, dass es sich um ein Privatgrundstück handeln könnte. Wenn man selbst so weit von Wohneigentum entfernt ist, vergisst man leicht, dass den Menschen hier draußen große Flächen unbebauter Grundstücke gehören.

„Mr und Mrs Jerimiah Willis“, lese ich die Grundbucheintragungen vor. „Beide in den Achtzigern, kinderlos.“

Coll schaut von seinem Schreibtisch auf. „Ich lehne mich mal weit aus dem Fenster und behaupte, dass sie die Kiste nicht den ganzen Weg bis zur Lichtung geschleppt haben.“

„Wahrscheinlich nicht. Und keine anderen lebenden

Verwandten … Das ist doch merkwürdig, oder? Ein älteres Ehepaar, das allein auf einem großen Grundstück lebt? Weit und breit kein anderer Mensch?“

„Nicht wirklich. Nicht in dieser Region. Sie können jeden fragen und alle werden Ihnen sagen, dass die Menschen hier aus einem anderen Holz geschnitzt sind. Sie sind härter im Nehmen und an Orten wie diesem herrscht ein rauer Individualismus. Die Leute gehen nicht gern damit hausieren, dass sie auf andere angewiesen sind.“ Dann grinst er. „Ich persönlich glaube ja, dass die Leute einfach nur stur sind.“

„Trotzdem“, sage ich und tippe mir mit dem Stift in der Hand gegen die Lippen. „Ich möchte, dass jemand der Sache nachgeht. Wir sollten sichergehen, dass sie da draußen nicht gestorben sind und jemand in ihrem Haus hockt und ihre Sozialversicherungsbeiträge kassiert.“

„Ich schicke heute Nachmittag einen Streifenwagen vorbei.“

Ich überprüfe die Uhrzeit. 13:15 Uhr. Ich habe Coll nicht gesagt, dass ich mir gestern Abend nicht einmal die Mühe gemacht habe, ins Bett zu gehen, sondern stattdessen ein paar Koffeintabletten geschluckt und ferngesehen habe. Es fällt mir schwer, vor einem großen Fall zu schlafen, vor allem wenn er über meine berufliche Zukunft entscheiden könnte. Dann wälze ich mich immer hin und her, während mein Verstand die Tausenden von Möglichkeiten durchgeht, was passieren oder was ich finden könnte. Doch jetzt bin ich erschöpft, denn ich bin seit fast dreißig Stunden auf den Beinen.

Ich hole meinen Mantel. „Sie sagten, die Gerichtsmedizin braucht mindestens einen Tag, um die Autopsie durchzuführen?“ Er nickt. „Rufen Sie mich an, wenn sie damit fertig sind.“

„Wohin gehen Sie?“

„Ich muss nur noch ein paar Dinge klären.“

Kapitel Fünf

„Guten Morgen, Schlafmütze“, flötet eine Singsangstimme am anderen Ende der Leitung. Ich hätte einen Blick auf das Display des Telefons werfen sollen, bevor ich das Gespräch angenommen habe.

„Morgen, Zara“, sage ich gähnend.

„Hast du es wieder getan?“

„Was?“

„Die ganze Nacht aufbleiben, nachdem du dort angekommen bist.“

Ich lege die Stirn in Falten, halte das Handy von mir weg und prüfe die Uhrzeit auf dem zu hellen Display. Wütend halte ich es wieder ans Ohr. „Du weckst mich allen Ernstes um vier Uhr morgens auf?“

Ihr Lachen dringt an mein Ohr. „Du hast es verdient! Außerdem schläfst du wahrscheinlich seit gestern siebzehn Uhr, richtig? Du musst endlich aufstehen.“

So gern ich auch durch das Telefon greifen und sie erwürgen würde, sie hat recht. Zara Foley ist wahrscheinlich die einzige andere Person in der Zentrale, mit der ich regelmäßig spreche. Wenn jemand sie fragen würde, würde sie sagen, dass wir beste Freundinnen sind, aber ich weiß nicht, ob ich so weit gehen würde. Nicht, dass ich etwas an ihr auszusetzen hätte oder ihre Bemühungen nicht zu schätzen wüsste, aber ich gehöre einfach nicht zu den Menschen, die andere an sich heranlassen. Jedes Mal, wenn ich das getan habe, ist der Schuss nach hinten losgegangen, vor allem in letzter Zeit. Aber da ich überhaupt nur wenige Freunde habe und nur selten mit meiner Familie rede, ist sie die einzige Konstante, die immer für mich da ist. Sie macht gern Scherze, dass sie als extrovertierte Person mich ‚adoptiert' habe und der einzige Grund sei, warum ich irgendwohin gehe – außer zur Arbeit oder nach Hause. „Danke für den Weckruf", sage ich und finde mich damit ab, tatsächlich aufzustehen. „Wie geht es Timber?"

„Der perfekte Hausgast, wie immer. Er durfte letzte Nacht wieder in meinem Bett schlafen."

Ich stöhne. „Tu das nicht, sonst erwartet er, dass ich das auch dulde, wenn ich wieder nach Hause komme."

„Aber er ist so ein niedliches Baby", sagt sie mit übertrieben süßer Stimme, und ich kann sie vor mir sehen, wie sie ihn hinter den Ohren krault. „Wie geht es mit dem Fall voran?"

„Das wird eine harte Nuss. Das Wetter hat alle möglichen Beweise weggespült. Wir sollen heute den Autopsiebericht bekommen. Hoffentlich können wir sie dann identifizieren."

„Kommst du … damit klar?", fragt sie vorsichtig. Ich weiß, was sie alles tut, und obwohl ich ihre Bemühungen wirklich zu schätzen weiß, sind sie nicht notwendig. Ich kann mich hier draußen ganz gut behaupten. Vielleicht war das vor drei Monaten noch nicht der Fall gewesen und ich wüsste nicht, wo ich heute stehen würde, wenn sie nicht gewesen wäre.

„Ja, natürlich. Ich will einfach nur diesen Mistkerl finden, der das getan hat."

„Okay", sagt sie, und ich merke, dass sie sich mehr erhofft hat. Trotz all meiner Bemühungen versucht Zara es immer wieder und ich weiß, dass ich mich ihr gegenüber mehr öffnen sollte. Doch im Moment kann ich das einfach nicht. Vielleicht eines Tages. „Wenn du Hilfe brauchst, sag einfach Bescheid. Deine Sachen landen immer ganz oben auf dem Stapel."

„Das musst du nicht tun. Die Vorschriften gibt es nicht ohne Grund."

„Nun, ich bin einfach so gut", sagt sie voller Selbstvertrauen. „Ich kann deine Anfragen hinzufügen, ohne dass jemand den Unterschied bemerkt, weil ich sie immer so schnell erledige." Zara ist eine Analystin, die ausschließlich im Büro arbeitet. In sehr seltenen Fällen verlässt sie zwar die Zentrale für eine Operation, aber ich glaube, das ist erst zweimal vorgekommen. Sie ist die Person, die immer hinter dem Bildschirm sitzt und Agenten im Außendienst wie mir hilft, effektiver zu arbeiten. Sie ist auch eine Art Bücherfreak, aber das ist einer der Gründe, warum ich sie so sehr mag. Sie besitzt nicht diese großen Ambitionen, mit denen alle anderen Agenten zum FBI kommen. Und sie ist großartig in ihrem Job.

„Nochmals vielen Dank für das Wecken", sage ich und setze mich auf. „Jetzt muss ich nur noch dafür sorgen, dass die Dusche funktioniert, bevor ich in dieser Stadt einen anständigen Kaffee finde."

Ich höre das Klappern von Tasten auf der anderen Seite des Telefons. „Vielleicht solltest du dir das Early Derby in Chestnut ansehen. Sie öffnen um fünf Uhr dreißig."

„Du bist zu gut zu mir", sage ich.

„Ich wünsche dir einen schönen Tag!" Sie legt auf und lässt mich auf das blaue Licht meines Telefons starren, während ich mich nach einer Verbindung sehne, von der ich keine Ahnung habe, wie ich sie herstellen kann.

Nach einem kurzen Zwischenstopp beim Early Derby treffe ich um fünf vor sechs mit einem dampfenden Kaffee in der Hand auf dem Revier in Stillwater ein. Trish ist nirgends zu sehen. Stattdessen sitzt ein anderer Beamter vor der Trennwand und starrt mich an, als ich hereinkomme. Ich zeige ihm meinen Ausweis und er öffnet die Tür nach hinten, wo ich mich hinsetze und sämtliche Vermisstenmeldungen der letzten sechs Monate im Umkreis von einhundertfünfzig Kilometern um Stillwater durchgehe. Ohne einen mutmaßlichen Namen sind keine zahnärztlichen Aufzeichnungen über diese Person zu finden, also ist es an der Zeit, sich an die Arbeit zu machen. Ich könnte die Autopsie abwarten, aber dafür fehlt mir die Geduld. Also grenze ich die Suchparameter anhand der Dinge ein, die ich gestern vor Ort beobachtet habe. Zum Glück gibt es in der Bevölkerung nicht so viele natürliche Rothaarige. Das dürfte die Sache schnell eingrenzen.

Doch als Coll gegen sieben Uhr fünfundvierzig kommt, habe ich noch nichts gefunden.

„Ich muss wohl früher aufstehen, wenn ich vor Ihnen da sein will“, sagt er und stellt im Vorbeigehen einen Kaffee auf meinen Schreibtisch.

„Wofür ist der?“, frage ich.

„Sie haben gesagt, dass Sie nicht frühstücken, also dachte ich, dass Sie vielleicht einen brauchen, weil Sie schon seit …“ Er wartet darauf, dass ich den Satz beende.

„Zwei Stunden hier bin“, antworte ich verlegen, ohne zu wissen, warum mir das eigentlich peinlich ist.

Er nickt in Richtung des anderen Bechers auf meinem Schreibtisch. „Wie ich sehe, haben Sie bereits den besten Kaffee der Stadt gefunden.“

„Ich hatte Hilfe“, antworte ich und wende mich wieder der Datenbank mit den Vermisstenfällen zu. „Danke für den Kaffee.“

Er zeigt auf meinen Bildschirm. „Ich bin sie gestern auch

schon alle durchgegangen, nachdem Sie weg waren. Ich gehe davon aus, dass Sie bisher kein Glück hatten?"

Ich schüttle den Kopf. „So ungern ich es zugebe, aber ich glaube, wir müssen unsere Suche auf nationale Ebene ausweiten. Es ist gut möglich, dass sie von außerhalb hierher gebracht wurde."

„Ja", sagt er und legt einen Aktenordner auf meinen Schreibtisch. Darin finden sich sieben Berichte über rothaarige Frauen unterschiedlichen Alters.

„Wie lange waren Sie noch hier?", frage ich.

„Ich bin gegen neun Uhr gegangen."

„Das können nicht alle Rothaarigen sein."

Er lacht leise. „Nein, nur die aus Virginia und Maryland. Was glauben Sie, wer ich bin, Superman?"

Das ist gut. Ich hätte hier sein sollen, um ihm zu helfen, und ich kann diesen Druck spüren, der sich in mir aufbaut. Der Druck, die Beste in diesem Job zu sein. Wenn ich in der ersten Nacht nur geschlafen hätte … Doch ich höre sofort damit auf. Das kann ich mir im Moment nicht antun. Das ist bereits Vergangenheit und er hat mit der Detailarbeit begonnen. Und das ich vor einem großen Fall nicht schlafe, ist Teil meiner Vorgehensweise, den ich akzeptieren muss. Wir können wahrscheinlich noch ein paar Staaten abarbeiten, bevor der Rechtsmediziner die Autopsie abgeschlossen hat – vorausgesetzt, dass sie heute Morgen als Erstes auf seinem Plan steht.

„Ich nehme den Süden und Westen, falls Sie den Norden und Osten wollen", sage ich und grinse. Wir werden nicht alle finden, aber je mehr wir haben, wenn der Bericht fertig ist, desto besser werden wir vorbereitet sein. Wenn sie nicht aus der Gegend kommt, stammt sie höchstwahrscheinlich aus einem angrenzenden Bundesstaat. Ich hoffe nur, dass es sich nicht um einen Fall handelt, bei dem der Mörder sie den ganzen Weg von Oregon hierher gebracht hat.

„Klingt gut", meint er. Ich stelle fest, dass mir Detective

Coll trotz meiner Bemühungen immer besser gefällt. Die Zusammenarbeit mit ihm ist einfach – im Gegensatz zu den meisten Menschen, mit denen ich täglich zu tun habe. Ein Teil von mir möchte sich darauf einlassen, aber dann sagt mir der andere, praktischere Teil, was ich bereits weiß: Am Ende würde es nur übel enden. Also muss ich Abstand halten. Ich nicke ihm kurz zu, wende mich wieder meinem Bildschirm zu und fange mit North Carolina an.

„Nun, in einem Punkt hatten Sie recht“, meint die Gerichtsmedizinerin und zieht sich die Handschuhe aus, als sie uns im Büro der Bezirksgerichtsmedizin empfängt, das nur drei Gebäude von der Wache entfernt ist. „Das Opfer ist eine Frau.“

„Gut zu wissen“, antworte ich. Vermutlich hätten wir es auch mit einem Transvestiten zu tun haben können, aber mein Bauchgefühl sagte mir, dass dem nicht so war.

„Hier sind ihre Sachen“, sagt die Ärztin und reicht uns ein kleines Tablett mit dem Schmuck, den sie getragen hat. Ich werfe nur einen kurzen Blick darauf. Wir werden uns später näher mit ihm befassen.

„Und?“, frage ich. „Haben Sie eine Ahnung, wie sie gestorben ist?“

Sie mustert mich aufmerksam. Sie wirkt auf mich nicht so ambivalent wie die anderen Polizisten, außer Coll. Aber sie ist vorsichtig, zurückhaltend. Sie ist sich nicht sicher, ob sie mir vertrauen kann. Ich mache ihr keine Vorwürfe. Bei unserer Ankunft wartete sie einen Moment, bevor sie sich als Sybil Crowley vorstellte, die leitende Gerichtsmedizinerin von Stillwater. Sie ist Mitte fünfzig und ich habe das Gefühl, dass sie sich von niemandem etwas sagen lässt, auch nicht von Burke. Während ich mit ihr spreche, höre ich Janice in meinem Hinterkopf, dass ich es den Leuten vor Ort nicht noch schwerer machen soll.

„Angesichts des fortgeschrittenen Verfalls ist das schwer zu sagen“, sagt Sybil. „Schuss- oder Stichverletzungen können wir allerdings ausschließen. Die Kleidung war größtenteils unversehrt und ich sehe keine Kratzer an den Knochen oder Einschusslöcher.“ Sie führt uns in die Mitte des Raumes, wo die Überreste der Frau auf dem Tisch liegen. „Es gab auch kein Trauma durch stumpfe Gewalteinwirkung auf Kopf oder Wirbelsäule. Die Augen wurden postmortal zugenäht. Und wie Sie wahrscheinlich schon gesehen haben, gab es enorme Schäden im Beckenbereich, was der Tatsache geschuldet ist, wie sie in diese Kiste gezwängt wurde.“

Sie zeigt auf die Überreste des Beckens und der Oberschenkelknochen der Frau, die neu ausgerichtet wurden. „Jemand hat sie mit viel Kraft hineingequetscht“, sagt sie. „Aber der Haltung nach zu urteilen, war sie wahrscheinlich schon tot, als das geschah.“

„Warum sollte jemand so etwas tun?“, frage ich. „Welchen Nutzen hat das?“

„Nun, man muss nicht so ein großes Loch graben“, antwortet Sybil. „Aber soweit ich das beurteilen kann, gibt es keinen Vorteil. Abgesehen von der Wut. Wenn sie noch am Leben gewesen wäre, hätten wir mehr Schäden an den Überresten ihrer Fingernagelbetten oder andere Prellungen und Brüche vorgefunden.“

„Könnte sie unter Drogen gesetzt worden sein?“, will Coll wissen.

Crowley schüttelt den Kopf. „Selbst wenn das der Fall gewesen wäre, hätte es in der Kiste Beweise für eine Art von Kampf gegeben. Ich bin mir ziemlich sicher, dass sie schon tot war, als man sie dort hineingestopft hat.“

„Wie lange war sie auf der Lichtung?“, frage ich.

„Meiner Schätzung nach? Mindestens zweieinhalb Monate. Sie hat einen Zustand der Buttersäuregärung erreicht, in dem das Fleisch zu zerfallen beginnt. Normalerweise setzt sie etwa zwanzig Tage nach dem Tod ein, aber eingeschlossen in dieser kleinen Kiste gehe ich davon aus, dass die Verwesung langsamer vorangeschritten ist. Auf dieser Grundlage und unter Berücksichtigung des Zustands der Leiche würde ich sagen, dass sie wahrscheinlich irgendwann Mitte Januar getötet wurde."

„Das ist wenigstens etwas", meint Coll. „Ich hatte schon befürchtet, dass es noch länger her ist."

Ich stimme ihm zu. Zweieinhalb Monate bedeuten, dass es sich nicht um einen kompletten Cold Case handelt. Trotzdem wird es nicht einfach werden. Und irgendetwas daran kommt mir bekannt vor, aber ich kann nicht genau sagen, was. „Fingerabdrücke?", frage ich.

„Da haben wir vielleicht Glück. Durch die Kälte ist die Haut nämlich erhalten geblieben. Es gibt ein Verfahren, das sich Thanatoprint nennt und mit dem die Finger vielleicht so weit wiederhergestellt werden können, dass ein Abdruck möglich ist. Aber dazu müssen wir die Leiche wegschicken. Wir haben hier nicht die notwendigen Geräte dafür. Haben Sie eine Ahnung, wer das Opfer ist?"

Coll schüttelt den Kopf. „Nein. Aber vielleicht hilft uns der Schmuck ja weiter."

„Ehrlich gesagt, haben Sie mit dem Zahnabgleich vermutlich mehr Glück als mit den Fingerabdrücken", meint Sybil. „Wenn Sie einen Hinweis auf ihre Identität bekommen, kann ich das mit ihrem Zahnarzt klären. Das geht viel schneller, als die Abdrücke zu rekonstruieren."

Ich gehe zu dem kleinen Tablett und nehme den Schmuck in die Hand. „Sonst noch etwas? Andere identifizierende Details?"

Sybil schüttelt den Kopf. „Nur, dass sie relativ jung war, Mitte bis Ende dreißig. Zu jung für Knie- oder Hüftprothesen, keine Metallplatten, nicht einmal ein gebrochener Knochen, soweit ich das beurteilen kann, natürlich abgesehen von den Folgen des Zusammenpferchens ihrer Leiche."

Mein Verstand versucht, all diese Details zu erfassen. Allein an ihrem Schmuck erkenne ich, dass sie keine arme Frau war, nichts davon ist Modeschmuck. Und nach dem, was Sybil uns erzählt hat, scheint sie sich allgemein guter Gesundheit erfreut zu haben.

„Was ist mit den Augen?", frage ich. „Gibt es einen besonderen Grund?"

„Keinen, den ich finden konnte", sagt sie. „Scheint rituell motiviert zu sein."

„Vielleicht auch religiös", sage ich zu Coll. „Noch etwas, das wir berücksichtigen sollten."

„Danke, Doc", sagt Coll, als ich mit den eingepackten Beweisen zurückkomme.

„Keine Ursache. Ich werde sie im Kühlfach aufbewahren, bis Sie entscheiden, was ich tun soll. Halten Sie mich einfach auf dem Laufenden." Sie schiebt den Tisch zu der Wand mit den Fächern hinüber. Sie erinnern mich an ein Mausoleum und ich muss diesen Gedanken abschütteln.

Coll bemerkt das und sieht mich kurz an, aber ich winke ab. „Es war mir ein Vergnügen, Sie kennenzulernen, Sybil", sage ich. „Danke für Ihre Hilfe."

Sie nickt mir zu. „Ich mache nur meinen Job."

Kapitel Sechs

Nachdem wir uns von der Gerichtsmedizinerin verabschiedet hatten, beschlossen wir, direkt zum Juwelier zu gehen. Coll bot mir an zu fahren und ich verspürte keinen Drang, das Angebot abzulehnen. Meine Hoffnung, einen Durchbruch in diesem Fall herbeizuführen, schwindet schnell. Da es kaum Anhaltspunkte für ihre Identifizierung gibt und keine passenden Frauen in den örtlichen Vermisstenanzeigen auftauchen, halte ich dies für sehr unwahrscheinlich.

„Das denke ich auch", sagt Coll. „Wir wissen, dass sie erst seit ein paar Monaten vermisst wird und dass es ihr gesundheitlich recht gut ging und …"

„Dass sie verheiratet war", sage ich und drehe den goldenen Ehering in der Tüte. Leider gibt es keine Gravur. Außerdem gibt es einen Verlobungsring, ein Armband und einen Anhänger mit einem Stein, der ein Rubin sein könnte.

„Und dass sie verheiratet ist", wiederholt Coll. „Glauben Sie, dass sie ihren Mörder kannte?"

„Höchstwahrscheinlich", sage ich. „Das Fehlen eines gewaltsamen Kontakts, der zu ihrem Tod geführt hat, deutet darauf hin. Sie wurde wahrscheinlich entweder erwürgt oder ihr wurde etwas injiziert … und wie Sybil sagte, hat sie sich nicht besonders gewehrt. Das bedeutet, dass unser UT sich nähern konnte, ohne Angst zu haben, enttarnt zu werden."

„UT?", fragt er.

„Unbekannter Täter. So nennen wir unsere Täter, wenn wir ihre Identität nicht kennen."

„Wir nennen sie einfach unbekannte Täter."

Ich drehe mich zu ihm um. „Wissen Sie das nicht? Beim FBI geht es vor allem um Effizienz. Es gibt keine Abkürzung, die wir uns nicht zu eigen machen."

Es dauert eine Sekunde, bis er loslacht, und ich kann mir ein Grinsen nicht verkneifen. Manchmal ist das FBI wirklich sehr von sich eingenommen, was ich nicht vergessen sollte, wenn ich mit der Polizei vor Ort zusammenarbeite.

Wir halten auf dem Parkplatz des Juweliers. Das Geschäft befindet sich in einem kleinen Gebäude, das zwischen zwei größeren Bauten eingepfercht ist, an denen jeweils ein ‚Zu vermieten'-Schild prangt. Früher waren sie wahrscheinlich Kaufhäuser oder Ladenlokale und Teil eines belebten Zentrums in einer wachsenden Stadt gewesen. Aber nun stehen sie leer und das kleine Juweliergeschäft hat sie beide überdauert.

Coll geht vor, als wir zum Klang einer Glocke über dem Kopf eintreten. Ich schaue auf und stelle fest, dass es sich nicht um einen echten Gong handelt, sondern um ein elektronisches Überwachungssystem, das so konzipiert wurde, dass es wie eine echte Glocke klingt. Ein kurzer Blick durch den Laden zeigt mir, dass sein Besitzer es mit der Sicherheit ernst meint. Auch wenn es sich um ein kleines Geschäft einer winzigen Stadt handelt, wird hier nichts dem Zufall überlassen.

„Guten Morgen", begrüßt uns der Verkäufer hinter dem Ladentisch. Er ist Mitte vierzig, trägt eine Brille auf der Nase und eine zweite auf dem kahlen Kopf. Er empfängt uns mit einem Lächeln. „Lassen Sie mich raten, Sie sind auf der Suche nach Eheringen?"

Coll und ich wechseln einen unbehaglichen Blick, bevor ich meinen Ausweis zücke und ihn dem Mann zeige. „Ich bin Agent Slate vom FBI. Das ist Detective Coll. Wir wollen herausfinden, ob Sie Schmuckstücke von einem Tatort für uns identifizieren können."

„Oh", meint der Verkäufer überrascht. „Entschuldigung. Wir bekommen nicht oft Besuch vom FBI. Um welche Schmuckstücke geht es denn?"

Ich lege die Tüte auf die Theke.

„Darf ich sie herausnehmen?" Ich nicke. Sie wurden bereits auf Fingerabdrücke, DNA und alle anderen Spuren untersucht. Er nimmt sich einen Moment Zeit und als er die zweite Brille über die erste zieht, erkenne ich, dass es sich um eine Lupe handelt. Nach der Begutachtung aller vier Stücke schaut er auf. „Nun, die gute Nachricht ist, dass sie alle echt sind."

Ich atmete zufrieden aus. „Was können Sie uns über sie sagen?"

Er legt jeden Gegenstand der Reihe nach auf eine kleine Waage. Dann misst er die Größe der Steine mithilfe eines kleinen Schiebers.

„Ein Ehering, Gold, vierundzwanzig Karat. Ein Verlobungsring mit einem Diamanten, drei Karat, eingefasst in ein achtzehnkarätiges Band. Ein Armband mit Diamanten und Rubinen von unterschiedlicher Qualität und ein fünfkarätiger Rubin in einem diamantbesetzten Collier. Alles in allem handelt es sich hier wahrscheinlich um Edelsteine und Metalle im Wert von zwanzig- bis fünfundzwanzigtausend Dollar."

Coll pfeift leise. Ich kann es ihm nicht verübeln. „Können Sie uns sagen, ob diese Stücke in Ihrem Geschäft verkauft wurden?"

„Das ist durchaus möglich. Wir haben viele gut situierte Kunden, vor allem solche, die nach D.C. pendeln. Ich kann in unserem Inventar nachsehen, ob eines dieser Stücke zu einem kürzlich verkauften Artikel passt."

„Nicht kürzlich“, erkläre ich ihm. „Zumindest nicht in den letzten zwei Monaten.“

Er nickt und schiebt die zweite Brille wieder nach oben, bevor er zu seinem Computer geht.

„Ist Ihr gesamter Bestand digitalisiert?“, will Coll wissen.

„Alles bis in die späten neunziger Jahre“, sagt der Mann. „Das erleichtert die Buchführung. Die Leute kommen zu uns, weil sie einen Stein verloren haben oder eine Reparatur benötigen. Es ist viel einfacher, hier nachzusehen, was sie ursprünglich gekauft haben, anstatt Vermutungen darüber anzustellen. So können wir uns viel näher ans Original halten.“ Er durchsucht die Dateien. „Hm. Zum Ehering werde ich nichts sagen können, wir haben im Laufe der Jahre tatsächlich Hunderte davon verkauft. Der Verlobungsring allerdings … nein. Sieht nicht so aus, als wäre er von uns.“

Ich atme frustriert aus. Das Ganze wird uns vermutlich nicht weiterhelfen. Unser Mörder kam wahrscheinlich aus Kanada herüber oder …

„Moment, es sieht so aus, als hätten wir die Halskette verkauft.“

Mein Herz macht einen Sprung. „Sind Sie sicher?“

„Ziemlich sicher. Das ist ein R4-Rubin in einer Fassung, die mit vier halbkarätigen C6-Diamanten besetzt ist. Die Wahrscheinlichkeit, dass noch ein solches Exemplar irgendwo verkauft wird, ist gering. Es war ein Unikat, wir hatten noch nie ein solches Stück im Laden.“

„Wer war der Käufer?“, frage ich.

Er schürzt die Lippen. „Das ist seltsam. Hier ist kein Käufer angegeben. Hier steht, dass sie bar bezahlt wurde.“

„*Bar*?“, wiederholt Coll. „Wie viel hat sie gekostet?“

„Knapp neuntausend. Abholung am selben Tag.“

Ich lege die Hand auf die Schmucklade zwischen uns und beuge mich vor, um einen Blick auf seinen Bildschirm zu erhaschen. „Wollen Sie mir erzählen, dass jemand mit neun

Riesen in der Tasche hereinspaziert kam und den Schmuck gekauft hat?“

„Es scheint so.“

„Wann?“

„Die Rechnung ist datiert auf … den dritten November zweitausendfünfzehn.“

Ich schaue zu den Kameras, die sämtliche Bereiche des Ladens abdecken. „Vermutlich heben Sie das Material der Überwachungskameras nicht so lange auf.“

„Nein. Außerdem haben wir das System seither ausgetauscht. Selbst wenn wir die Aufnahmen gespeichert hätten, wären die Aufzeichnungen also längst weg.“

Verdammt! Ich drehe mich um und gehe zur Tür.

„Vielen Dank für Ihre Hilfe“, meint Coll und ich höre, wie er den Schmuck zusammenpackt. Als er mich erreicht, stehe ich schon draußen beim Auto. „Nicht das, was Sie hören wollten?“

Ich zucke mit den Schultern. „Ich wusste, dass es nicht einfach sein würde. Aber es sagt uns zumindest eines: Sie könnte doch von hier sein.“

„Ich verstehe das nicht“, sagt Coll. Nach dem Besuch im Juweliergeschäft sind wir ins Büro zurückgekehrt und der Tag zieht sich hin, ohne dass wir irgendwelche Fortschritte erzielen. Als ich an meinen Schreibtisch zurückgekehrt war, las ich als Erstes den Bericht der Pathologin. Doch es stand nichts darin, was ich nicht schon wusste. Nun gehen wir wieder die Vermisstenanzeigen durch, allerdings mit wenig Erfolg.

„Was verstehen Sie nicht?“, frage ich.

„Hätte sie nicht jemand als vermisst gemeldet? Ich meine, wir erhalten ständig Berichte über Obdachlose, die vermisst werden. Man sollte meinen, dass *irgendjemand* bemerkt, wenn ein Mensch verschwindet, der Schmuck im Wert von fünfundzwanzig Riesen am Körper trägt."

Er hat recht. Wer so viel Geld hat, verschwindet nicht einfach vom Erdboden, ohne dass jemand davon Notiz nimmt. Und wenn sie diese Schmuckstücke nicht für sich selbst gekauft hat, weiß zumindest jemand anderes von ihrer Existenz. Mir gehen ihre Augen nicht aus dem Kopf. So etwas jemandem anzutun, ist sehr seltsam, und irgendetwas daran stört mich. Ich ziehe mein Handy heraus und wähle eine Nummer.

„Hallöchen!", meldet sich Zara.

Ich grinse. „Hallöchen? Das ist neu."

„Ich dachte mir, ich begrüße dich wie die Leute auf dem Land, da du ja gerade dort zu tun hast." Ihre Stimme ist zu fröhlich und aufgekratzt. Und auch ein bisschen spöttisch, obwohl ich weiß, dass sie alles dafür geben würde, auch hier zu sein.

Ich lache. „Du bist ziemlich nah dran. Kannst du mir einen Gefallen tun? Ich habe da so eine Ahnung."

„Ohhh, das höre ich gern", antwortet sie, diesmal wieder mit ihrer normalen Stimme. „Schieß los."

„Kannst du deine magischen Fähigkeiten wirken lassen und den Polizeicomputer für mich nach anderen Opfern durchsuchen, die unter ähnlichen Umständen aufgefunden wurden? Ich ergänze gerade ihre Akte mit sämtlichen Informationen, die wir haben." Ich bemerke, wie Coll die Ohren spitzt.

„Du glaubst, dass sie nicht das erste Opfer ist?"

„Ich weiß es nicht. Irgendetwas an diesem Fall kommt mir bekannt vor, aber ich kann nicht genau sagen, was. Schau einfach mal nach, okay?"

„Aber sicher. Gib mir ein paar Stunden. Ich muss ein paar

verschiedene Syntaxsuchen durchführen, da wir keinen Namen haben. Ich melde mich bald wieder."

„Danke, ich schulde dir einen Drink, wenn ich zurück bin." Ich beende das Gespräch und drehe mich zu Coll um.

„Was ist los?", fragt er.

„Ich gehe nur einer Ahnung nach. Ich möchte mir sicher sein, dass unser Täter das nicht schon vorher gemacht hat."

Er lehnt sich zurück und starrt mich mit großen Augen an. „Verdammt. Halten Sie das wirklich für möglich?"

„Alles ist möglich. Wir müssen nur herausfinden, wie wahrscheinlich es ist."

„Nun", sagt er, steht auf und greift nach seinem Mantel. „Ich bin für den Rest des Tages so gut wie nutzlos, was ist mit Ihnen?"

Ich starre weiter auf den Suchbildschirm. Es ist uns gelungen, neunzehn weitere Namen für die Akte zu finden, aber keine der Personen stammt aus diesem Bundesstaat. Wenn der Schmuck hier gekauft wurde, hat das Opfer höchstwahrscheinlich hier gelebt und wir verschwenden nur unsere Zeit. Ich habe das Gefühl, mich komplett verrannt zu haben, dabei haben wir gerade erst angefangen.

Ich fahre mir mit den Händen über das Gesicht. „Ja. Ich mache morgen damit weiter. Ich muss dringend etwas Schlaf nachholen."

„Sie wissen schon, dass das nur ein Mythos ist, oder?", fragt er, während er seinen Mantel anzieht. „Man kann Schlaf nicht wirklich nachholen und auf die Bank bringen wie Geld. Wenn er weg ist, ist er weg."

„Wollen Sie mich deprimieren?", frage ich und ziehe ebenfalls meinen Mantel an. „Ich liebe mein Nickerchen."

„Nun ja, ein Nickerchen ist etwas anderes", sagt er und führt mich den Flur entlang. „Damit kann man seinen Akku tatsächlich wieder aufladen. Sie sind toll, ich mache sie ständig. Aber wenn man nachts nicht mehr schlafen kann, ist man echt geliefert."

„Warum wissen Sie so viel über Schlaf?", frage ich.

„Als ich jünger war, habe ich unter Schlaflosigkeit gelitten. Und jede Menge Tests über mich ergehen lassen müssen. Wenn man es vermeiden kann, würde ich das definitiv nicht empfehlen."

„Was hat Ihnen geholfen?" Wir verlassen das Revier durch den Hinterausgang, der näher am Parkplatz liegt.

„Liberaler Alkoholgenuss."

Ich lache leise, bis ich sein Gesicht sehe. „Sie meinen das ernst."

„Verstehen Sie mich nicht falsch, ich bin kein Alkoholiker oder so, aber ein oder zwei Drinks nach der Arbeit helfen mir, mich zu beruhigen. Damit ich nicht jeden Tag in diesen dunklen Gedanken ertrinke. Diese Frau zu sehen … das war hart."

„Wollen Sie jetzt dorthin?"

Er nickt. „Ich hatte gehofft, Sie würden mir Gesellschaft leisten. Ich meine, ich werde Sie natürlich die ganze Zeit nach FBI-Geheimnissen ausfragen, nur damit Sie es wissen."

Normalerweise würde ich Nein sagen und in mein Motelzimmer zurückgehen. Aber da es nicht der gemütlichste Ort ist und Coll so entgegenkommend war wie kaum ein anderer, schulde ich ihm zumindest einen Drink. „Einverstanden. Aber wenn Sie mich anbaggern, wird das schmerzhaft für Sie enden."

„Das werde ich nicht, versprochen", antwortet er grinsend.

Kapitel Sieben

„WOLLTEN Sie schon immer zum FBI?“, fragt Coll und setzt sich mir gegenüber. Er hat mich zu einem Laden namens *The Road Stop* gebracht, der kaum mehr ist als ein einstöckiges Backsteingebäude mit ein paar ausgeschnittenen Fenstern. Im hinteren Bereich stehen eine Reihe von Billardtischen und überstrapazierte Dartscheiben und es riecht unverkennbar nach Bier. Ich bin froh, dass ich ihm in meinem eigenen Auto gefolgt bin, denn ich habe nicht vor, lange zu bleiben.

„Slate?“

„Wie bitte?“, frage ich und konzentriere mich wieder auf ihn.

„Ich habe gefragt, ob Sie schon immer zum FBI wollten.“ Heute Abend sind viele Leute hier. Ich würde den Laden zwar nicht als brechend voll bezeichnen, aber es ist laut genug, dass Coll seine Stimme erheben muss.

„Und hierher bringen Sie alle Ihre Dates?“, frage ich grinsend und weiche seiner Frage aus.

„Oh nein, das ist kein Date“, sagt er. „Darüber sollten wir uns im Klaren sein. Das ist nur ein Drink mit Kollegen zum Feierabend. Die schönen Orte hebe ich mir für besondere Anlässe auf.“

Ich grinse und verspüre den leichten Drang, ihm mein Getränk überzuschütten, aber stattdessen trinke ich einen Schluck. Er zeigt ein Lächeln und setzt seine Flasche an. „Eigentlich kommen die meisten Polizisten, die nicht im Dienst sind, hierher, um Dampf abzulassen."

„Super", sage ich. „Eine Bullenbar."

Er reibt Daumen und Zeigefinger aneinander. „Die Atmosphäre ist nicht gerade die beste, aber der Preis ist unschlagbar. Aber Sie weichen meiner Frage aus."

Ich hole tief Luft. Vermutlich muss ich da einfach durch. „Ich hatte keinen Kindheitstraum oder so etwas. Ich wollte einfach die Beste sein, egal was ich tat."

„Lassen Sie mich raten, Jahrgangsbeste?" Ich will ihm schon widersprechen, aber er hat recht. Also sage ich nichts, nehme nur einen weiteren Schluck. „Frühzeitige Aufnahme in Quantico? Feldtraining mit was? Dreiundzwanzig?"

„Vierundzwanzig", korrigiere ich ihn.

„Schwarzer Gürtel?", fragt er.

„Zwei. Aikido und Karate."

Seine Augen werden immer größer, aber er behält sein Lächeln bei. „Die Bemerkung, dass es schmerzhaft werden würde, war also …"

„Todernst gemeint", antworte ich, aber es liegt ein Lächeln auf meinen Lippen, das ich sofort verscheuche. Ich werde das nicht tun. Ich will nicht in etwas hineingezogen werden, nicht wenn die Dinge so … verzwickt sind.

„Was ist mit Ihrer Familie?", fragt er. „Haben Sie Geschwister?"

„Nein, ich bin Einzelkind."

„Das einzige Kind und das, an das sie all ihre Hoffnungen und Träume geknüpft haben."

Er hebt seine Flasche und zeigt damit in meine Richtung an. „Von meiner Seite des Tisches sieht es so aus, als ob es Ihnen gut geht."

„Sie kennen nicht die ganze Geschichte."

„Wollen Sie sie mir erzählen?“

„Nicht wirklich.“

„Auch gut.“ Er blinzelt. „Mal sehen … ich würde sagen … Privatschule. Vom Kindergarten bis zum Schulabschluss.“

Jetzt muss ich mir ein herzhaftes Lachen verkneifen. „Nicht einmal annähernd. Ich komme aus einer Stadt, die noch kleiner ist als Stillwater. Mein Abschlussjahrgang hatte weniger als vierzig Personen. Wir hatten nicht einmal eine Privatschule.“

Er beugt sich vor. „Plötzlich sieht diese Jahrgangsbeste gar nicht mehr so beeindruckend aus.“

„Jetzt kennen Sie das schlimmste Geheimnis von allen.“ Ich nehme noch einen Schluck und nicke ihm dann zu. „Was ist mit Ihnen? Wollten Sie schon immer Polizist werden?“

„Das liegt in der Familie, allerdings nicht in der unmittelbaren. Mein Großvater war Polizist, damals in Irland in den Achtzigern.“

„Wow.“

„Ja. Er brachte das ultimative Opfer im Kampf gegen eine Bande von Schlägern, die nur Ärger machen wollten. Einer von ihnen hat sie mit einem Messer bedroht und …“ Er trinkt einen Schluck.

„Liam, das tut mir leid“, sage ich.

„Ja, das ist echt ätzend. Ich wünschte, ich hätte ihn kennenlernen können. Jedenfalls zog mein Vater kurz danach hierher und lernte meine Mutter kennen. Sie haben geheiratet und das ist alles, was es dazu zu sagen gibt.“

„Ich habe mich schon gefragt, warum Sie keinen Akzent haben. Bei Ihrem Namen und Ihrem Teint?“

„Was, nicht Lucky-Charms genug für dich?“, sagt er mit einer schlechten Imitation eines irischen Akzents.

Ich hätte fast meinen Whiskey ausgespuckt.

„Waren Sie schon einmal dort? Um die Wurzeln Ihrer Familie kennenzulernen?“

„Das würde ich gern. Aber ich bezweifle, dass ich mit dem Gehalt eines Polizisten viel reisen werde. Zumindest nicht mit dem Gehalt eines Polizisten in Stillwater. Vielleicht ist die Bezahlung dort, wo Sie arbeiten, ja besser."

„Die Bezahlung mag besser sein, aber die Arbeitszeiten sind mörderisch", antworte ich. „Ich habe einen Hund, den ich kaum sehe, weil ich so viel arbeiten muss."

„Warum dann der Hund?"

Ich zucke zusammen. „Ich … er … er gehörte einem Freund. Ich will ihn nicht weggeben." *Verdammt.* Ich wollte nicht über dieses Thema sprechen. Ich sollte einfach austrinken und gehen.

Ich kippe den Rest des Whiskeys herunter.

„Ich gehe jetzt ins Bett und versuche, den Schlaf nachzuholen, den ich nicht nachholen kann." Ich hole einen Zehner aus meinem Mantel und lege ihn auf den Tisch. „Danke für die Einladung."

„Emily, warte", sagt er und lehnt sich über den Tisch, als ich aufstehe. Es ist das erste Mal, dass er meinen Vornamen benutzt, und ich hasse mich dafür, dass mir gefällt, wie er aus seinem Mund klingt. „Das müssen Sie nicht tun. Wir können über etwas anderes reden. Worüber Sie wollen."

„Danke. Aber ich bin wirklich müde. Ich fahre jetzt zurück ins Hotel."

„Okay." Komisch, ich spüre nicht die normale Wut oder Frustration, die ich sonst höre, wenn ich Männer abblitzen lasse. „Sehen wir uns morgen?"

„Ja, natürlich", sage ich und mache mich auf den Weg zum Parkplatz.

Was zum Teufel mache ich hier? Ich bin hier, um zu arbeiten, und nicht, um mit dem örtlichen Polizisten etwas zu trinken, der mich für den Polizeichef im Auge behalten soll, von dem ich *weiß*, dass er es auf mich abgesehen hat. Egal, wie nett Coll ist, ich muss daran denken, dass er auf der anderen

Seite steht. Wenn er beim FBI wäre, wäre es vielleicht anders, aber ich muss bei klarem Verstand bleiben, und wenn ich mit ihm etwas trinken gehe, tue ich mir damit sicherlich keinen Gefallen.

Auf der Rückfahrt schlage ich mit beiden Händen auf das Lenkrad. Wie konnte ich nur so dumm sein? Was würde Matt sagen? Wie würde er sich dabei fühlen?

Mein Telefon klingelt, als ich auf halbem Weg zurück zum Motel bin. Zuerst befürchte ich, dass es Coll sein könnte, der mich bitten will, zurückzukommen. Aber als ich sehe, dass es Zara ist, atme ich erleichtert auf.

„Hey, Zara. Was gibt es?"

„Ich habe eine gute und eine schlechte Nachricht für dich. Welche zuerst?"

„Die schlechte. Schlimmer kann der Abend sowieso nicht mehr werden."

„Moment", sagt sie. Ihr Interesse ist geweckt. „Was soll das heißen? Wieso war dein Abend schlimm?"

„Nichts, ich war nur … mit dem Detective, mit dem ich zusammenarbeite, etwas trinken. Das war dumm. Ich hätte es nicht tun sollen."

„Wegen Matt?", fragt sie, und ich bin erstaunt über ihre Offenheit. Sie hat seinen Namen noch nie gesagt, zumindest nicht seit … diesem Tag. Zuerst bin ich zu verblüfft, um überhaupt zu antworten.

„Ich meine … ja", sage ich schließlich. Ich kann es ihr nicht übel nehmen, sie hat ja nicht unrecht.

„War es ein Date?", fragt sie.

„Nein, eigentlich nicht. Aber manchmal hat es sich … date-isch angefühlt."

Sie lacht leise. „Date-isch? Was soll das heißen?"

„Ich weiß es nicht." Sie versteht mich nicht, weil sie nicht in meiner Lage ist. Niemand ist das. Niemand hat durchgemacht, was ich durchgemacht habe, nicht in meinem Alter.

Alles, was ich weiß, ist, dass sich dieses Zusammensein mit Liam Coll in diesem Laden … vertraut angefühlt hat.

Und das habe ich bisher nur einmal erlebt.

„Versuch, dich nicht selbst zu verurteilen", sagt sie. „Was du durchgemacht hast, wird dich noch eine Weile beschäftigen. Aber du bist immer noch ein Mensch. Du darfst Gefühle haben."

„Ja, vermutlich hast du recht", stimme ich ihr zu. Allerdings war ich immer stolz darauf, dass ich mich nicht mit den Dingen aufhalte, mit denen sich normale Menschen aufhalten. Ich schätze, ich bin doch nicht immun. „Danke."

„Jederzeit", fügt sie hinzu, ihre Stimme ist fröhlich. „Aber ich kann ich dir nicht die schlechte Nachricht vor der guten Nachricht verraten."

Das zaubert ein Lächeln auf mein Gesicht. „Warum hast du mich dann gefragt, welche ich zuerst hören will?"

„Weil du ‚Die gute Nachricht' sagen solltest! Alle sagen ‚Die gute Nachricht zuerst'!"

Ich gebe nach. „Okay, was ist die gute Nachricht?"

„Ich habe ein weiteres Opfer in ähnlichem Zustand gefunden." Ich komme von der Straße ab, die Reifen meines Wagens quietschen. „Ähm? Alles okay?"

„Das ist ein Scherz", sage ich.

„Nein. Ich musste allerdings sehr tief graben. Das war vor sechs Jahren."

„Sag mir, dass das die schlechte Nachricht ist."

„Schön wär's." Sie hält inne und ich kann die Bestürzung in ihrer Stimme hören. „Der Mörder wurde nie identifiziert. Trotz intensiver Suche."

„Wie wurde sie gefunden?", frage ich.

„Fast genau so wie euer Opfer. Die Augen zugenäht und in einer Kiste zusammengefaltet, die halb so groß ist wie sie. Dem Bericht zufolge lag sie mindestens drei Jahre darin. Fortgeschrittener Zustand der Verwesung."

„Verdammter Mist“, schreie ich fast. Durch diese Informationen wurde aus einer einmaligen Tat eine mögliche Serie mit einem übereinstimmenden Modus Operandi. Wer weiß, wie viele andere Opfer es da draußen noch geben könnte? „Wo? Gibt es noch andere?“, frage ich und nehme mir einen Moment Zeit, um Luft zu holen.

„In einer Stadt namens Soft Bend, knapp zwei Stunden von dir entfernt. Und bisher habe ich noch keine anderen gefunden. Ich gehe weiter zurück, um zu sehen, ob es noch weitere Übereinstimmungen gibt. Wir haben es hier vielleicht mit einem Täter zu tun, der nur alle paar Jahre aktiv wird.“

„Was bedeutet, dass es nahezu unmöglich sein wird, ihn zu fangen. Hast du Janice schon informiert?“

„Nein, das ist deine Aufgabe. Ich bin nur der Schreibtischhengst.“

„Zara, ich danke dir dafür, wirklich. Du hast diesem Fall vielleicht gerade eine ganz neue Richtung gegeben.“

„Das war nicht ich.“ Ich kann praktisch sehen, wie sie durch das Telefon rot wird. „Es war deine Ahnung. Woher wusstest du das?“

„Ich wusste es nicht. Aber irgendetwas daran fühlte sich … komisch an. Als ob es zu perfekt wäre. Es gibt keine Spuren, keine Fingerabdrücke oder irgendetwas, das uns eine Identifizierung ermöglicht. Es ist, als hätte der Täter den perfekten Mord geplant. So viel Glück hat man nicht beim ersten Versuch.“

„Nun, du hattest recht. Wann sagst du es Janice?“

Plötzlich bin ich nicht mehr müde und erschöpft. Es ist, als hätte das Gespräch mit Coll vor einem Jahr stattgefunden und ich spüre, wie die Energie eines neuen Falles durch meine Adern fließt. Das Opfer stammte von hier *und* der Mörder hat schon einmal zugeschlagen. Damit verdoppelt sich die Wahrscheinlichkeit, dass er es vermasselt und einen Hinweis zurückgelassen hat. Etwas, das es mir ermöglicht, ihn zu finden. „Morgen“, sage ich. „Ich muss das erst einmal verarbeiten. Und den Fall etwas intensiver durchgehen. Ist mein Laptop verschlüsselt?“

„Das sollte er sein, warum?“

„Kannst du mir alles schicken, was du über das zweite Opfer hast? Ich muss heute Abend noch etwas arbeiten.“

Kapitel Acht

„Guten Morgen“, ruft Coll, als er hereinkommt. Er bleibt vor meinem Schreibtisch stehen und vergewissert sich, dass er meine Aufmerksamkeit hat. Ich weiß schon, dass es um gestern Abend gehen wird, aber den habe ich schon abgehakt. Ich habe einen großen Durchbruch erzielt, muss aber auf Sybil warten, bevor ich mir sicher sein kann. „Hören Sie, wegen gestern Abend, ich wollte Sie nicht vertreiben. Ich wollte nur …“

„Alles gut. Ich kann nicht so gut mit Menschen umgehen, also nehmen Sie es nicht persönlich.“

„Wenn ich etwas gesagt habe, das Sie beleidigt hat, dann wollte ich das nicht.“

„Ich weiß, und es ist im Moment wirklich nicht wichtig.“ Ich greife nach der Akte, die ich heute Morgen nach meiner Ankunft im Büro aus dem Archiv geholt habe. „Was wissen Sie darüber?“

Die Bestürzung in seinem Gesicht ist unübersehbar und er scheint frustriert zu sein, weil ich seine ‚Entschuldigung‘ zurückgewiesen habe. Aber ehrlich gesagt, ist mir das völlig egal. Nicht nach dem, was ich gestern Abend herausgefunden habe.

Coll nimmt die Akte, öffnet sie und blättert die Seiten durch. „Victoria Wright?“, fragt er. „Was hat sie mit der ganzen Sache zu tun?“

„Sie kennen den Fall?“, frage ich.

„Natürlich, der Chief hat sich vor ein paar Monaten darum gekümmert. Eine Freundin der Familie oder so, ich bin mir nicht sicher. Aber er hat die Ermittlungen geleitet und den Fall geschlossen. Sie wurde nicht vermisst, sondern ist mit ihrem neuen Freund nach Italien geflogen oder so etwas in der Art und hat einfach niemandem davon erzählt.“

Ich nehme die Akte zurück. Das habe ich auch gelesen. Nachdem ich gestern Abend in mein Motelzimmer zurückgekehrt war, habe ich mich mit dem zweiten Opfer beschäftigt, das Zara gefunden hat. Es stellte sich heraus, dass es sich um eine junge Frau namens Laura Allen handelt, die seit fast drei Jahren vermisst worden war. Man hatte sie nur gefunden, weil sie in einem verlassenen Gebäude begraben worden war. Als es für ein neues städtisches Wohnbauprojekt abgerissen wurde, fand man ihre sterblichen Überreste in einer Kiste, die fast genauso aussah wie die unseres ersten Opfers. Wie durch ein Wunder konnte man sie aufgrund einer Reihe von Knochenbrüchen identifizieren, die sie sich als Kind bei einem Unfall zugezogen hatte.

Das Interessanteste an dem Fall war jedoch, dass Laura Allen zunächst als vermisst gemeldet und dann einige Tage später ‚gefunden‘ wurde, als man herausfand, dass sie mit ihrem Auto nach Kalifornien gefahren war. Die Polizei hatte sogar mit einer Frau telefoniert, die behauptete, Laura Allen zu sein, und ihr Auto wurde auf der I-40 in der Nähe von Amarillo und dann erneut in Flagstaff gesichtet.

Als ihre Leiche gefunden und identifiziert wurde, ging man davon aus, dass die Nachricht, die sie hinterlassen hatte, gefälscht war und dass die Frau, mit der die Polizei gesprochen hatte, von jemandem dafür bezahlt worden war, sich für sie auszugeben. Es wurden jedoch keine weiteren Hinweise darauf gefunden, wer sie getötet haben könnte, und ihr Fahrzeug wurde seitdem nicht mehr gesichtet.

So sehr mir Laura Allen auch leidtut, ihr Fall gab mir den Anstoß, den ich für einen Durchbruch brauchte. Ich bin also sämtliche abgeschlossenen Vermisstenfälle durchgegangen und habe diesen Fall gefunden: Victoria Wright. Victoria, die von ihrem Ehemann vor dreieinhalb Monaten als vermisst gemeldet wurde, war zwar in der Stadt bekannt, blieb aber für sich. Außerdem hatte sie von Natur aus rotes Haar, was auf den Bildern, die ich gesehen habe, kaum zu übersehen ist. Nachdem die Vermisstenanzeige aufgegeben worden war, wurden die Ermittlungen aufgenommen, die aufgrund von Indizien schließlich eingestellt wurden: Sie hatte ihre Bankkonten geleert und das Land mit einem Mann verlassen, mit dem sie sich ohne das Wissen ihres Mannes getroffen hatte.

Und doch, wenn ich mir die Ähnlichkeiten zwischen Victoria Wright und unserem Opfer ansehe, sehe ich die Übereinstimmungen. Sie sind gleich groß, haben die gleiche Figur, das gleiche Alter und die gleiche Haarfarbe, und sie wird seit dem Zeitpunkt vermisst, an dem die Leiche höchstwahrscheinlich entsorgt wurde. Das Einzige, was wir übersehen haben, war, dass es sich um einen *abgeschlossenen* Vermisstenfall handelt und nicht um einen offenen.

„Sie glauben, das ist unser Opfer?“, will Coll wissen.

„Ich bin mir fast sicher. Sybil überprüft gerade ihre Zahnunterlagen. Wenn sie zurückkommen, wissen wir es genau.“

Coll verzieht das Gesicht, bevor er sich an seinen Schreibtisch setzt. „Aber … sie sollte doch auf der anderen Seite des Atlantiks sein.“

„Ist irgendjemand diesem Hinweis nachgegangen?“

Er schüttelt den Kopf. „Keine Ahnung. Wie gesagt, das war nicht mein Fall. Der Chief hat sich darum gekümmert.“ Das habe ich in der Akte gesehen. Burkes Name steht vom ersten Tag an auf sämtlichen Berichten und es ist seine Unterschrift, mit der der Fall abgeschlossen wurde. Ich schaue wieder zu Coll hinüber. Seine Augen sind glasig geworden, während er versucht, sich die Möglichkeiten vorzustellen. Ich kenne das Gefühl. Mir ist es die halbe Nacht genauso gegangen.

„Glauben Sie, dass sie zurückgekommen ist?“, fragt er schließlich.

„Natürlich ist sie das“, antworte ich. „Und jemand hat hier auf sie gewartet.“

„Wir müssen den Chief informieren“, sagt Coll.

Ich schüttele den Kopf. „Erst wenn wir uns sicher sind. Ich stehe bereits auf der Abschussliste meiner Chefin, und wenn ich es vermeiden kann, will ich Burke nicht noch mehr auf die Nerven gehen. Warten wir ab, bis wir die Informationen zu den Zähnen zurückbekommen, bevor wir etwas unternehmen.“

„Einverstanden“, meint Coll und sammelt sich wieder. Dann nimmt er den Stapel anderer Vermisstenmeldungen zu Hand, die wir bereits ausgedruckt haben. „Ich schätze, die sind jetzt nutzlos.“

„Da ist noch etwas anderes“, sage ich. Ich habe die ganze Nacht mit mir gehadert, ob ich ihm sagen soll, dass wir es möglicherweise mit einer Serie zu tun haben, aber ich glaube, dass wir besser zusammenarbeiten sollten. Außerdem hat Coll mir gezeigt, dass er nicht wie die normalen Polizisten ist, mit denen ich sonst zu tun habe. Ich glaube nicht, dass es mir zum Verhängnis wird, wenn ich ihm davon erzähle. Zumindest hoffe ich das nicht. Und wenn er mir von Nutzen sein soll, muss er auch sämtliche Informationen haben. „Ich habe gestern Abend erfahren, dass sie vielleicht nicht das erste Opfer ist.“

Er spuckt fast den mitgebrachten Kaffee aus, schafft es aber, ihn im Mund zu behalten und hinunterzuschlucken. „Wie bitte?“, stottert er.

„Ich habe eine Freundin beim FBI gebeten, eine Suche für mich durchzuführen. Ähnliche Todesumstände. Sie fand ein weiteres Opfer von vor sechs Jahren in einer Stadt auf der anderen Seite der Grenze zu Maryland, Soft Bend."

„Noch eine Leiche wie diese?"

Ich nicke. „Gefunden in einem fortgeschrittenen Zustand der Verwesung, in eine kleine Kiste gestopft und eingepfercht. Fadenreste um die Augen deuten darauf hin, dass sie zugenäht wurden. Der Mörder wurde nie gefunden und ein Motiv konnte nicht ermittelt werden."

„Verdammter Mist. Gibt es noch mehr?"

„Sie sucht noch, aber ich würde wetten, dass das Opfer in Soft Bend nicht das erste unseres Täters war. Aber es könnte das erste eines neuen Modus operandi gewesen sein. Victoria hier erlitt ein ähnliches Schicksal."

Coll lehnt sich zurück und fährt sich mit der Hand über das Gesicht und durch die Haare. „Wie … wie haben Sie das alles an einem Abend geschafft? Gestern hatten wir kaum etwas in der Hand."

Ich schenke ihm ein wissendes Lächeln. „Es kommt nicht oft vor, dass ich so schnell frustriert bin. Normalerweise finden wir am Tatort oder an der Leiche etwas, das auf den Täter hinweist. Die Tatsache, dass wir das nicht getan haben, sagt daher schon etwas aus. Es zeigt, dass diese Person vorsichtig ist, dass sie weiß, was sie tut, und dass sie offensichtlich geschickt darin ist, ihre Spuren zu verwischen. Das kann nur jemand tun, der Übung hat. Von da an war es nur noch eine Frage der Zeit, bis wir herausfinden, dass unser Opfer Teil eines Musters ist. Und als ich die Informationen aus Soft Bend hatte, *wusste* ich, dass sie irgendwo in der Vermisstendatenbank sein musste, auch wenn es nur ein Anruf war, um zu melden, dass sie ihre Zeitung nicht hereingeholt hatte."

Er lacht. „Wer bekommt denn heute noch Zeitungen?"

Ich kneife die Augen zusammen, aber es liegt ein Lächeln auf meinem Gesicht. „Sie wissen, was ich meine. Jemand wie sie schlägt Wellen in einer Stadt. Ihre Abwesenheit wird bemerkt, wenn auch nur von den Klatschbasen."

Coll stößt einen leisen Pfiff aus. „Das ist ziemlich beeindruckend. Sobald die Identifizierung zurückkommt, können wir Burke Bescheid geben?“

Er scheint sehr darauf bedacht zu sein, seinen Chef in die Angelegenheit einzuweihen. Aber vermutlich geht man hier draußen eben so vor. Doch auch wenn ich gerade erst von meiner Suspendierung zurück bin, verfüge ich immer noch über die gesamte Macht des FBI und über die Autonomie der Behörde. Ich muss Janice erst dann etwas mitteilen, wenn wir einem Verdächtigen auf der Spur sind. Aber offenbar will Coll Burke sofort mit einbeziehen, worüber ich mich nicht gerade freue. Der Mann ist ein aufgeblasener Rüpel und es ist offensichtlich, dass er die ursprünglichen Ermittlungen vermasselt hat, sonst wüssten wir bereits, wer unser Opfer ist, da der Fall noch offen sein sollte.

„Wir werden Burke informieren, wenn die Zeit reif ist. Wenn es sich wirklich um Victoria Wright handelt, müssen wir die Ermittlungen in ihrem Fall wieder aufnehmen.“ Coll schaut weg. „Was?“

„Ich kann Ihnen jetzt schon sagen, dass ihm das nicht gefallen wird. Burke ist stolz auf seine Bilanz. Er wird nicht wollen, dass ein abgeschlossener Fall wieder aufgerollt wird.“

„Das ist ja wirklich schade“, spotte ich. „Wir haben es mit einem potenziellen Serienmörder und einem Opfer zu tun, das seit zwei Monaten in einer Kiste vergraben ist. Es ist mir egal, welcher Teil seines Egos dabei verletzt wird, ich werde definitiv nicht klein beigeben.“

„Nein, ich weiß. Seien Sie einfach auf seine … Reaktion vorbereitet.“

Großartig. Aber das lässt sich nicht ändern; nicht bei dem, was wir bereits wissen.

Wenn unser Opfer wirklich Victoria Wright ist, muss Burke damit klarkommen, dass er es vermasselt hat. Er scheint mir ein Mann zu sein, der es nicht gewohnt ist, zur Verantwortung gezogen zu werden. Aber er wird eine große Überraschung erleben, wenn er glaubt, dass ich ihm diesen Misserfolg nicht direkt vor die Füße werfe.

Ich spüre bereits Janice' stummes Urteil. Es geht nicht darum, Burke bloßzustellen, sondern darum, dieser Frau Gerechtigkeit widerfahren zu lassen. Und das wird mir sehr viel schwerer fallen, wenn ich die ganze Zeit mit dem Stillwater Police Department kämpfen muss.

„Warten wir einfach ab, was Sybil uns zu erzählen hat", antworte ich. „In der Zwischenzeit möchte ich sämtliche ‚Beweise' in Victorias Akte durchgehen."

„Sicher", sagt Coll und tippt etwas in seinen Computer. „Ich habe alle digitalen Daten hier."

Ich stelle mich hinter ihn, damit ich über seine Schulter schauen kann. „Zeigen Sie mir alles."

Kapitel Neun

Vier Stunden später fühlen sich meine Augen an, als würden sie gleich aus ihren Höhlen fallen. Ich habe so lange auf den Bildschirm gestarrt, dass ich in meinen Träumen Dateifenster sehen werde. Aber Coll und ich sind jedes einzelne Beweisstück in Victoria Wrights Akte durchgegangen, was zusammen mit den wenigen physischen Beweisen, die vorhanden waren, nicht gerade viele sind.

Laut Burke war der Fall klar und eindeutig. Nachdem der Ehemann sie als vermisst gemeldet hatte, haben sie ihren Computer überprüft und eine Reihe von Nachrichten und E-Mails von und an einen Mann namens Patrick Wood gefunden, die sich über einen Zeitraum von fast einem Jahr erstreckten. Die Nachrichten hatten ganz harmlos angefangen, aber irgendwann war es zu einer Beziehung gekommen und sie hatte beschlossen, ihren Mann für Patrick zu verlassen. Danach fanden sie Aufnahmen von Geldautomaten, auf denen zu sehen ist, wie Victoria ihre Bankkonten leerte und am 17. Januar in Dulles zwei Tickets nach Italien kaufte. Nachdem er sich beim Flughafen vergewissert hatte, dass sie im Flugzeug gesessen hatte, schloss Burke den Fall kurzerhand mit der Begründung ab, die Frau habe keine Lust mehr auf ihren Mann und wolle sich aus einer zerrütteten Ehe befreien.

Es gab ein paar Zeugenaussagen und einige andere Hintergrundinformationen, aber ich würde nichts davon als detailliert bezeichnen. Ich kann verstehen, warum Burke den Fall für einfach hielt: Oberflächlich betrachtet, scheint er klar und deutlich zu sein. Vielleicht hat er sich deshalb entschlossen, ihn persönlich zu übernehmen und mit wenig Aufwand einen weiteren gelösten Fall in seine Erfolgsbilanz aufzunehmen. In der Akte steht jedoch nichts darüber, wie der Ehemann die Nachricht von der Affäre seiner Frau aufgenommen hat. Und jetzt, wo wir eine Leiche haben, kann ich es kaum erwarten, ihn persönlich zu befragen.

Nachdem ich alle Notizen durchgesehen hatte, musste ich eine Pause einlegen. Glücklicherweise ist es heute selbst für diese Gegend etwas wärmer als in der vergangenen Woche und ich erinnerte mich an einen kleinen Feinkostladen, der nur ein paar Geschäfte von der Polizeistation entfernt war. Es stellte sich heraus, dass sie dort ein ziemlich gutes Pastrami-Sandwich haben. Zuerst dachte ich, Coll würde mitkommen wollen, aber er sagte kein Wort, wahrscheinlich überlegte er immer noch, wie er nach dem letzten Abend mit mir umgehen sollte. Da kann ich ihm allerdings nicht helfen. Ich wollte nicht unhöflich sein, aber jedes Mal, wenn jemand irgendetwas erwähnt, das auch nur annähernd mit Matt zu tun hat, kann ich … einfach nicht anders. Es ist zu viel, selbst jetzt. Timber war unser gemeinsamer Hund, ich habe ihn aus einem Hundekampfring gerettet und wir haben uns beide um ihn gekümmert. Er war als ‚Köder' für die größeren, stärkeren Tiere benutzt worden, damit sie sich auf ihn stürzen konnten. Als ich ihn das erste Mal sah, konnte ich sehen, dass er von den Menschen gebrochen worden war, und das wollte ich nicht auf sich beruhen lassen. Auch wenn die Tierschutzbehörde damals meinte, dass er gefährlich sei, war mir das egal. Wir haben ihn aufgenommen, ihm zum ersten Mal in seinem

Leben Liebe und Zärtlichkeit geschenkt, und er hat nicht ein einziges Mal nach jemandem geschnappt.

Aber jedes Mal, wenn ich an Timber denke, muss ich auch an Matt denken. Und von meinem Hund getrennt zu sein, fühlt sich an, als wäre ich noch weiter von meinem Mann entfernt.

Detective Coll muss nichts über mein Privatleben erfahren. Je mehr Leuten ich davon erzähle, desto schlimmer wird es, weil sich dann die Tatsache, dass er nicht mehr da ist, in meinem Kopf festsetzt. Ein Teil von mir möchte so tun, als wäre Matt immer noch in D.C. und als würde er mit Timber auf mich warten, wenn ich nach Hause komme. Und im Moment sind dieser Glaube, so falsch er auch sein mag, und dieser Job das Einzige, was mich aufrechterhält. Nur die Tatsache, dass ich mich auf den Schmerz eines anderen Menschen konzentrieren und mich so von meinem eigenen Schmerz ablenken kann, lässt mich morgens aufstehen.

Sie ist der Grund, warum ich in diesem Fall nicht versagen kann. Warum ich ihn nicht vermasseln darf. Denn wenn sie mich zwingen, für den Rest meines Berufslebens hinter einem Schreibtisch zu sitzen, werde ich es vielleicht nicht schaffen.

Als ich den Laden verlasse, atme ich tief durch und genieße die Wärme der Sonne und die milde Luft. Ich brauche heute kaum eine Jacke, es ist so schön und luftig. Es kommt nicht oft vor, dass ich Kleinstädte wie diese aufsuche. Normalerweise sitze ich in D.C. oder Baltimore fest und arbeite dort an Fällen. Dort ist es immer laut und geschäftig und manchmal fällt es mir schwer, nachzudenken. Aber hier, wo kaum ein Auto auf der Straße ist und ich nur das leise Geräusch eines Zuges irgendwo in der Ferne höre, werde ich daran erinnert, wie friedlich das Leben sein kann.

Ich kehre ins Revier zurück und lächle Trish zu, als ich an ihr vorbeigehe. Sie schaut kaum von dem Buch auf, in dem sie gerade liest, und erwidert die Geste nicht. Das erwarte ich aber auch nicht von ihr. Sie lässt mich durch und ich gehe in mein vorläufiges Büro in der Hoffnung zurück, einen Bericht von Sybil auf meinem Schreibtisch zu finden.

Stattdessen sehe ich dort jedoch Chief Burke, der mit seinem riesigen Hintern direkt neben dem Schreibtisch steht, den ich benutze, und Coll ansieht, als ich hereinkomme. Ich kann an ihrer Körpersprache erkennen, dass sie über den Fall gesprochen haben, denn sobald ich eintrete, drehen sich beide zu mir um. Während Coll sofort wegschaut, sieht Burke mich mit schiefem Gesicht an.

„Chief", sage ich und bleibe nahe der Tür stehen. Ich möchte nicht versuchen, an ihm vorbei zu meinem Arbeitsplatz zu gelangen. Das wäre sowieso sinnlos, da er die Hälfte meines Schreibtisches einnimmt. Mein Laptop ist noch immer zugeklappt, aber ich kann nicht umhin, mich zu fragen, ob er ihn geöffnet hat, um einen Blick darauf zu werfen.

„Agent Slate", sagt er. „Ich habe gehört, dass Sie einen abgeschlossenen Vermisstenfall wieder aufnehmen wollen."

Ich werfe Coll einen scharfen Blick zu, aber feige, wie er ist, weicht er ihm aus. *Verdammt!* Ich wusste, dass ich ihm nicht hätte trauen dürfen. Ich bitte ihn, Burke noch nicht über Victoria Wright zu informieren, und was macht er? Geht hinter meinem Rücken zu ihm. Ich habe gehofft, die Angelegenheit diplomatisch regeln zu können, sobald ich die Beweise von der Gerichtsmedizin zurückhabe. Jetzt ist das alles den Bach runtergegangen. Es sieht so aus, als sei er doch nur ein Handlanger von Burke.

Ich straffe die Schultern und wende mich an Burke. „Das ist richtig. Die vermisste Person aus dieser Akte könnte unser Opfer sein."

„Wir haben Sie nicht herbestellt, um Fälle zu öffnen, die bereits gelöst sind, Agent", sagt er. Er versucht, sich zu beherrschen, aber ich bemerke die Giftigkeit hinter seinen Worten. Seine brennenden Augen sagen alles.

„Und ich bin nicht hergekommen, um meinen Job halbherzig zu machen", antworte ich. „Wenn ein Fall beim ersten

Mal nicht gründlich untersucht wurde, können Sie darauf wetten, dass ich ihn wieder aufnehme."

Burke macht einen Satz nach vorne. „Wir sind hier nicht in der Großstadt, kleine Lady", sagt er und ich spüre, wie meine Handflächen brennen. Er will mich zum Ausrasten bringen. Und wenn er noch ein bisschen weiter macht, könnte sein Wunsch in Erfüllung gehen. „Wir haben hier in der Gegend einen Kodex. Sie haben keine direkten Beweise dafür, dass die Leiche in dieser Kiste Victoria Wright ist, oder?"

„Was ist denn los, Chief? Haben Sie Angst, dass ich die schlampige Polizeiarbeit des leitenden Ermittlers aufdecken könnte? Oh, warten Sie, das waren ja Sie, nicht wahr? Ich glaube nicht, dass Sie in dieser Angelegenheit völlig unparteiisch sind."

„Das reicht", sagt er und drängt sich an mir vorbei. Ich spüre tatsächlich, wie er mich mit der Schulter berührt, und für den Bruchteil einer Sekunde ist da der Drang, sie zu packen, das Bein auszustrecken und ihn wie einen Sack Kartoffeln auf den Boden zu werfen. Zum Glück kann ich mich beherrschen und ihm aus dem Weg gehen, bevor ich so reagiere. „Mal sehen, was Ihre Vorgesetzte dazu zu sagen hat."

„Tun Sie sich keinen Zwang an", antworte ich, obwohl ich spüre, wie mir die Hitze den Rücken hinaufsteigt. Janice in den Fall hineinzuziehen, wäre nicht gut für mich, vor allem, wenn ich nichts vorzuweisen habe. Ich brauche diesen Bericht.

Burke stürmt aus dem Büro und ich gehe zur Tür. Coll steht auf. Er hat die ganze Zeit kein Wort gesagt, um mir zu helfen. „Emily …"

„Nein", sage ich, die Schärfe in meiner Stimme ist deutlich. „Ich will es nicht hören." Ich drehe mich wieder um, gehe aus dem Revier und zu meinem Auto. Ich muss zur Gerichtsmedizin, jetzt sofort.

„Hallo?“, rufe ich, während ich durch die Gänge des Gebäudes gehe. Ich kann mich nicht daran erinnern, dass es so groß war, als ich mit Coll hierherkam, wobei ich mich damals allerdings auch mehr darauf konzentriert habe, Informationen über die Leiche zu erfahren, als mir den Grundriss des Gebäudes einzuprägen. „Dr. Crowley?“

„Hier hinten.“ Ihre Stimme schallt durch die Gänge, aber es ist sofort klar, wo sie ist. Ich finde sie schließlich weiter hinten, wo sich neben dem Hauptuntersuchungsraum eine Reihe kleiner Büroräume befindet. Es gibt hier keine Fenster, was ein wenig beklemmend wirkt. Nicht genug, um wirklich unangenehm zu sein, aber genug, um das Gefühl hervorzurufen.

„Oh, Agent Slate, gut“, sagt Sybil und schaut auf, als ich näher komme. „Ich wollte Ihnen gerade eine E-Mail schicken. Ich habe von Victoria Wrights ehemaligem Zahnarzt erfahren, dass sie noch alles in den Akten haben.“

„Und?“

„Perfekte Übereinstimmung. Es besteht kein Zweifel daran, dass sie es ist. Ich habe alle Details hier“, sagt sie und deutet auf ihren Computer.

Ich habe das Gefühl, als wäre mir eine große Last von den Schultern genommen worden. Das passiert manchmal in großen Fällen wie diesem, wenn wir einen Durchbruch erzielen. Manchmal sind sich Agenten nicht bewusst, wie sehr sie unter Druck stehen, bis sich herausstellt, ob sie recht haben oder nicht. Die Tatsache, dass sich diese Vermutung bewahrheitet hat, bedeutet, dass ich noch nicht völlig den Verstand verloren habe. Noch nicht. „Können Sie mir das alles jetzt per E-Mail schicken?“

„Natürlich. Um ehrlich zu sein, habe ich das für einen

Schuss ins Blaue gehalten. Je länger sie in der Erde liegen, desto unwahrscheinlicher ist es, dass wir sie identifizieren können."

„Das dachte ich auch", antworte ich. „Aber manchmal haben wir Glück."

Sie starrt mich einen Moment lang an, wahrscheinlich um zu entscheiden, ob ich bescheiden oder eingebildet bin. Ich kann nicht sagen, für was sie sich entscheidet. „Erledigt."

Mein Telefon summt und zeigt an, dass eine E-Mail eingegangen ist. „Großartig. Danke für Ihre Hilfe."

„Jederzeit. Ich mache meine Arbeit immer gern, wenn ich weiß, dass die Ergebnisse sinnvoll genutzt werden."

Ich halte inne und würde gern erfahren, wohin das Gespräch führt. „Passiert das nicht oft?"

Sie zuckt leicht mit den Schultern. „Sagen wir einfach, die Befehlskette steht einem hier gern im Weg. Ich dachte, in einer kleinen Stadt zu arbeiten, würde alles einfacher machen."

„Sind Sie aus D.C.?"

Sie runzelt die Stirn. „Ist das so offensichtlich?"

„Ich erkenne einen Profi, wenn ich einen sehe."

Sybil lehnt sich gegen einen der Tische. „Ich bin vor ein paar Jahren hierhergezogen, um von all dem wegzukommen. Ich hatte die ständige Einmischung der Politiker, die die Wahrheit immer verdrehen wollen, einfach satt. Wie sich herausstellen sollte, bin ich nicht weit genug gegangen. Viele Leute, die hier in den vornehmeren Vierteln wohnen, pendeln immer noch nach D.C. Ich weiß nicht, wie sie das aushalten."

„Wenn Sie sagen, dass Ihre Ergebnisse nicht sinnvoll genutzt werden …", sage ich und lasse den Satz bewusst unbeendet. Ich bin jetzt wieder ganz die Ermittlerin und frage mich, ob sie mir irgendetwas Hilfreiches sagen kann.

„Ich wünschte, ich könnte helfen", sagt sie, „aber das ist nicht mein Ding. Ich mache nur meinen Job. Es liegt an Ihnen, etwas zu bewirken."

„Nun“, ich halte mein Handy hoch. „Ich weiß es trotzdem zu schätzen. Ich habe den Kotau schon persönlich erlebt.“

„Nur damit Sie es wissen“, ruft sie mir nach, als ich gehe. „Es sind nicht alle so. Es sind noch ein paar Gute übrig. Einige, die nicht so … karrierebesessen sind.“

„Danke“, sage ich und gehe durch die Tür zurück in den Flur. Sowohl Coll als auch Sybil zeigen mir, dass Burke diese Stadt im Würgegriff hat. Normalerweise wäre mir das egal, aber das könnte meine Ermittlungen beeinträchtigen. Er ist ein Hindernis, das möglicherweise beseitigt werden muss. Ich wünschte, ich könnte ihm das sagen, nur um seinen dummen Gesichtsausdruck zu sehen, wenn …

Mein Handy summt und ich schaue auf den Bildschirm. Eine dringende Nachricht von Coll, nur ein Satz.

Sie kommen besser zurück.

Kapitel Zehn

Für wen zum Teufel hält er sich, dass er mir droht? Zuerst Burke und jetzt Coll? Die beiden sind wirklich aus dem gleichen Holz geschnitzt. Ich bin mir nicht sicher, von wem Sybil gesprochen hat, aber bestimmt nicht von ihm.

Ich malme mit dem Kiefer, als ich zum Revier zurückfahre, und vergesse alle Gedanken an den schönen Tag, der draußen herrscht. Ein Teil von mir ist wütend, dass ich Coll nicht als die Schlange gesehen habe, die er schon am Anfang war. Ich hatte zwar einen Verdacht, aber er schien anders zu sein. Jetzt weiß ich, dass das alles nur gespielt war, damit er seinem Chef Bericht erstatten konnte.

Er kann froh sein, wenn ich ihn nicht umhaue.

Ich bin so wütend, dass ich auf etwas einschlagen möchte, aber das kann ich nicht. Ich vertrete das *FBI* und muss einem *Anspruch* gerecht werden. Ganz zu schweigen davon, dass ich eine Frau bin, und Gott bewahre jede Frau davor, auf die eine oder andere Weise Emotionen zu zeigen, um nicht als Verrückte abgestempelt zu werden, die sich nicht beherrschen kann.

Das spielt keine Rolle. Ich habe den Beweis und wir haben jetzt eine Identifizierung. Wenn ich das alles allein machen muss, werde ich es tun. Damit habe ich überhaupt kein Problem.

Ich fahre auf den Parkplatz und meine Reifen quietschen, als das kleine Auto bei der Einfahrt ins Schleudern gerät. Ich schaffe es, ordnungsgemäß einzuparken, springe aus dem Wagen und stürme die Treppe hinauf, während ich irgendwo in meinem Gehirn noch rational denke. Als ich durch die Tür komme, sehe ich, dass Trish ausnahmsweise tatsächlich aufblickt und ihr Buch auf den Schreibtisch sinken lässt.

„Der Chief will Sie sehen", sagt sie.

„Das beruht auf Gegenseitigkeit", knurre ich und sie lässt mich durch. Ich gehe an meinem ‚Arbeitsplatz' vorbei in das Büro von Chief Burke, ohne anzuklopfen. Er ist allein im Raum und sitzt mit einem starren Grinsen auf dem Gesicht hinter seinem breiten Schreibtisch.

„Ah, da ist sie ja", sagt er. Ich schaue nach unten und stelle fest, dass er telefoniert. Das kleine rote Lämpchen auf seiner Anlage zeigt an, dass er auf Lautsprecher geschaltet hat. Burke steht auf. „Ich habe hier jemanden, der mit Ihnen sprechen möchte."

„Slate?"

Es kostet mich all meine Kraft, nicht zusammenzuzucken. „Ja, Special Agent Simmons", antworte ich. „Ich bin hier." Als Burke sagte, er wolle Janice anrufen, dachte ich fast, er verbreite nur heiße Luft. Aber offenbar glaubt er wirklich, er wäre hier im Recht.

„Der Chief hat seine Bedenken über die Arbeit geäußert, die Sie dort leisten." Burkes Lächeln ist einen Kilometer breit. Am liebsten würde ich ihm einen Roundhouse-Kick verpassen.

„Dessen bin ich mir bewusst", antworte ich. „Der Chief will nicht, dass ich mich mit einem Vermisstenfall befasse, den er vor zwei Monaten abgeschlossen hat. Aber ich habe gerade erfahren, dass diese Vermisste unser Mordopfer ist." Ich schaue zu Burke auf. „Die zahnärztlichen Unterlagen sind gerade zurückgekommen." Burkes Lächeln verschwindet.

„Sie haben das Opfer also identifiziert?", fragt Janice.

„Ja, Ma'am. Ich nehme den Fall offiziell wieder auf. Er wurde als aufgeklärt eingestuft, da man annahm, dass die betreffende Person, Victoria Wright, mit einem Liebhaber aus dem Land geflohen sei. Stattdessen wurde sie offenbar in einer Kiste außerhalb der Stadt begraben."

„Chief?", fragt Janice.

„Ich habe noch keine Beweise gesehen, die die beiden Fälle miteinander in Verbindung bringen", sagt er, aber mir entgehen die Schweißperlen auf seiner Stirn nicht.

„Hier, ich leite sie Ihnen gern weiter", sage ich und halte mein Handy demonstrativ hoch, während ich Sybils E-Mail weiterleite.

„Das scheint … es sieht so aus, als hätte Agent Slate recht", gibt er zu, während er auf seinen eigenen Computer starrt.

„Gute Arbeit, Slate", sagt Janice. „Klingt, als würden Sie rasch Fortschritte machen. Sagen Sie mir Bescheid, wenn Sie einen Verdächtigen haben."

„Ich bin gerade dabei, eine Liste zu erstellen", antworte ich grinsend.

„Danke, dass Sie meinen Anruf entgegengenommen haben, Special Agent", sagt Burke.

„Chief Burke", sagt Janice, und ich kann es schon in ihrer Stimme hören. Ein Ton, mit dem ich mehr als vertraut bin. „Wenn Sie das nächste Mal die Motive des FBI infrage stellen wollen, kriegen Sie erst mal den Hintern hoch und machen Ihre Hausaufgaben. Für mich arbeiten keine dummen Leute. Lassen Sie Agent Slate ihre Arbeit machen oder ich reiche eine Unterlassungsverfügung des State of Virginia ein. Haben wir uns verstanden?"

„Ja, Ma'am", antwortet er mit hochrotem Kopf. Ich kann

nicht sagen, ob es aus Verlegenheit oder aus Wut ist. Wahrscheinlich beides.

„Verschwenden Sie nie wieder meine Zeit." Sie beendet das Gespräch und ein Freizeichen ertönt. Er streckt die Hand aus und legt den Hörer auf.

Ich stehe da und zwinge ihn dazu, etwas zu sagen. Aber er starrt mich nur an, das Feuer brennt in seinen Augen. „Sonst noch etwas, Chief?"

„Nein", knurrt er mit zusammengebissenen Zähnen.

„Gut. Ich habe nämlich einen Fall aufzuklären. Vielleicht sollten Sie das nächste Mal nicht so unkooperativ sein. Jemand könnte denken, Sie hätten etwas zu verbergen."

Das bringt ihn wirklich auf die Palme, und ich kann sehen, wie sich seine Fäuste öffnen und schließen, als könne er sich kaum noch zurückhalten. Für eine kurze Sekunde glaube ich, dass er ausholen könnte, aber selbst er ist nicht so dumm. Er starrt mich nur an, bis ich mich umdrehe und dafür sorge, dass mein Haar über meine Schulter zurück weht, während ich ihn stehen lasse.

Meine gute Laune wird fast sofort getrübt, als mir einfällt, dass ich meine Sachen aus Colls Büro holen muss. Sein Verrat hat mir eines gezeigt: Ich kann mich nicht darauf verlassen, dass er keine Informationen über diesen Fall an Burke weitergibt. Was bedeutet, dass ich nun offiziell auf mich allein gestellt bin. Das ist in Ordnung, das ist das, was ich sowieso erwartet habe. Ich werde mich einfach in meinem Motelzimmer einrichten, wie immer. Ich hoffe nur, dass es in der Nähe einen Laden mit anständigem Kaffee gibt.

Als ich das Büro betrete, stelle ich überrascht fest, dass Colls Computer dunkel ist. Offenbar hat er für heute Feierabend gemacht. Achselzuckend gehe ich hinüber und sammle meine Sachen ein, einschließlich aller relevanten Akten über Victoria Wright. Jetzt, da ich weiß, wer unser Opfer ist, kann ich ein besseres Profil ihres Mörders erstellen. Es ist an der Zeit, dass wir im Dreck wühlen.

. . .

Nachdem ich alles in meinem Zimmer ausgepackt habe, sieht es aus, als wäre eine sehr gut platzierte Bombe hochgegangen. Ich bin ein visueller Mensch, also hilft es mir, wenn ich alles ausbreite. So kann ich alles auf einmal sehen, was mir wiederum hilft, das Gesamtbild zu erkennen.

Bevor ich das Büro verlassen habe, habe ich die komplette digitale Akte ausgedruckt. Das ist wie immer eine Menge Papier, aber ich bin mir sicher, dass Chief Burke nichts dagegen hat. Es ist ja schließlich nicht sein Geld. Aber ich wollte auf keinen Fall noch einmal auf ihre Systeme zurückgreifen müssen, also habe ich alles wieder auf Papier gebracht. Am Ende habe ich das Revier mit einer vollen Umzugskiste verlassen. Wenn es eine Konstante im Universum gibt, dann ist es der nicht enden wollende Papierkram der Strafverfolgungsbehörden.

Als ich auf die kleinen Stapel vor mir starre, wird mir klar, dass es schwer sein wird, das allein zu schaffen. Ohne Coll muss ich mich selbst durch all das wühlen. Und da wir es mit jemandem zu tun haben, der bereits zweimal zugeschlagen hat, spüre ich diesen Druck im Nacken. Wenn ich die Dinge schleifen lasse, könnte jemand anderes getötet werden. Vielleicht hat die Tatperson sogar schon ein anderes Opfer im Visier. In Anbetracht der Tatsache, dass sie ihre Spuren bisher so erfolgreich verwischen konnte, liegt der Gedanke nahe, dass sie inzwischen wahrscheinlich von ihren Fähigkeiten überzeugt ist. Vielleicht hat sie schon wieder zugeschlagen.

Ich versuche absichtlich, die Tatperson noch keinem Geschlecht zuzuordnen – nicht bevor wir eine bessere Vorstellung davon haben, wer es sein könnte. Aber meine Ausbildung und Erfahrung sagen mir, dass diese Person ein Mann ist. Und mein Hauptverdächtiger wird natürlich Victorias Ehemann sein: Gerald.

Die Tatsache, dass er die Vermisstenanzeige aufgegeben hat, bedeutet nicht, dass er das Verbrechen nicht begangen haben kann. Ganz zu schweigen davon, dass Burke sich nie bei ihm gemeldet hat, nachdem Gerald Wright von der Affäre seiner Frau erfahren hatte. Es ist durchaus möglich, dass diese Information ihn aus der Fassung gebracht hat. Vielleicht ist er sogar nach Italien geflogen, um sie zu überreden, nach Hause zurückzukehren, und als sie das tat, hat er sie getötet. Das werde ich erst wissen, wenn ich tatsächlich mit ihm gesprochen habe, was morgen als Erstes auf meiner Liste steht.

Die Akte enthält jedoch noch einige andere wichtige Informationen. Kurzzeitig galt Victorias Chef, Rex Fuller, als Verdächtiger, bevor die Aufnahmen des Geldautomaten entdeckt wurden. Ich will nichts unversucht lassen, also werde ich auch ihn aufsuchen.

Außerdem ist da noch dieser geheimnisvolle Mann, mit dem sie durchgebrannt ist. Ich habe nur einen Namen, kein Foto. Patrick Wood. Über ihn gibt es nur wenige Informationen in der Akte. Vielleicht rufe ich Zara an und bitte sie, für mich den Hintergrund dieses Mannes zu recherchieren. Offensichtlich hielt es Burke nicht für nötig, gegen ihn zu ermitteln, da sie zusammen durchgebrannt sind. Aber es ist durchaus möglich, dass Victoria nach ihrer Ankunft in Italien ihre Reise bereute und nach Hause zu ihrer Familie zurückkehren wollte. Patrick hätte das eventuell nicht so gut aufgenommen. Vielleicht kam er mit ihr zurück und tötete sie, als sie ankamen.

Schließlich komme ich nicht umhin zu glauben, dass bei Burke noch etwas anderes im Busche ist. Ihm ist dieser Fall zu wichtig, er ist viel zu engagiert. Niemand benimmt sich ohne Grund so daneben. Ich sage nicht, dass er Victoria etwas angetan hat, aber irgendetwas geht hier vor. Ich muss nur noch herausfinden, was.

Ich schüttele den Kopf. Es gibt zu viele Möglichkeiten und nicht genug Informationen. Ich muss erst tiefer in die Untersuchung einsteigen, bevor jemand besonders auffällt. Aber eines weiß ich: Der Mörder ist schlau, er ist rücksichtslos und er ist ein totaler Narzisst – der ungestraft außerhalb des Gesetzes agiert. Und das werde ich ihm nicht durchgehen lassen.

Als ich aufschaue, ist es schon nach neunzehn Uhr und mein Magen knurrt. Ich habe das Gefühl, gerade einen Lauf zu haben, also bestelle ich eine Pizza in einem Restaurant am Ende der Straße. Als sie ankommt, habe ich meinen Plan bereits ausgearbeitet und werde in aller Herrgottsfrühe aufbrechen, um einen Killer aufzuspüren. Aber ich muss klug vorgehen. Wenn er mitbekommt, was ich hier tue, könnte er nervös werden. Und ein Mensch wie er, der keine dummen Fehler macht, könnte für immer verschwinden.

Ich esse nur noch ein paar Bissen, bevor ich ins Bett gehe. Dieser Tag war sehr anstrengend und ich habe immer noch keinen Schlaf nachgeholt. Aber dann höre ich Colls Worte in meinem Kopf, dass man Schlaf nicht nachholen kann. Jetzt hasse ich ihn noch mehr, weil ich nun diese haselnussbraunen Augen vor mir sehe, als ich versuche, einzuschlafen. Also versuche ich, mich auf etwas anderes zu konzentrieren. Etwas Angenehmes.

Mein letzter Gedanke vor dem Einschlafen ist das Stirnrunzeln auf Burkes Gesicht, als ihm die Sache um die Ohren flog.

Kapitel Elf

Ich fahre um vier Uhr fünfzehn aus dem Schlaf hoch. In meinem Zimmer ist es komplett dunkel. Zuerst denke ich, dass der Strom ausgefallen sein muss, weil ich das Licht im Bad niemals ausschalte, wenn ich in einem Hotel übernachte. Doch dann fällt mir ein, dass die Glühbirne gestern Abend beim Zähneputzen durchgebrannt ist. Es überrascht mich nicht, dass das Zimmer nicht einmal über eine Digitaluhr verfügt, sondern nur über eine dieser alten Uhren, bei denen die Ziffern beim Hochzählen der Minuten umspringen. Ich schaue auf mein Handy und stelle fest, dass ich über Nacht drei E-Mails erhalten habe, von denen allerdings keine wichtig ist.

Ich könnte versuchen, wieder einzuschlafen, aber ich spüre bereits die Aufregung, in diesem Fall voranzukommen. Also stehe ich auf und dusche schnell, obwohl das Wasser ewig braucht, um warm zu werden. Man sollte meinen, dass es in einem Motel mit nur zwei anderen Gästen nicht so schwer sein würde, mitten im März warmes Wasser zu bekommen.

Nachdem ich meine Standardkleidung angezogen und den Mantel übergestreift habe, sammle ich sämtliche Unterlagen ein und lege sie wieder in die Kiste. Ich bin nicht ganz überzeugt von der Sicherheit dieses Ortes, also nehme ich alle Akten mit. Meine erste Anlaufstelle an diesem Morgen ist das Büro von Gerald Wright, das sich nach meinen Informationen in der Nähe des Stadtzentrums befindet. Das bedeutet, dass ich mir beim Early Derby einen Kaffee holen und einen guten Beobachtungsplatz reservieren kann. Ich möchte sehen, wie sich dieser Mann verhält, wenn er nicht weiß, dass er beobachtet wird, bevor ich mich zu erkennen gebe.

Ich schnappe mir meine Laptoptasche und meine Dienstwaffe und vergewissere mich, dass ich sie sicher handhaben kann, bevor ich sie in mein Holster stecke und den Mantel schließe. Ich drücke den Türgriff nach unten, schiebe die Tür mit dem Fuß auf und nehme den Karton, um zu meinem Auto zu gehen.

In diesem Moment sehe ich aus dem Augenwinkel eine dunkle Gestalt auf mich zukommen. Ich lasse Kiste und Laptoptasche fallen, ziehe die Waffe und richte sie auf die Gestalt. „Keine Bewegung!"

„Mein Gott!", schreit der Mann, stolpert rückwärts und wirft etwas in die Luft, während er auf den Hintern fällt. Da es vor meiner Tür kein Licht gibt und die Sonne noch nicht aufgegangen ist, muss ich mein Handy aus der Tasche ziehen und mit der Taschenlampe in sein Gesicht leuchten.

Ich sehe Liam Coll, der mit dem Hintern offenbar in einer braunen Pfütze gelandet ist. Ein Kaffeebecher liegt neben ihm.

Ich senke die Waffe und stecke sie wieder in mein Holster. „Was zum Teufel machen Sie hier?", will ich wissen.

„Sorry, ich war … Sie sahen aus, als hätten Sie Probleme mit der Tür, also wollte ich Ihnen helfen."

Ich atme langsam aus. Es kommt nicht oft vor, dass mein Adrenalinspiegel vor sechs Uhr morgens in die Höhe schnellt. „Hier", sage ich und reiche ihm die Hand, um ihm aufzuhelfen. „Kommen Sie schon."

Er nimmt sie. Sobald er aufgestanden ist, versucht er, seinen Hintern zu inspizieren. Soweit ich das im Licht meines Telefons erkennen kann, ist seine Hose nass. „Was machen Sie hier?“, will ich wissen.

Er schenkt mir ein verlegenes Grinsen. „Versuchen, es wiedergutzumachen?“ Er deutet auf den umgestürzten Kaffeebecher auf dem Boden.

„Ach, Sie meinen, dass Sie hinter meinem Rücken mit ihm gesprochen haben, obwohl ich Sie ausdrücklich darum gebeten habe, es nicht zu tun?“

Er starrt auf den Boden. „Ja. Das war mies.“

„Ja, das war es“, stimme ich ihm zu, schalte die Taschenlampe aus und gehe zurück in Richtung Tür, um meine Sachen zu holen. Ich streife mir die Laptoptasche wieder über die Schulter, greife nach der Kiste und hebe sie hoch.

„Brauchen Sie Hilfe?“

„Wissen Sie, was mir wirklich helfen würde? Wenn Sie die Uhr zurückdrehen, Burke *nichts* von dem Fall erzählen und mich meine Arbeit machen lassen würden. Was wäre gewesen, wenn es keine Übereinstimmung gegeben hätte? Was wäre, wenn ich mich in Bezug auf Victoria Wright geirrt hätte?“

„Aber das haben Sie nicht“, sagt Coll und geht zu meiner Tür. Ich bin vor ihm da.

„Aber es wäre möglich gewesen. Und auch wenn meine Chefin Ihrem Chef nicht unterstellt ist, weiß ich nicht, was passiert wäre, wenn sie gehört hätte, dass ich hier unten einfach nur ein bisschen herumspinne. Meine Karriere hängt an einem seidenen Faden, kapiert?“

„Tut mir leid, Emily, das wusste ich nicht“, sagt er. Ich kann mich nicht entscheiden, ob es mir gefällt, dass er meinen Vornamen benutzt oder nicht. Ein Teil von mir möchte ihn zurückweisen und wegstoßen, während der andere Teil froh ist, dass er hier ist. „Ich wollte Sie nicht unterwandern. Aber Burke kam in der Mittagspause herein und wollte wissen, wie weit wir mit dem Fall sind. Dann hat er gesehen, dass wir die

Vermisstenakten herausgesucht haben, und Victorias Akte auf meinem Schreibtisch entdeckt."

Ich stelle meinen Karton und meine Laptoptasche auf den Rücksitz. „Sie hätten ihm sagen können, dass wir noch nichts haben."

„Sie haben recht. Das hätte ich tun sollen. Ich hätte mich nicht beirren lassen sollen. Aber ich hatte noch nie einen Grund, Burkes Beweggründe infrage zu stellen. Nach dem, was gestern passiert ist, musste ich die ganze Zeit darüber nachdenken. Offenbar hat er ein persönliches Interesse an diesem Fall und will ihn einfach nicht aus der Hand geben. Ich glaube, da ist etwas im Gange."

„Aha. Lassen Sie mich raten: Sie nehmen unser Gespräch auf, damit er mich beschuldigen kann, ihn zu untergraben oder eine Art Desinformationskampagne gegen ihn zu führen. Keine Chance, Kumpel. Ich rede nicht mit Ihnen."

„Nein, Emily, ich schwöre es. Sehen Sie, wir haben es hier sonst nie mit so etwas zu tun. Wir haben Drogenrazzien, vermisste Kinder, Fälle von häuslicher Gewalt. Aber keine Morde. Und schon gar keine potenziellen Serienmörder. Ich bin es gewohnt, auf Burkes Urteil zu vertrauen. Das mache ich, seit er mich eingestellt hat. Aber in diesem Fall ist irgendetwas anders. Er verhält sich anders, ist irgendwie verschlossen, als wolle er etwas verbergen. Und wenn er seine Arbeit beim ersten Mal richtig gemacht hätte, läge die Frau jetzt vielleicht nicht im Leichenschauhaus. Ich bin nicht so blind, um das nicht zu sehen. Gestern war eine Fehleinschätzung. Das wird nicht wieder vorkommen. Besonders jetzt nicht, wo ich sehe, wie er wirklich ist."

Ich halte mich für eine ziemlich gute Menschenkennerin. Gleichzeitig komme ich anderen aber auch nicht sehr nahe, denn ich habe gelernt, dass sie einen am Ende oft enttäuschen, wenn alles gesagt und getan ist. Ich bin nicht das, was man eine vertrauensvolle Person nennen würde. Es wäre ein Leichtes, ihn einfach stehenzulassen, ihn zu beschuldigen, für die andere Seite zu arbeiten und den Fall allein zu bearbeiten. Aber ein Teil von mir weiß, dass ich seine Kontakte nutzen könnte, um näher an die Menschen heranzukommen, als ich es allein könnte. Die Leute fühlen sich vom FBI stärker eingeschüchtert als von einem örtlichen Polizisten, den sie jeden Tag im Diner sehen.

„Was muss ich tun, um es Ihnen zu beweisen?" Er holt sein Handy heraus. „Sehen Sie? Keine Aufnahme."

Ich verschränke die Arme. „Das ist ja sehr überzeugend."

„Muss ich Ihnen zeigen, dass ich kein Mikrofon trage? Kein Problem." Er greift nach seiner Jacke und knöpft sie auf. Plötzlich erwacht irgendwo in mir drinnen etwas zum Leben und mir wird klar, dass die Dinge sehr schnell sehr kompliziert werden, wenn er dieses Hemd öffnet. Was das absolut Schlimmste ist, was im Moment passieren kann. Vor allem, wenn man bedenkt, für wen er möglicherweise arbeitet. Ich lasse ihn bis zum obersten Knopf seines Hemds kommen, bevor ich die Hand ausstrecke und ihn aufhalte.

„Nein, aber Sie müssen verstehen, dass Sie mein Vertrauen missbraucht haben. Und ich bin niemand, der das anderen oft schenkt."

Er hält meine Hand, die auf seinem Knopf liegt, einen Moment fest, bevor er merkt, was er tut und sie loslässt. In diesem Moment spüre ich einen Funken und tue alles, was in meiner Macht steht, um ihn zu unterdrücken. *Nicht. Jetzt. Nie wieder.* „Es tut mir wirklich leid", sagt er. „Ich wollte nicht … nein. Ich war egoistisch. Feige, sogar. Ich habe nur an mich gedacht."

„Ja, das haben Sie." *Knöpf die verdammte Jacke wieder zu, und zwar sofort.*

„Ich verstehe, wenn Sie mir nicht mehr trauen können. Ich schicke Ihnen gern alle Unterlagen zu diesem Fall zu, damit Sie weder mit mir noch mit jemand anderem auf dem Revier zu tun haben müssen."

Ich gehe zu meinem Auto. „Die habe ich schon."

Er scheint die Kiste zum ersten Mal zu sehen. „Ach so." Ich lächle, weil ich das genieße. Er wirft sich im Grunde vor mir nieder und kann nirgendwo anders hin. Und sonst hat er nichts mehr zu bieten. „Also gut. Wenn Sie noch etwas brauchen, rufen Sie einfach Trish an. Wir können es hierher oder an Ihre offizielle E-Mail schicken." Er setzt zum Rückzug an. Die ganze Zeit über beobachte ich ihn und suche nach weiteren Anzeichen für eine Täuschung. Doch soweit ich das beurteilen kann, tut es ihm aufrichtig leid.

„Ich wollte Ihren Job nicht gefährden, schon gar nicht zum Vorteil von Burke. Viel Glück mit dem Fall. Ich gehe nach Hause und ziehe mich um", sagt er und geht weiter, weil er darauf wartet, dass ich ihn vor dieser Demütigung bewahre. Aber ich muss es noch eine Sekunde länger genießen. „Um fünf Uhr aufzustehen, ist nicht jedermanns Sache."

Ich atme langsam aus. Warum fühle ich mich von ihm so angezogen? Und warum ist es so schwer, ihm zu widerstehen? Ich weiß, dass es klüger wäre, ihn einfach gehen zu lassen und allein zu ermitteln. Aber ich war drei Monate lang allein und seine Anwesenheit in den letzten Tagen, die ich in Stillwater verbracht habe, war ein stiller Trost. Es ist nichts Großartiges, sondern eher der Trost, den man nach einem langen Tag empfindet, wenn man einfach auf der Veranda sitzt und den Sonnenuntergang beobachtet. Das ist das Gefühl, das ich bei ihm habe. Ein Teil von mir hasst mich dafür, und ein anderer Teil will mehr. Aber jetzt wird mir klar, dass es etwas ist, wonach ich mich sehne und das ich nicht in Worte fassen kann. Trotz der Tatsache, dass er mich verraten hat, ist es einem Teil von mir sogar egal. Ich bin zu emotional, um so eine Entscheidung zu treffen. Und doch …

„Kommen Sie zurück", sage ich und winke ihn zu mir. Das könnte das Dümmste sein, was ich seit Langem getan habe. Nein, das kann man so nicht sagen. Das *Zweitdümmste.*

Er bleibt stehen. „Wie bitte?"

„Kommen Sie zurück. Ich habe verstanden. Sie sind so ein

trauriges Hündchen und wenn Sie noch ein bisschen mitleidiger dreinschauen würden, müsste ich Sie zur Adoption freigeben."

„Ich bin nicht … das ist nicht, was …", stottert er und fährt sich mit der Hand durch die Haare. „Ich wollte Sie nicht …"

„Haben Sie Wechselkleidung im Auto?"

„Ja."

Ich zeige zum Motel. „Sie können Sich in meinem Bad umziehen. Wir müssen nur noch ein paar Details durchgehen."

Kapitel Zwölf

„Das nervt", meint Liam, während er durch die Windschutzscheibe auf das Gebäude starrt.

Ich nehme einen Schluck von meinem Kaffee. „Yepp." Nachdem er sich umgezogen hatte, erzählte ich ihm von meinem Plan. Ich bin zwar überzeugt, dass er weiß, dass er es vermasselt hat, aber er wird mir beweisen müssen, dass ich ihm wieder vertrauen kann. Ich habe ihm nichts verraten, was er nicht schon aus der Originalakte weiß, und ihm lediglich meine Strategie erläutert, wie ich an die Sache herangehe, um … Victorias Mörder zu finden.

Gerald Wright ist zwar unser Hauptverdächtiger, wird aber in den offiziellen Unterlagen als einziger nächster Angehöriger aufgeführt. Ihre Eltern leben nicht mehr und ich kann keine Hinweise auf Geschwister finden. Und da sie noch verheiratet war, als sie mit Patrick durchbrannte, müssen wir Gerald rechtlich gesehen über ihren Tod informieren. Zum Glück brauchen wir ihn nicht für eine Identifizierung, aber ich bin sehr gespannt auf seine Reaktion. Sie könnte gespielt sein, worauf wir vorbereitet sein sollten. Wir müssen herausfinden, ob diese Information wirklich neu für ihn ist oder nicht. Das kann grausam sein, weshalb ich diese Möglichkeit hasse. Es besteht natürlich auch die

Möglichkeit, dass er wie Victoria ein Opfer ist. Und wenn dem so ist, freue ich mich nicht auf das, was wir gleich tun werden.

Ich korrigiere, was Detective Coll gleich tun wird.

„Ich bin immer noch der Meinung, dass nicht ich derjenige sein sollte, der …" Er hält inne, als er zu mir hinüberschaut.

„Wenn Sie bei diesem Fall dabei sein wollen, wird Ihnen diese Ehre zuteil. Sehen Sie es als Ihre Buße an", sage ich. „Sie sind katholisch, richtig?" Ich *hasse* es, Familien mitzuteilen, dass ein Angehöriger tot ist. Das ist der schlimmste Teil meiner Arbeit. Kein Agent, den ich kenne, freut sich darauf, und das ist wahrscheinlich auch gut so. Denn wenn dem so wäre, gäbe es vermutlich Anlass zur Sorge.

Liam seufzt leise. „Ich schätze, ich habe das verdient. Aber ich musste das noch nie tun. Zumindest nicht unter diesen Umständen. Wir hatten natürlich schon Menschen, die bei Unfällen ums Leben kamen, aber niemals durch einen …"

„Diesen Teil behalten Sie für sich", sage ich. „Es sei denn, *er* bringt es zur Sprache." Das ist zwar ein Schuss ins Blaue, aber ich werde es der Tatperson nicht leichter machen als nötig. Alles, was ich über sie weiß, ist, dass sie intelligent und äußerst fähig ist. Wenn Gerald wirklich der Täter ist, ist er clever genug, sich nicht vor uns zu verraten, aber ich werde ihm gegenüber nicht preisgeben, dass wir von mehr als einem Opfer wissen. Dadurch würde ein Verdächtiger nur aufgescheucht werden und möglicherweise auf Nimmerwiedersehen verschwinden. Wenn er glaubt, dass wir nichts weiter tun, als eine schlechte Nachricht zu überbringen, wird er nicht so sehr auf der Hut sein.

Liam holt tief Luft. „Okay", meint er.

„Ich lasse Sie das nicht nur zur Strafe machen", erkläre ich ihm. „Während Sie reden, kann ich ihn genau beobachten und auf Hinweise achten. Da ich es ihm nicht selbst sage, kann ich seine Bewegungen genauer beobachten."

„Das ergibt Sinn", meint er schließlich. Dann nickt er. „Ist er das?"

Ich schaue über den Parkplatz, wo ein schöner, blauer Mercedes gerade in eine Lücke fährt. Laut dem Dossier, das die Polizei über ihn angelegt hat, müsste das der Wagen von Gerald Wright sein. Ein mittelgroßer Mann steigt aus. Sein Anzug ist tadellos, eine dunkle Brille verdeckt seine Augen. An seinen Schläfen kann ich einen Hauch von Grau erkennen, aber ansonsten ist sein dichtes, dunkles Haar perfekt frisiert. Bevor er das Gebäude betritt, holt er eine Aktentasche vom Rücksitz, auf der sein Name steht.

„Dieser Typ ist also Immobilienplaner?"

„Immobilien*käufer*", korrigiere ich ihn. „Soweit ich weiß, kauft seine Firma im ganzen Land Grundstücke, teilt sie auf und verkauft sie an Bauunternehmer."

„Also verkauft er im Grunde genommen Bauplätze."

„Ja. Und es sieht so aus, als könne er ziemlich gut davon leben", sage ich und sehe zu, wie er die Lobby betritt. Es ist ein beeindruckendes Gebäude in Stillwaters kleinem Geschäftsviertel auf der anderen Seite der Polizeiwache und eines der wenigen Gebäude, die nicht aus einem alten Bau heraus entstanden sind. Nein, dieses Haus hat er selbst gebaut, sein Name steht auf der Vorderseite.

„Wie lange steht dieses Gebäude schon hier?", will ich wissen.

„Ich glaube, es wurde irgendwann in den späten 2000er-Jahren gebaut. Davon gehe ich zumindest aus. Als ich aufs College ging, stand es noch nicht da. Als ich zurückkam, schon."

Ich drehe mich zu ihm um. „Ich wusste nicht, dass Sie auf dem College waren."

Er grinst schief. „Wir sind vielleicht Hinterwäldler, aber wir sind gebildete Hinterwäldler, Ms Slate."

„Ich habe nie gesagt, dass Sie ein Hinterwäldler sind."

Wir schweigen beide einen Moment, bevor er sich wieder dem Gebäude zuwendet. „Sollen wir es hinter uns bringen?"

„Natürlich", antworte ich. „Am besten ist es, es gleich als erstes zu tun, wenn er noch nicht bei der Arbeit ist. Mal sehen, wie seine Reaktion ausfällt."

Liam und ich schlendern in das Bürogebäude. Da wir hier in Stillwater sind, gibt es keine Türen mit Schlüsselkarte oder Lochkartenschloss. Jeder kann die Lobby betreten. Sie ist nicht das, was ich als opulent bezeichnen würde, aber sie ist von höherer Qualität als die meisten anderen Gebäude, die ich bisher in der Stadt gesehen habe. Ein Teil von mir schreit bereits, dass er unser Mann ist. Er hat das Geld und er hat die Macht. Jetzt müssen wir nur noch sein Motiv herausfinden, das höchstwahrscheinlich Rache oder Eifersucht ist.

Wir schauen auf die kleine Tafel neben den Aufzügen, die uns sagt, dass wir in den fünften Stock fahren müssen: die oberste Etage des Gebäudes. Auch hier überraschen mich die fehlenden Sicherheitsvorkehrungen. Kein Wachpersonal in der Lobby, keine Zugangsschlüssel. Wenn jemand wollte, könnte er einfach reinspazieren und jede Etage erreichen.

Ich muss mir kurz in Erinnerung rufen, dass ich in D.C. lebe – der meiner Meinung nach paranoidesten Stadt der Welt – und dass es nicht überall so ist. In Stillwater gibt es wahrscheinlich nur wenige Obdachlose, die ständig auf der Suche nach einem warmen Schlafplatz sind. Und hier gibt es auch keine großen kriminellen Organisationen, die jede Lücke im Sicherheitssystem ausnutzen wollen. Hier macht man sich wahrscheinlich die meisten Sorgen um einen Junkie, der im Rausch im falschen Haus landet.

Sobald wir den Aufzug verlassen haben, gehen wir durch eine weitere Glastür in die Büros von Wright Properties, Limited. Eine junge Empfangsdame sitzt hinter einem breiten Eichentisch und begrüßt uns mit einem Lächeln. „Guten Morgen. Wie kann ich Ihnen helfen?"

Ich halte mich zurück, während Liam der Frau seinen Ausweis zeigt. Ich versuche, einen Blick über den Empfangsbereich hinaus zu erhaschen, aber er ist größtenteils durch Wände abgeteilt. Weiter hinten kann ich einige Fenster erkennen, die auf die Stadt hinausgehen, sowie einige kleine Räume oder Büros.

„Wir würden gern mit Mr Wright sprechen", sagt Liam.

Die Gesichtszüge der jungen Frau verziehen sich. „Es tut mir leid, aber er hat heute Morgen eine Reihe von Telefonterminen. Ich könnte Ihnen entweder für heute am späten Nachmittag oder morgen einen Termin geben."

Ich trete vor und halte ebenfalls meinen Ausweis vor. „Ma'am. Das kann nicht warten. Wir müssen ihn sprechen, jetzt sofort."

Entweder bringt der Anblick der FBI-Marke oder die ‚Einschüchterungsstimme', die ich benutze, den Stein ins Rollen, denn sie nickt und tippt dann auf das Telefon vor ihr. „Mr Wright. Die Polizei und das FBI sind hier und möchten Sie sprechen", sagt sie in den Hörer. Sie nickt, dann legt sie auf. „Folgen Sie mir, bitte."

Als sie aufsteht, stelle ich fest, dass sie größer ist als erwartet, fast so groß wie Liam. Sie führt uns durch den Hauptteil zu den Büros, die ich beim Hereinkommen gesehen habe. Das allerletzte ist ein Eckbüro mit Fenstern an zwei Seiten. Darin sitzt Gerald Wright an einem breiten Schreibtisch mit einem Computer und zwei Monitoren. Seine Anzugjacke liegt auf der kleinen Couch direkt unter einem der Fenster, zusammen mit der Aktentasche, mit der wir ihn gesehen haben.

„Danke, Ashley", sagt er. Sie zieht sich zurück und schließt die Tür hinter sich.

Liam streckt die Hand aus. „Ich bin Detective Coll von der Stillwater Police“, stellt er sich vor. „Und das ist Agent Slate vom FBI.“

„FBI?“, fragt Wright aufrichtig überrascht. „Ich hätte gedacht, dass es andersherum ist.“

Nun, wir können *arroganter Schnösel* zu seinem Dossier hinzufügen.

„Worum geht es denn?“, fragt er.

„Dürfen wir uns vielleicht hinsetzen?“, fragt Liam.

„Natürlich“, sagt er und zeigt auf die beiden Stühle, die vor seinem Schreibtisch stehen. Bisher habe ich nichts gesehen, was mir sagt, dass er nervös ist, weil wir hier sind, oder dass er den Grund für unseren Besuch kennt. Soweit ich das beurteilen kann, ist er tatsächlich verwirrt.

Liam sieht mich an und ich nicke ihm dezent zu. Am besten fängt man immer mit dem schwierigsten Teil an. „Sir, es tut mir sehr leid, Ihnen mitteilen zu müssen, dass die Leiche Ihrer Ehefrau vor ein paar Tagen außerhalb der Stadt gefunden wurde.“

Wright reagiert nicht. Es ist fast so, als ob er ihn nicht gehört hätte. Er blinzelt, dann schüttelt er schließlich den Kopf. „Entschuldigung. Wie bitte?“, fragt er ungläubig.

„Sie war offenbar schon seit einiger Zeit dort draußen. Ein paar Monate, so wie es aussieht.“

Wright schüttelt erneut den Kopf. „Nein, meine *Ehefrau* ist in Italien.“ Er legt besonderen Nachdruck auf das Wort Ehefrau, als ob es nur eine Bezeichnung wäre. Ich habe immer noch nicht viele Emotionen bei ihm gesehen. Entweder glaubt er es noch nicht oder er ist ein fantastischer Schauspieler.

„Nein, Sir. Es tut mir leid. Wir konnten sie anhand der Zahnunterlagen identifizieren“, sage ich.

Er schüttelt noch einmal ganz leicht den Kopf, aber ich sehe in seinen Augen, wie ihm die Realität allmählich dämmert.

Er hält sich die Hand vor das Gesicht, um seinen Mund zu verdecken, aber ich kann trotzdem sehen, dass die Mundwinkel nach unten zeigen. Seine Augen sind wild und versuchen, zu verarbeiten, was wir ihm gerade gesagt haben. Trotzdem schüttelt er den Kopf, als wolle er es nicht wahrhaben.

„Das kann nicht … ich meine … Sind Sie sicher, dass Sie die richtige Person identifiziert haben? Wie kann sie … sie sollte doch in Italien sein!“ Der letzte Satz kommt mit großer Wucht und ich sehe zu, wie der Sturm der Gefühle durch ihn hindurch bricht. Dieser Mann hat nicht mit dieser Information gerechnet.

„W… wie?“, fragt er.

„Das wissen wir noch nicht genau“, antwortet Liam. „Aber wir vermuten, dass sie entweder stranguliert oder erstickt wurde.“

Plötzlich zieht er die Stirn in Falten und seine Miene verfinstert sich. „Das war *er*. Dieser Bastard, der sie mir weggenommen hat.“

„Sie meinen Mr Wood?“, fragt Liam.

„Haben Sie ihn schon verhaftet?“, will Wright wissen. Seine Gesichtszüge verändern sich ständig, als ob er abwechselnd wütend und traurig wäre. Seine Hand, die noch auf dem Schreibtisch liegt, zittert.

„Wir haben noch keinen Hauptverdächtigen“, sage ich. „Wir benachrichtigen im Moment nur die Angehörigen.“

„Was meinen Sie damit? Sie müssen ihn verhaften“, beharrt Wright, dieses Mal mit mehr Nachdruck. „Das war doch ganz offensichtlich er. Er war der letzte, mit dem sie zusammen war.“

„Das wissen Sie?“, fragt Liam und holt seinen Notizblock hervor.

„Alle wissen das“, sagt Wright.

„Alle?“

„Ihre Freunde. Meine Freunde. Unsere Familien. Arbeitskollegen." Er deutet auf die Tür, durch die wir gekommen sind. „Alle."

Ich kann sehen, dass ihm die Tatsache, dass sie ihn verlassen hat, sehr peinlich ist, was uns einem Motiv näher bringt. Aber wenn er redet, sind seine Worte mehr von Scham als von Wut geprägt.

„Können Sie uns sagen, wann Sie das letzte Mal mit Mrs Wright gesprochen haben?", fragt Liam.

„An dem Tag, an dem sie gegangen ist. Es war ein ganz normaler Freitagmorgen, wie jeder andere auch."

„Und Sie haben sie als vermisst gemeldet?", frage ich.

Er nickt. „Als sie an diesem Abend nicht nach Hause gekommen ist, wollte ich sie anrufen, aber es meldete sich nur ihre Mailbox. Ich habe bis etwa einundzwanzig Uhr gewartet, bevor ich die Polizei angerufen habe. Ich war das ganze Wochenende krank vor Sorge."

„Sie hat nie auf Ihren Anruf geantwortet?", fragt Liam.

„Hat nicht angerufen, keine Nachricht geschickt. Hat nicht nach den Kindern gefragt … Oh mein Gott. Was soll ich unseren Kindern sagen?" Dieser Gedanke treibt ihm Tränen in die Augen, die er wegwischen muss.

„Sie hat seit diesem Tag auch nicht mehr mit ihren Kindern gesprochen?", will ich wissen.

Er wirft mir einen mitleidigen Blick zu. „Ich konnte es nicht ertragen, ihnen zu sagen, dass sie verschwunden ist. Ich habe ihnen gesagt, dass sie beruflich verreisen musste. Dass sie bald wieder nach Hause kommen würde."

„Aber das ist nie passiert", sagt Liam.

Er schüttelt den Kopf. „Am Montag hatte die Polizei herausgefunden, dass sie gegangen war. Ich glaube, ich habe am Samstag oder Sonntag festgestellt, dass einer ihrer Koffer fehlte, zusammen mit einigen ihrer Sachen. Sie haben mir das Filmmaterial von ihr in der Bank gezeigt. Ich habe dort angerufen, um mir das bestätigen zu lassen, und da hat man mir gesagt, dass sie ihre Konten leergeräumt hat. Danach hat mir die Polizei gezeigt, wo sie für diesen Abend ein Ticket ab Dulles gebucht hatte. Ich saß mit unseren beiden Kindern krank vor Sorge zu Hause und sie ist nach *Italien* geflogen!" Den letzten Satz schreit er regelrecht und nun kann er die Tränen nicht mehr zurückhalten.

Wir warten einen Moment, bis er sich wieder einigermaßen unter Kontrolle hat. „Und seitdem haben Sie nichts mehr von ihr gehört?", frage ich mit sanfter Stimme.

Er schüttelt den Kopf. „Ich dachte einfach, sie wäre fertig mit uns. Dass sie entweder genug von mir hatte oder von den Kindern oder von diesem Leben … wer weiß? Ich habe versucht, sie auf ihrem Handy anzurufen und ihr Nachrichten zu schicken. Ich habe sie sogar über all ihre E-Mail-Konten kontaktiert, aber nur Schweigen als Antwort bekommen." Er starrt uns unter hochgezogenen Augenbrauen an. „Ich glaube, jetzt weiß ich warum."

„Was haben Sie Ihren Kindern erzählt?", will ich wissen. Laut seinem Dossier sind die Kinder fünf und sieben Jahre alt. Sie hätten diese Lüge von einer Geschäftsreise nicht sehr lange geglaubt.

„Ich musste ihnen die Wahrheit sagen, oder das, was ich wusste. Dass ihre Mutter beschlossen hat, sich eine Auszeit zu nehmen, und dass ich nicht weiß, wann sie zurückkommt. Das war ein schwerer Abend." Er atmet ein paar Mal tief durch, um sich zu beruhigen. „Und jetzt muss ich das Ganze noch einmal tun."

„Können Sie uns sagen, wie Ihre Beziehung zu Mrs Wright vor ihrer Abreise war?", will ich wissen.

„Gut", sagt er und plötzlich scheint alle Energie aus ihm herauszufließen. „Normal. Berufstätige Eltern, Sie wissen ja, wie das ist. Wir hatten nicht genug Zeit füreinander, aber … ich dachte, wir wären glücklich. Ich dachte, alles sei in Ordnung. Aber seitdem weiß ich nicht mehr, was ich glauben soll."

Ich schaue kurz zu Liam. Er denkt, was ich denke: Das ist

nicht unser Mann. Das ist ein verzweifelter Ehemann und Vater, der gerade erfahren hat, dass die Frau, die ihn wegen eines anderen sitzen gelassen hat, tot ist. Ich kann sehen, dass er nur schwer damit klar kommt.

Wrights Telefon klingelt und lässt ihn aufschrecken. Er greift nach dem Hörer. „Was? Nein. Und Ashley, sagen Sie meine Telefontermine für den Rest des Tages ab. Ich nehme mir heute frei.“ Er legt auf und schaut dann wieder zu uns. „Und wie geht es jetzt weiter? Muss ich zu Ihnen kommen, um sie … zu sehen oder so?“

Ich schüttele den Kopf. „Wir haben bereits eine bestätigte Identifizierung. Also müssen Sie das nicht tun.“

„Nur das schwierigste Gespräch mit meinen Kindern führen, das ich je führen muss“, antwortet er. „Und ich dachte, das hätte ich schon geführt, als sie gegangen ist.“ Er scheint völlig neben sich zu stehen. „Ihre Freunde … Ich werde wohl die Beerdigung planen müssen. Wie … ich meine …“ Er versucht, die schwierigen Fragen zu stellen, die immer auf einen Mord folgen. Da sie nicht daran gewöhnt sind, wissen die Menschen nicht, wie sie sich verhalten sollen. Sie suchen nach einem Plan, nach einer Art Struktur, die für sie in einer Zeit, in der sie mit so viel Sinnlosigkeit konfrontiert sind, einen Sinn ergibt.

„Machen Sie sich darüber keine Gedanken. Jemand von der Polizei wird sich mit Ihnen in Verbindung setzen, um alle Einzelheiten zu besprechen. Im Moment können wir ihre Leiche noch nicht freigeben.“

„Wenn Sie sie brauchen, um diesen Bastard festzunageln, dann nur zu“, sagt er und unterdrückt ein weiteres Schluchzen.

Ich nicke Liam zu und wir stehen beide auf. „Unser herzliches Beileid, Mr Wright. Wie ich bereits sagte, ermitteln wir in alle Richtungen. Sobald wir einen Verdächtigen haben, werden wir es Sie wissen lassen.“ Wir reichen ihm beide unsere Visitenkarten.

„Vielen Dank“, sagt er.

Wir gehen in Richtung Tür, doch als wir sie erreichen, drehe ich mich noch einmal um. „Ach, eine Sache noch.“ Wright schaut auf. „Wenn Sie wussten, dass Ihre Frau mit einem anderen Mann weggegangen ist, warum haben Sie dann nicht die Scheidung eingereicht?“

Er zuckt unverbindlich mit den Schultern. „Ich schätze … ich habe gehofft, wir könnten uns irgendwie einigen. Victoria und ich waren acht Jahre lang zusammen. Das muss doch etwas bedeuten. Ich dachte, dass sie vielleicht einfach nur eine Auszeit braucht und dass sie wieder zurückkommt und dass …“ Seine Stimme bricht.

Ich bin mit seiner Antwort zufrieden und nicke zustimmend. „Wenn Sie etwas brauchen, rufen Sie einfach an.“

Er nickt mir schwach zu, aber seine Augen, die immer noch voller Tränen sind, sind glasig geworden. Er ist bereits in der Erinnerung an sie versunken oder überlegt, wie er ohne sie weitermachen soll.

Dieses Gefühl kenne ich nur zu gut.

Kapitel Dreizehn

„Also“, setzt Liam an, als wir wieder im Auto sitzen. „Was halten Sie von ihm?“

Ich seufze. „Er schien wirklich überrascht zu sein, als er die Nachricht hörte. Und trotz ihrer schwierigen Beziehung wurde er ziemlich schnell emotional.“

Er beugt sich verschwörerisch vor, als ich den Wagen starte, und ich nehme einen Hauch seines Aftershaves wahr. „Ich muss das einfach fragen: Gibt es eine Art FBI-Handbuch, in dem all diese Dinge stehen? Denn die Polizeirichtlinien, die wir erhalten haben, waren … kurz.“

„Es gibt kein besonderes Handbuch. Aber genau das macht den Kern des Agentendaseins aus. Wir müssen in der Lage sein, Täuschungen schon auf einen Kilometer Entfernung zu erkennen. Wenn wir nicht sagen können, wer lügt und wer nicht, kommen wir nicht weiter.“

Liam lehnt sich wieder zurück und schnallt sich an. „Wir brauchen ein besseres Handbuch. Auf der Polizeischule haben wir die Grundlagen gelernt, aber ich habe das Gefühl, dass Ihre Ausbildung gründlicher ist.“

„Wissen Sie das nicht?“, ziehe ich ihn auf. „Wir sind eine Bundesbehörde. Wir wissen immer, wovon wir reden, und liegen nie falsch.“

Er lacht leise. „Ich werde Sie bei Gelegenheit daran erinnern. Und wie habe ich ihm die Nachricht überbracht?“

„Genau wie ich es getan hätte.“ Ich muss ihn einfach dafür loben, wie er die Herausforderung gemeistert hat. Aber das bedeutet noch nicht, dass ich bereit bin, ihm zu vertrauen. Ehrlich gesagt, bin ich mir nicht sicher, ob ich das wieder kann, nach dem, was er getan hat. Aber er ist ein fähiger Detective, und solange ich ihn auf Abstand halte, sollten wir gut miteinander auskommen können.

„Der nächste Verdächtige?“, fragt er.

„Richtig.“ Der nächste offensichtliche Verdächtige ist Patrick Wood, der sich praktischerweise außerhalb des Landes befindet. Zumindest war er das zum Zeitpunkt des letzten Berichts. Es gibt buchstäblich Hunderte von Patrick Woods in den Vereinigten Staaten, und ohne weitere Informationen wird es nahezu unmöglich sein, ihn zu finden, vor allem, wo er eigentlich gar nicht hier sein sollte.

„Laut Burkes ersten Ermittlungen galt er nur kurz als Person von Interesse“, sage ich und lese die Akte, die ich vom Rücksitz geholt habe. „Als sie herausfanden, dass er und Victoria sich monatelang Nachrichten geschrieben hatten, und die Flugtickets überprüft hatten, schloss Burke den Fall ab.“ Ich lehne mich zurück und überlege, wie die erste Untersuchung abgelaufen sein könnte. Das ergibt nicht viel Sinn.

„Burke muss etwas verheimlichen“, sagt Liam. „Ich bin die Akten gestern Abend noch einmal durchgegangen, nach dem … was auf dem Revier passiert ist. Er hat Patrick Wood nicht einmal befragt. Nicht angerufen, nichts. Er hat nur herausgefunden, dass sie zusammen weggegangen sind, und dann beschlossen, dass das ausreicht und den Fall geschlossen.“

„Und weil er niemandem unterstellt ist, musste er sich auch nicht rechtfertigen“, sage ich. Ich bin froh, dass Liam sich wenigstens mit meiner Sicht der Dinge auseinandersetzt.

Zumindest bringt es ihn dazu, kritisch über seinen Chef nachzudenken.

Ich blättere den Bericht noch einmal durch. „Alles, was ich hier über den Mann habe, ist eine frühere Adresse. Keine berufliche Vorgeschichte, keine bekannten Partner. Es ist, als ob er keine Nachforschungen über diesen Kerl angestellt hätte.“

Liam dreht sich zu mir um. „Es muss etwas an diesem Fall geben, das er nicht untersuchen wollte. Aber ich kann einfach nicht glauben, dass er etwas mit ihrem Tod zu tun haben könnte. Er ist seit siebzehn Jahren unser Polizeichef.“

Ich werfe ihm einen unverbindlichen Blick zu. „Ich schließe zu diesem Zeitpunkt niemanden aus. Nicht bevor wir mehr Informationen haben. Aber wir brauchen mehr Details über Patrick Wood. Das hier wird nicht annähernd ausreichen. Und angesichts der Tatsache, dass es bereits ein weiteres Opfer geben könnte, haben wir keine Zeit, herumzusitzen und herauszufinden, wer wer ist.“ Ich ziehe mein Handy aus der Innentasche meiner Jacke.

„Also nutzen wir einen Ihrer Joker?“

Ich starre ihn an, während es klingelt.

„Hey, Em!“, sagt Zara, als sie das Gespräch annimmt.

„Hey“, sage ich, weil ich nicht zu vertraut mit ihr sein will, während Liam im Auto sitzt. „Du müsstest mir noch einen Gefallen tun.“

„Wie läuft es denn mit deinem Detective? Hattet ihr schon eurer zweites Date-isch?“

Ich lehne mich zur Seite und versuche, den Hörer abzudecken, aber ich sehe schon das Grinsen auf Liams Gesicht. Es ist ihm hoch anzurechnen, dass er weiterhin geradeaus schaut und nichts sagt. Zara kann ziemlich *laut* sein, ohne es zu wollen.

„Nein, du musst jemanden für mich finden. Eine mögliche Person von Interesse in diesem Fall. Der Name ist Patrick

Wood. Sein Geburtsdatum ist laut Bordkarte der zehnte Elfte zweiundachtzig."

„Zehn elf zweiundachtzig, verstanden. Ich gehe nicht davon aus, dass du eine Sozialversicherungsnummer hast?"

„Es gibt kaum Informationen über diesen Mann. Wir können froh sein, dass wir sein Geburtsdatum kennen. Wir haben noch nicht einmal ein Foto."

„Hört sich so an, als wäre dein Detective nicht gerade der Fleißigste."

Ich bringe sie praktisch zum Schweigen, während ich immer noch versuche, den Hörer zu verdecken, obwohl ich bei meinem Herumgezappele bestimmt nichts verbergen kann. „Es war nicht sein Fall", sage ich leise. „Und er sitzt gerade im Auto neben mir."

„Oh! Sorry, das wusste ich nicht. Patrick Wood. Ich kümmere mich sofort darum."

„Zara", sage ich, bevor ich auflege. „Das ist ziemlich dringend. Wir brauchen diese Informationen so schnell wie möglich."

„Verstanden. Ich melde mich bald wieder."

Ich lege das Telefon weg, spüre aber, wie mein Gesicht vor Verlegenheit brennt. Ich drehe mich zu Liam um und überlege, was ich sagen soll, um nicht wie ein Volltrottel dazustehen.

Er dreht sich ebenfalls zu mir um und ich wappne mich innerlich. „Wenn wir also Patrick Wood momentan nicht aufsuchen können, wen sollten wir dann noch befragen?"

Ich bin ehrlich gesagt erstaunt. Ich war mir sicher, dass er diese Situation zum Anlass nehmen würde, um mich in Verlegenheit zu bringen oder um mir zumindest ein paar Seitenhiebe zu verpassen, insbesondere nachdem ich ihn dazu gezwungen habe, Wright die Nachricht zu überbringen. Aber aus irgendeinem Grund – vielleicht, weil er immer noch versucht, sich dafür zu entschuldigen, dass er mir in den Rücken gefallen ist – tut er das nicht.

„Ähm“, sage ich und schaue wieder in die Akte. Normalerweise gerate ich nicht in solche Situationen und das wirft mich aus der Bahn. Zu sagen, ich sei hin- und hergerissen, wäre eine Untertreibung. „Rex Fuller, PLLC. Er war Victorias Chef in der Anwaltskanzlei.“

„Richtig“, sagt Liam und ruft einige Bilder der Akten auf seinem Handy auf. „In der ersten Akte war er kurzzeitig als eine Person von Interesse aufgeführt, bevor sich herausstellte, dass Victoria mit Patrick weggegangen war. Glauben Sie, dass er trotzdem einen zweiten Blick wert ist?“

„Auf jeden Fall“, sage ich und schließe die Akte. „Selbst wenn es nur darum geht, ihn als potenziellen Verdächtigen auszuschließen, sollten wir mit ihm reden, um zu sehen, wie er reagiert.“

„Steht in der Akte, warum er überhaupt in Betracht gezogen wurde?“

Ich muss sie nicht einmal öffnen, um zu antworten. Nachdem ich gestern Abend alles durchgelesen habe, kenne ich sie zum Großteil auswendig. „Ich glaube, weil sich jemand über persönliches Fehlverhalten in der Kanzlei beschwert hatte, obwohl nicht klar ist, ob es sich dabei um Victoria handelte oder nicht, da die Beschwerde vor zwei Jahren anonym bei der Anwaltskammer von Virginia eingereicht wurde.“

„Das reicht bei einem Vermisstenfall aus“, sagt Liam. Die Kammer hatte die Ermittlungen eingeleitet, aber keine Hinweise auf ein Fehlverhalten gefunden. Die Tatsache, dass jemand überhaupt etwas gemeldet hat, ist jedoch bemerkenswert. Vielleicht war es nur ein verärgerter Angestellter, der die Nase voll von seinem Chef hatte, vielleicht traf die Behauptung aber auch zu und Fuller hatte einen Weg gefunden, die Sache unter den Teppich zu kehren. Wie auch immer, ich werde ihn nicht so einfach vom Haken lassen.

„Ich würde sagen, es ist an der Zeit herauszufinden, was Mr Fuller dazu zu sagen hat.“

Kapitel Vierzehn

Auf dem Weg in Rex Fullers Büro stelle ich fest, dass ich in diesem Fall nicht mehr so zuversichtlich bin, wie ich es heute Morgen noch war. Als ich sah, wie Gerald Wright bei der Nachricht zusammenbrach, hat mein Optimismus einen herben Dämpfer erlebt. Ich hoffe nur, dass Zara Glück hat und Patrick Wood ausfindig macht … und dass er in Reichweite ist. Falls er immer noch außer Landes ist, müssen wir vielleicht Interpol einschalten, was ich gern vermeiden würde. Ich bezweifle, dass Janice darüber sehr glücklich wäre.

Meine andere Sorge gilt Liam. Er scheint die Kurve gekriegt zu haben und tut und sagt all die richtigen Dinge, aber irgendetwas in meinem Hinterkopf nagt an mir und sagt mir, dass ich in seiner Nähe vorsichtig sein sollte, auch wenn er ein sehr umgänglicher Mensch ist. Ich scherze gern mit ihm, und er hat eine lockere Art, wie sie nicht viele Männer haben. Vor Matt war die Partnersuche ein Albtraum gewesen, sodass ich sie fast schon aufgegeben hätte. Natürlich war ich damals viel jünger und noch auf dem College gewesen, aber trotzdem … die Jungs waren damals Idioten. Und nach meiner Beobachtung sind die meisten es immer noch.

Das macht es noch schwieriger, Liam in einem anderen Licht zu sehen.

Ich schüttele den Kopf. Ich bin nicht hier, um eine Beziehung einzugehen – nicht dass ich das tun würde – und ich bin auch nicht hier, um neue Freundschaften zu schließen. Ich bin hier, um einen Mörder zu finden, mich beruflich zu beweisen und nach Washington zurückzukehren, wo ich wieder effektiv arbeiten kann. Alles andere wird einfach auf der Strecke bleiben müssen.

„Wir sind da", sagt Liam und zeigt auf ein einstöckiges Gebäude direkt an der Hauptstraße mit einem bescheidenen Schild davor, das verkündet, dass es Rex Fuller, PLLC, gehört. Wir befinden uns am Stadtrand in einer Gegend, die für Einkaufszentren und Wohnhäuser bekannt ist, die in Geschäftsgebäude umgewandelt wurden. Der Parkplatz ist voller Autos – hauptsächlich Limousinen und ein paar Geländewagen – und ich muss unweigerlich an eine Zahnarztpraxis denken. Einstöckig, ganz aus Backstein, mit langen, raumhohen Fenstern in gleichmäßigen Abständen. Ich wette, dass wir gleich beim Eintreten mit leiser Jazzmusik begrüßt werden.

Diesmal übernehme ich die Führung, als wir durch die einzige Tür zum Büro gehen, wo wir auf einen Empfangsbereich ohne Rezeptionistin treffen. Ich zucke mit den Schultern und gehe durch die einzige Tür, die zum Rest des Gebäudes führt.

Wir kommen zu einer weiteren kleinen Wartezone, die sich zu verschiedenen Bereichen öffnet. Ganz links befindet sich ein Konferenzraum, ganz rechts eine Cafeteria. In der Mitte stehen große Bücherregale mit Hunderten von Büchern, Dokumenten und Akten – eine Bibliothek zum Nachschlagen, die von einer Vielzahl von einzelnen Schreibtischen umgeben ist. Den Rest des Raumes nehmen große Büros mit Glaswänden ein. In jedem von ihnen sitzt jemand hinter einem Schreibtisch und tippt wie wild auf einer

Tastatur herum. Drei Personen sind in der Cafeteria, sechs im Konferenzraum und drei weitere in der Bibliothek, die alle in ihren Unterlagen nachschlagen. Bis jetzt hat uns noch niemand bemerkt.

Als ich mich räuspere, dreht sich ein junger Mann in meiner Nähe um und schaut von seinen Unterlagen auf. Er legt die beiden Bücher in seinen Armen ab und kommt zu uns herüber. „Tut mir leid, unsere Rezeptionistin ist diese Woche krank. Hatten Sie einen Termin?"

Ich zeige ihm meinen Ausweis. „Wir suchen nach Rex Fuller."

Seine Augen werden groß, als er den Ausweis sieht, und es scheint ihm schwerzufallen, meinem Blick zu begegnen. „In w-welcher Angelegenheit?"

„Zeigen Sie uns einfach, wo er ist", sagt Liam.

„Es tut mir leid, aber Mr Fuller ist den ganzen Tag im Gericht. Er wird erst nach siebzehn Uhr erreichbar sein."

Ich schaue auf meine Uhr. Es ist kurz nach elf Uhr. Verdammt. So viel zum Thema Überrumpeln. Seine Mitarbeiter werden ihm sicher mitteilen, dass wir hier waren. „Kommt er heute noch einmal ins Büro?"

„Nach einem Gerichtstermin geht er normalerweise nach Hause. Aber Sie können ihm gern eine Nachricht hinterlassen. Ich werde dafür sorgen, dass er sie bekommt."

Ich atme frustriert aus. „Wir kommen einfach später wieder." Der Mann nickt und kehrt zu den Bücherreihen zurück, um seine Recherche fortzusetzen. Ich stütze die Hände in die Hüften und schaue mich um, während ich überlege, was wir als Nächstes tun sollen.

„Wollen Sie heute Abend bei ihm zu Hause vorbeifahren?", fragt Liam.

„Nicht wirklich. Bei unserem Glück hat er ein abgeschottetes Haus mit Wachhunden. Sie wissen ja, wie verschlossen Anwälte sind. Wahrscheinlich verweist er uns sowieso an einen dieser Leute hier als seinen Vertreter."

„Nur wenn er etwas zu verbergen hat“, sagt Liam.

„Sie würden sich wundern. Ich schwöre, die Hälfte von denen will einfach nur Spielchen mit uns spielen, weil sie wissen, dass sie es können. Dann können sie all ihren Anwaltskollegen im Rauchersalon bei einem Brandy davon erzählen.“

Liam starrt mich an. „Irgendwie habe ich das Gefühl, dass Sie Anwälte nicht besonders mögen.“

Ich schenke ihm ein beschwichtigendes Lächeln. „Sieh mal einer an, Ihre Polizeikurse waren doch nicht so eine Verschwendung, wie Sie dachten.“

Er lacht leise und schlägt mir spielerisch auf den Arm. „Ha ha.“ In der Sekunde, in der er mich berührt, fühle ich einen Stromstoß durch meinen Körper. Das ist etwas, was ich seit Monaten, vielleicht sogar länger, nicht mehr gefühlt habe. Ich unterdrücke das Gefühl und versuche, nicht darauf zu reagieren.

„Ich denke, wir müssen morgen wiederkommen. Seien Sie einfach auf einen Kampf vorbereitet.“

Er nickt und geht in Richtung Tür. Gerade als ich ihm folgen will, fange ich den Blick einer der Frauen in der Cafeteria auf. Sie steht mit einer Tasse in der Hand neben der Spüle und sieht mich eindringlich an. „Gehen Sie schon mal vor“, sage ich zu Liam. „Ich komme gleich nach.“

Er wirft einen Blick über meine Schulter. „Ich warte draußen.“

Kaum ist er weg, gehe ich zu der Frau hinüber, aber sie wendet den Blick ab, je näher ich komme. Sie ist sehr hübsch. Groß, blond, mit nahezu makelloser Haut und gekonnt aufgetragenem Make-up. Ich bemerke, dass sie ein teures Armband trägt, das dem von Victoria nicht unähnlich ist. „Sie arbeiten hier?“, frage ich leise.

„Ja, Rechtsanwaltsgehilfin“, antwortet sie und taucht den Teebeutel in ihre Tasse und zieht ihn wieder heraus. Vorher sah es so aus, als wollte sie meine Aufmerksamkeit erregen, aber jetzt bin ich mir da nicht mehr so sicher. „Sind Sie von der Polizei?“

„Vom FBI, genau genommen.“ Ich zeige ihr meinen Ausweis.

„Oh! Und ich dachte, Sie wären hier, um Rex seine Scheidungspapiere zu überreichen.“ Sie lacht nervös.

„Warum sollten wir das tun?“, will ich wissen.

„Aus keinem bestimmten Grund. Ich dachte … seine Frau … Sie wissen ja, wie Anwälte sind“, meint sie und fühlt sich sichtlich unwohl.

Ich nicke. „Arbeiten Sie schon lange hier?“

„Schon seit ein paar Jahren. Ich habe während meines Jurastudiums hier angefangen, aber die Prüfung nie bestanden. Jetzt versuche ich nur, meine Schulden zurückzuzahlen.“

„Das kenne ich nur zu gut.“ Eigentlich tue ich das nicht, aber es gibt in diesem Land so viele Menschen, die einen Kredit für ihr Studium aufgenommen haben, dass ich es für das Beste halte, so zu tun, als befände ich mich in der gleichen Lage. Ich habe großes Glück: Meine Eltern hatten das Geld, um mir meinen Hochschulabschluss zu bezahlen. Ich weiß, dass das heutzutage nicht mehr viele Leute sagen können. Entweder arbeiten sie während der Studienzeit oder sie haben Schulden, die sie nicht zurückzahlen können. Ganz zu schweigen davon, dass ein Jurastudium alles nur zehnmal schlimmer macht.

Aber ich war einer dieser seltenen Vögel. Trotzdem habe ich während des Colleges natürlich auch gearbeitet. Aber wenn ich den Job verloren hätte, wären meine Studiengebühren trotzdem noch bezahlt worden. Diesen Druck nicht zu haben, ist ein Luxus, den sich nicht viele Menschen leisten können, und es ist keine gute Idee, damit anzugeben.

Ich strecke die Hand aus. „Agent Emily Slate.“

Sie nimmt den Teebecher in die andere Hand und nimmt meine. „Sarah Ellis. Wenn Sie also nicht wegen Rex hier sind, was ist dann los? Die Firma ist doch nicht in Geldwäsche oder so etwas verwickelt, oder?"

„Wie kommen Sie darauf?"

Ihre Augen werden immer größer. „Oh, das war nur ein Scherz", sagt sie, und ich sehe, wie ihre Finger zittern. „Ich meinte nur … es kommt nicht jeden Tag vor, dass das FBI ins Haus kommt. Besonders nicht hier in Stillwater."

Das passiert manchmal, wenn Menschen auf einen Agenten des FBI treffen: Sie werden extrem nervös, auch wenn sie nichts zu verbergen haben. In der Regel liegt das daran, dass sie automatisch denken, wir seien da, um sie für etwas Belangloses zu verhaften, das sie vor zehn Jahren getan haben, während wir oft nur Informationen sammeln. Ich achte besonders auf diejenigen, die nicht nervös werden, auf diejenigen, die unser Erscheinen nicht überrascht, als würden sie nur darauf warten, erwischt zu werden.

Trotzdem habe ich das Gefühl, dass Sarah etwas verbirgt. Etwas, von dem sie vielleicht möchte, dass ich es weiß, es aber nicht aussprechen kann. Warum hätte sie sonst meine Aufmerksamkeit erregen sollen? „Kannten Sie zufällig Victoria Wright?", will ich wissen.

Sie nickt und beobachtet mich aufmerksam, während sie einen Schluck nimmt. „Ja. Wir haben direkt nebeneinander gesessen."

„Würden Sie sagen, dass Sie sie gut kannten?" Dieser Ausflug ist vielleicht doch nicht so ein Reinfall, wie ich ursprünglich dachte. Wir hatten noch keine Gelegenheit, uns näher mit Victorias Leben zu befassen. Ich wollte erst diese Befragungen hinter mich bringen und die Hauptverdächtigen ausschließen. Aber wenn ich zufällig eine Freundin von ihr treffe, will ich die Gelegenheit natürlich nicht verpassen.

„Ja, ich würde sagen, dass wir uns ziemlich gut kannten. Wir haben uns manchmal auch privat getroffen. Ich habe sie hin und wieder zu Hause besucht."

„Dann haben Sie auch ihre Familie gesehen?"

Sarah zuckt mit den Schultern. „Natürlich. Ab und zu. Gerald ist okay, aber ich kann verstehen, warum sie nicht geblieben ist. Aber die Kinder …"

In meinem Kopf schrillt eine kleine Alarmglocke. „Lief es bei ihnen zu Hause nicht so gut?"

„Doch, schon. Sie dachte nur, Gerald würde ihr nicht genug Aufmerksamkeit schenken. Vermutlich hat sie sich gelangweilt und ist deshalb mit diesem Typen nach Europa abgehauen." Sie wirft einen Blick hinüber zu den Hauptbüros. „Muss schön sein da."

Ich kämpfe kurz mit meinem Gewissen. Normalerweise benachrichtige ich niemanden außer der unmittelbaren Familie eines verstorbenen Angehörigen, aber Victoria hatte keine andere Familie. Und angesichts der Tatsache, dass Sarah mehr über ihr Leben zu wissen scheint als wir, halte ich es für klug, es ihr zu sagen. Nicht nur, damit sie trauern kann, sondern auch, weil es bei den Ermittlungen helfen könnte.

Gleichzeitig möchte ich aber Fullers Befragung nicht ruinieren. Wenn ich es Sarah erzähle, wird es sich zweifellos herumsprechen, bevor wir ihn morgen sprechen können. Daher muss ich es leider vorerst für mich behalten.

„Hat sie jemals über spezielle Probleme mit ihrem Mann gesprochen?"

„Nein, nicht wirklich", sagt sie und schaut wieder zu mir. „Was ist los? Geht es um Victoria? Sind Sie deshalb hier?"

Ich könnte sie direkt anlügen, tue es aber nicht. „Ja", bestätige ich.

„Verdammt, ich wusste es. Also geht es doch um Rex."

Ich verziehe das Gesicht. „Könnten Sie mir das näher erläutern?"

„Offensichtlich hat sich jemand beschwert, richtig? Ich meine, ich war das nicht. Und ich *weiß*, dass es Victoria auch nicht war. Aber ich vermute, wenn es mehr als einmal passiert …" Sie beendet den Satz nicht.

„Woher wissen Sie, dass es nicht Victoria war?“, frage ich und folge dieser schönen neuen Spur.

„Weil wir beide beschlossen haben, das nicht zu tun. Ich kann es mir nicht leisten, meinen Job zu verlieren. Das war natürlich, bevor sie abgehauen ist, also hat sie ihre Meinung vielleicht geändert. Ich hatte den Verdacht, dass sie es melden würde, als sie mit diesem Typen verschwunden ist, aber als nach ein paar Wochen nichts passierte, dachte ich, sie würde die Sache einfach auf sich beruhen lassen.“

Ich vermute, dass Fuller sich Sarah gegenüber unangemessen verhält und das möglicherweise auch Victoria gegenüber getan hat. Aber sie hatten beide zu viel Angst davor, was passieren könnte, wenn sie es melden. Soweit ich weiß, ist kein zweiter Fall von Belästigung aktenkundig, sondern nur dieser eine vor ein paar Monaten. Ich muss mehr darüber erfahren, aber gleichzeitig darf ich Sarahs Job nicht gefährden, sonst sagt sie keinen Ton mehr. Also beschließe ich, sie komplett außen vor zu lassen. „Können Sie mir genau sagen, was zwischen Victoria und Ihrem Chef vorgefallen ist?“

Sie sieht sich um. „Wird irgendetwas davon auf mich zurückfallen? Ich habe Ihnen doch gesagt, dass ich offene Rechnungen zu bezahlen habe.“

Ich schüttele den Kopf. „Das kann ich Ihnen nicht versprechen. Aber ich frage nur nach Victoria, die nicht einmal mehr hier ist. Ich werde alles tun, was ich kann, um Ihren Namen da rauszuhalten.“

Sarah sieht mich misstrauischer an, als ich erwartet habe, und ich fürchte schon, dass ich sie verloren habe. Aber dann seufzt sie resigniert. „Rex ist … nun ja … er ist ein Arschloch, um es vorsichtig auszudrücken. Er glaubt, jede Frau, die für ihn arbeitet, sei zu seiner Unterhaltung da. Und er flirtet gern. Vor ein paar Monaten, bevor sie wegging, kam Victoria zu mir und erzählte mir, dass er sie bedrängt hat, als sie mit ihm allein in seinem Büro war. Er hat sich an sie gepresst und sie zwischen sich und seinem Schreibtisch eingeklemmt, bevor sie ihn wegstoßen konnte. Sie hat ihm gesagt, dass er damit aufhören soll, und falls er es noch einmal täte, würde sie eine formelle Beschwerde einreichen."

„Warum hat sie dann keine Anzeige erstattet?"

Sarah schüttelt den Kopf. „Keine Ahnung. Vielleicht war sie mit anderen Dingen beschäftigt. Als sie mir davon erzählte, schien sie eher verärgert als verängstigt." Sie trinkt einen weiteren Schluck aus ihrem Becher.

„Hat er das jemals wieder getan, bevor sie wegging?"

„Keine Ahnung. Falls ja, hat sie es mir nicht erzählt." Sie will noch einen Schluck trinken, hält aber inne. „Aber sie muss etwas erzählt haben, oder? Sonst wären Sie nicht hier."

Ich glaube, dass sie mir für den Moment alles gesagt hat. Also greife ich in meine Tasche und halte Sarah meine Karte hin, die sie mit der freien Hand nimmt. „Wenn Ihnen noch irgendetwas einfällt, was zwischen den beiden vorgefallen sein könnte, meine persönliche Handynummer steht auf dieser Karte. Sie können jederzeit anrufen, egal, wie spät es ist, okay?"

„Moment, steckt Rex in Schwierigkeiten?"

Ich kann etwas in ihren Augen sehen, etwas, das mir sagt, dass sie mit ihm untergehen könnte, wenn er es tut. Diesen Blick habe ich schon einmal gesehen.

„Sarah, Sie müssen sich keine Sorgen machen. Und wenn jemals etwas … zwischen Ihnen und Ihrem Chef vorgefallen ist …"

Sie schüttelt den Kopf und lässt meine Karte fallen. „Ich muss zurück an die Arbeit", sagt sie und lässt mich in der Behelfsküche stehen. Ich bücke mich und als ich meine Karte aufhebe, sehe ich, wie sie hinter den Bücherstapeln in der Mitte des Raumes verschwindet.

So viel dazu, sie nicht zu verschrecken.

Kapitel Fünfzehn

„Wow, das ist …“ Liam beendet seinen Satz nicht, als wir zum Motel zurückfahren. Er wollte zurück zum Revier, aber da Burke es auf mich abgesehen hat, arbeite ich lieber von meinem Motelzimmer aus weiter. Dort habe ich alles, was ich brauche, und muss mir keine Sorgen machen, ob Burke mich belauscht oder anbrüllt, während ich versuche, herauszufinden, was hier vor sich geht.

Als ich vorhin zu Liam auf den Parkplatz gegangen bin, habe ich ihm berichtet, was Sarah mir erzählt hat. Ich bin mir ziemlich sicher, dass sie von ihrem Chef belästigt wird, der möglicherweise in mehrere unangemessene sexuelle Beziehungen mit seinen Angestellten verwickelt ist. Jetzt verstehe ich, warum er ursprünglich zum Kreis der Verdächtigen gehörte. Offenbar hat Burke einmal etwas richtig gemacht, obwohl er Fuller nie sehr genau unter die Lupe genommen hat. Ein weiteres Opfer einer verpfuschten Untersuchung.

„Glauben Sie, dass sie miteinander geschlafen haben?“, fragt Liam.

„Vielleicht. Aber es scheint wahrscheinlicher, dass Victoria über sein Verhalten verärgert war. Vielleicht wollte sie ihn wirklich anzeigen und eine zweite Meldung hätte seine

Kanzlei für immer ruiniert, egal welche Ausreden ihm eingefallen wären."

„Damit hat er doch ein Motiv." Liam biegt in die Straße ein, die zu meinem Motel führt.

„Aber wann hätte er denn die Gelegenheit dazu gehabt?", überlege ich laut. „Offensichtlich ist er nicht nach Italien geflogen, um sie zu töten und dann ihre Leiche zurückzubringen." Ich denke einen Moment darüber nach. Wir haben keine Informationen darüber, was mit Victoria Wright geschehen ist, nachdem sie nach Italien geflogen war. Keine Zeitleiste. Es ist, als hätte sie aufgehört, zu existieren, als sie die Vereinigten Staaten verließ. „Wir brauchen die Passagierlisten für den Zeitraum, in dem ihre Leiche gefunden wurde. Wir müssen herausfinden, wann sie zurückgekommen ist."

„Und wer davon wusste", fügt Liam hinzu. Er fährt auf den Parkplatz des Motels.

Wir haben uns fast die ganze Zeit nur um die Verdächtigen gekümmert und kaum um Victoria selbst. Doch wenn wir diesen Fall lösen wollen, müssen wir uns auf unser Opfer konzentrieren. „Ich möchte eine Zeitleiste für ihre letzten Wochen hier in Stillwater erstellen", sage ich beim Aussteigen. „Wir müssen herausfinden, was sie gemacht hat, bis das Flugzeug abgehoben ist. Hoffentlich kann Zara etwas über die Zeit nach der Landung herausfinden." Ich drehe mich um und sehe, dass Liam immer noch im Auto sitzt, das Fenster auf der Fahrerseite heruntergelassen. „Was?"

„Wollen Sie immer noch meine Hilfe?"

„Sie sind der örtliche Ermittler in diesem Fall", sage ich. „*Wollen* Sie helfen?"

„Ich will nur nicht, dass Sie denken, ich würde irgendetwas Unangemessenes tun", sagt er und nickt in Richtung Motelzimmer.

Ah, jetzt verstehe ich. Gemeinsam in dieses Zimmer zu gehen, kann viel bedeuten. Und viele Annahmen heraufbeschwören. Ich schaue auf den Rücksitz des Wagens mit all meinen Akten, meinem Laptop und all den Sachen. Wenn er wollte, könnte er jetzt sofort wegfahren und mich mit nichts zurücklassen. Ich müsste zum Revier zurückkehren und Burke um die Rückgabe meiner Sachen bitten. Aber das macht er nicht. Er macht sich mehr Sorgen darüber, was ich von ihm denken könnte, wenn wir zusammen ins Motel gehen. In gewisser Weise ist das süß. Aber im Moment habe ich keine Zeit für Süßes. Da draußen läuft ein Killer herum.

„Schwingen Sie Ihren Hintern aus dem Auto und kommen Sie mit, um mir bei diesem Fall zu helfen", sage ich mit der autoritärsten Stimme, die ich aufbringen kann. „Und keine Sorge, sobald Sie eine falsche Bewegung machen, breche ich Ihnen beide Arme. Haben Sie jemals versucht, eine Zahnbürste mit zwei gebrochenen Armen zu benutzen?"

Er schüttelt den Kopf, ein Lächeln auf dem Gesicht. „Ich glaube nicht, dass ich das herausfinden möchte."

„Dann schnappen Sie sich die Kiste." Ich öffne die hintere Wagentür und hole meinen Laptop heraus. Er steigt aus, nimmt die Kiste und folgt mir in das Zimmer. Ich fordere ihn auf, den Karton auf dem einzigen Tisch abzustellen, während ich den Mantel ausziehe und ihn auf das unbenutzte Bett werfe. „Ich würde Ihnen ja eine Erfrischung anbieten, aber ich habe keine mehr."

Er zeigt mit dem Daumen über seine Schulter. „Etwa achthundert Meter die Straße hinauf gibt es einen kleinen Laden. Falls Sie auf der Suche nach einem nahrhaften, fetten Mittagessen sind."

Ich presse die Lippen zu einem Strich zusammen. „Hören Sie auf zu versuchen, sich vor der Arbeit zu drücken. Ich habe sie da drin geordnet. Legen Sie alles in einem Gittermuster auf dem Boden aus."

Seine Stirn legt sich in Falten. „In einem Gittermuster? Auf *diesem* Boden? Ihnen ist schon klar, dass er wahrscheinlich seit zehn Jahren nicht mehr gereinigt wurde, oder? Ganz zu schweigen davon, dass dies nicht die Art von Ort ist, die die beste Kundschaft anzieht."

„Danke für die Erinnerung", sage ich und klappe meinen Computer auf. „Ich habe ein starkes Immunsystem, ich komme schon klar."

Er schüttelt den Kopf und nimmt die Akten heraus. „Ich kann immer noch nicht glauben, dass das alles ist, was sich das FBI leisten kann. Ich meine, zahlen wir nicht Steuern, damit ihr Superbullen eine bessere Hütte bekommt?"

„Das ist keine Frage des Budgets", antworte ich und blättere durch die Akten, die ich über Victoria selbst habe. „Das ist meine Strafe für ..." Ich halte inne, als ich merke, dass ich erneut meine Deckung fast fallen gelassen hätte. Das passiert mir immer wieder in seiner Nähe, obwohl ich das nicht will.

Er schaut mich fragend an, sagt aber nichts. Man trifft nur selten jemanden, der seine Grenzen kennt und sich nicht in die Angelegenheiten anderer Leute einmischt. Noch seltener findet man so jemanden in der Strafverfolgung. Das bringt mich dazu, ihm noch mehr sagen zu wollen.

Aber wenn ich mich ihm gegenüber öffne, könnte er das gegen mich verwenden. Wenn Burke herausfindet, was ich getan habe, könnte er behaupten, ich wäre als Agentin ungeeignet. Janice kann mich nur bis zu einem gewissen Grad verteidigen. Um ihr Gesicht zu wahren, müsste sie mich von diesem Fall abziehen. Und das wäre es dann für mich gewesen.

„Okay, wir wissen also, dass Gerald und sie Probleme hatten. Wie lange hatten Victoria und Patrick Kontakt?"

Er zögert kurz, als wolle er etwas sagen, dann wendet er sich wieder den Akten zu und blättert in denen, die er bereits herausgezogen hat. „Sieht so aus, als wären die ersten E-Mails bereits im Januar letzten Jahres verschickt worden."

Ich versuche, mich von seiner Reaktion nicht beirren zu lassen. Ich bin einfach noch nicht so weit. Schließlich habe ich heute Morgen noch geglaubt, dass ich diesen Fall allein bearbeiten muss. Aber etwas war mir von ihrem ersten Kontakt im Gedächtnis haften geblieben. „Das bedeutet, dass sie fast genau ein Jahr, nachdem sie sich online kennengelernt haben, mit ihm weggegangen ist.“

„Und?“

„Das scheint einfach nur ein merkwürdiger Zufall zu sein.“

„Was wissen wir über ihre letzten Tage vor ihrer Abreise?“ Ich lege den Laptop zur Seite und konzentriere mich auf den Boden vor mir. Dabei schaue ich auf nichts Bestimmtes, sondern versuche nur, den Fall in meinem Kopf zu analysieren.

„Die Aussage des Ehemannes …“

„… der sagt, dass alles ganz normal gewesen sei. Was noch?“

„Videoaufnahmen vom Geldautomaten an dem Tag, an dem sie gegangen ist. Wir sehen, wie sie in die Bank geht und dann wieder herauskommt. Aus den Bankunterlagen geht hervor, dass sie fast dreitausend Dollar von ihrem Konto abgehoben hat.“

„Hat sie es aufgelöst?“

Er schüttelt den Kopf. „Nein. Es blieb mit dem Mindestguthaben bestehen.“

Warum sollte sie das tun, vor allem, wenn sie das Land verlassen wollte? Welchen Sinn ergäbe es, das Konto weiterhin bestehen zu lassen? „Was noch?“

„Das war um 14.15 Uhr. Dann gibt es keine Spur von ihr, bis sie um 21.22 Uhr in Dulles ins Flugzeug steigt.“

Ich schaue auf. „Das ist alles?“

Er blättert ein paar Seiten durch. „Ihr Fahrzeug wurde ein paar Tage später vor dem Motel Five gefunden.“ Liam hält inne. „Oh Mann.“

„Was?“

„Wenn das dasselbe Motel Five ist, an das ich denke, dann ist das nicht gut.“

Ich stehe auf und nehme ihm die Akte aus der Hand. „Warum? Was ist denn damit?“

„Es ist nicht gerade dafür bekannt, dass … nun, sagen wir einfach, ich verbringe dort mehr Zeit, als mir lieb ist. Es ist nicht die Art von Motel, in dem Menschen schlafen, wenn Sie verstehen, was ich meine. Wenn Sie das hier schon für eine Absteige halten, dann seien Sie froh, dass Sie nicht dort untergebracht wurden.“

„Ja, ich verstehe“, antworte ich und sehe mir die Akte an. „Warum gibt es in dieser Stadt so viele miese Motels?“

Er zuckt mit den Schultern. „Glauben Sie mir, im Vergleich zu diesem Motel übernachten Sie im Hilton.“

„Hier steht, dass ihr Auto an ihren Ehemann zurückgegeben wurde. Sie haben es nicht einmal untersucht?“ Am liebsten würde ich die Akte quer durch den Raum pfeffern. „Das sieht weniger nach einer Untersuchung als vielmehr nach absichtlicher Vertuschung aus.“ Die absolute Inkompetenz in diesem ganzen Fall macht mich wütend. Dafür wird Burke geradestehen müssen. Sobald ich etwas Zeit für mich habe, werde ich eine neue Akte über den Polizeichef von Stillwater selbst anlegen. Die Tatsache, dass er das Fahrzeug nicht einmal untersucht hat, schreit in diesem Fall nach vorsätzlicher Fahrlässigkeit. Was, wenn es dort Hinweise auf ihre Pläne gegeben hatte? Vielleicht hatte sie geplant, zurückzukommen, es Patrick aber nicht gesagt.

„Rufen Sie in Dulles an und fragen Sie, ob Sie Informationen über ihren Rückflug bekommen können.“

Liam nickt und holt sein Handy heraus. Während er telefoniert, gehe ich noch einmal die spärlichen Informationen durch, die wir über Victoria Wright haben. Im Grunde genommen war sie eine ganz normale Vorstadtfrau. Ehemann, zwei Kinder und ein lüsterner Chef. Und eine Affäre. Das ist weder überraschend noch besonders interessant. Wenn die Menschen wüssten, wie oft verheiratete Leute außerhalb ihrer Ehe nach Trost suchen, wären sie sicher überrascht. Aber die Wahrheit ist, dass die meisten Menschen das nicht wissen wollen. Sie ignorieren die Wahrheit, die direkt vor ihren Augen liegt, denn wenn sie sich ihr stellen würden, müssten sie sich ihre eigenen Unzulänglichkeiten eingestehen.

Der Punkt ist, dass Victoria in ihrem Leben anscheinend nichts Seltsames erlebt hat. Ausgehend von ihrem Lebenslauf scheint alles zusammenzupassen. Ihr Vater zog weg, als sie noch klein war, und ließ sie und ihre Mutter zurück. Die Mutter arbeitete und der Vater zahlte zumindest Unterhalt, bis er starb, als Victoria siebzehn Jahre alt war. Ihre Mutter starb ein paar Jahre später an einem nicht erkannten Herzfehler.

Ich spüre, wie mir Tränen in die Augen steigen, doch ich verdränge die Gefühle und zwinge mich, mich auf den Rest der Informationen zu konzentrieren. Nach ihrem Abschluss am Northern Virginia Community College im Jahr 2001 zog sie einige Jahre umher, ohne jemals wirklich eine feste Stelle zu finden. Schließlich fand sie sich in Washington D.C. wieder, wo sie Gerald kennenlernte. Sie heirateten 2011 und zogen kurz darauf nach Stillwater, wo sie einen Job bei Rex Fuller bekam.

Ich lehne mich zurück. Soweit ich das beurteilen kann, geht es Gerald ziemlich gut. Warum sollte Victoria überhaupt arbeiten wollen, vor allem, wenn es so aussah, als hätte sie keine Aufstiegschancen? Denn bis sie Gerald kennenlernte, wechselte sie von einem Job zum nächsten. Und nach ihrer Heirat übernimmt sie einen Job als Anwaltsgehilfin … für acht Jahre.

Irgendetwas passt da nicht zusammen. Wie die meisten Details in diesem Fall. Je mehr ich herausfinde, desto weniger Sinn ergibt das Ganze.

„Okay, danke", sagt Liam und legt auf. Er verzieht das Gesicht, als er sich wieder zu mir umdreht. „Keine Aufzeichnungen über ihre Rückkehr."

Zuerst bin ich verblüfft. „Haben Sie *alle* Fluggesellschaften überprüft?"

„Alle, die internationale Flüge ab Dulles anbieten, ja."

„Dann muss sie über einen anderen Flughafen zurückgekommen sein. Weil sie offensichtlich zurückgekommen ist. Schließlich liegt sie gerade in der Gerichtsmedizin." Ich ziehe mein Handy heraus, um die Telefonnummern anderer internationaler Flughäfen in der Nähe zu suchen, als ich plötzlich innehalte und zu Liam aufschaue. Unsere Blicke treffen sich und unsere Augen werden gleichzeitig groß.

„Es sei denn, sie ist nie weggegangen!", sagen wir beide gleichzeitig. Es ist eine seltsame Art dieser Gabe, zufällig glückliche und unerwartete Entdeckungen zu machen, die mich früher immer zum Lachen oder zum Schreien brachten. Aber ich bin kein Kind mehr.

„Wir brauchen die Aufnahmen vom Flughafen, auf denen zu sehen ist, wie sie ins Flugzeug steigt", sage ich und greife wieder nach meinem Laptop. Sie sollten in den Videodateien zu diesem Fall zu finden sein. Ich habe sie noch nicht überprüft, weil ich zu sehr auf meine Verdächtigen konzentriert war. Außerdem nahm ich – dummerweise, wie ich zugeben muss – an, dass alles, was in der Akte steht, korrekt sei. Ich bin es einfach nicht gewohnt, hinter einem Polizisten herzuarbeiten, der offensichtlich aktiv versucht hat, Informationen in einem Fall zu vertuschen, aus welchem Grund auch immer. Als ich durch die Dateien blättere, finde ich keine vom Flughafen. Was für eine Überraschung! „Ich habe die Aufnahmen nicht hier. Gibt es darüber einen Eintrag in der Akte?"

„Alles, was ich habe, ist die Abschrift eines Gesprächs zwischen Burke und dem Manager von United in Dulles. *Burke: Haben Sie einen Nachweis über den Kauf eines Tickets durch Victoria Wright für den 17. Januar von Dulles nach Venedig Marco Polo Airport? Manager: Ja, Sir. Sehen Sie. Sitz 2B auf dem Flug um neun Uhr dreißig am siebzehnten. Burke: Haben Sie einen weiteren Nachweis für Patrick Wood? Manager: Ja, Sitz 2A, derselbe Flug. Burke: Sind*

Wright und Wood an diesem Abend an Bord des Flugzeugs gegangen? Manager: Ja, Sir. Das Flugzeug war bis auf den letzten Platz besetzt. Burke: Vielen Dank für Ihre Zeit.“ Liam schaut auf, nachdem er die Abschrift vorgelesen hat.

„So ein Hur…“, sage ich. „Er hat nie eine visuelle Bestätigung erhalten! Vielleicht ist sie gar nicht in dieses Flugzeug gestiegen!“ Je mehr ich darüber nachdenke, desto wahrscheinlicher scheint es. Wenn jemand sie umbringen wollte, wäre es viel einfacher, sie zu töten, bevor sie ein Flugzeug nach Übersee besteigt, als zu versuchen, sie zur Rückkehr zu überreden oder auf ihre Rückkehr zu warten. Wurde sie deshalb getötet? Weil sie weggehen wollte?

„Kommen Sie.“ Ich schnappe mir meinen Mantel und gehe zur Tür.

„Wir fahren doch nicht nach Dulles, oder?“, fragt Liam.

„Wenn es sein muss. Ich möchte, dass Sie sich mit den Leuten dort in Verbindung setzen und fragen, ob sie uns das Überwachungsmaterial von diesem Abend per E-Mail schicken können. In der Zwischenzeit möchte ich zu diesem Motel Five fahren. Vermutlich hat sie Patrick dort getroffen, bevor sie aufbrechen wollten. Nach allem, was wir wissen, hat er ihr dort aufgelauert und sie getötet, bevor er selbst ins Flugzeug gestiegen ist.“

„Aber der Manager sagte, das Flugzeug sei bis auf den letzten Platz besetzt gewesen.“

„Richtig“, sage ich und schlüpfe in den Mantel. „Aber wer sagt, dass nicht ein Standby-Passagier auf ihrem Platz gesessen hat? Solange ich keine Aufnahmen sehe, wie sie durch die Sicherheitskontrolle und über das Rollfeld geht, wissen wir nicht, ob sie in diesem Flugzeug war. Das Motel könnte der letzte Ort sein, an dem sie lebend gesehen wurde.“

Liam folgt mir und steuert auf den Fahrersitz zu.

„Mmh“, sage ich und nehme ihm die Schlüssel aus der Hand. „Sie müssen telefonieren. Ich fahre.“

Kapitel Sechzehn

Als wir das Motel Five am anderen Ende der Stadt erreichen, ist die Sonne bereits hinter dem Horizont verschwunden und der Schein der Straßenlaternen taucht die Straße in helle Lichtkreise.

Es überrascht mich nicht, dass das Licht vor dem Motel selbst ausgefallen ist, was bedeutet, dass der größte Teil des zerklüfteten und verfallenen Parkplatzes in Dunkelheit getaucht ist. Ich halte an und bin mir ziemlich sicher, dass es niemanden interessieren würde, wo ich geparkt habe, selbst wenn ich auch nur eine einzige Markierung erkennen könnte. Weiter unten auf dem Parkplatz, vor einer der Türen, steht ein weiteres Fahrzeug, aber das Fenster ist dunkel, obwohl es kurz nach neunzehn Uhr ist.

„Ja, okay. Alles klar, danke." Liam beendet schließlich den Anruf. „Sie schicken alles von diesem Tag rüber. Alle Kameras, alle Blickwinkel, jede Fluggesellschaft. Sie sagten, sie hätten keine Zeit, das alles zu sortieren."

„Aber wir schon?" Ich seufze frustriert. Vielleicht ist es sogar besser so. Dann haben wir zumindest die Kontrolle über die Daten. Und wenn Zara ein Foto von Wood auftreiben kann, sollten wir feststellen können, ob er tatsächlich in das Flugzeug gestiegen ist oder nicht.

Als ich aus dem Auto steige, bin ich doch etwas überrascht. Nicht, dass ich ein schickes Lokal erwartet hätte, aber Liam hat recht. Wenn Janice mich hier untergebracht hätte, wäre ich wohl nach der ersten Toilettennutzung an einem septischen Schock gestorben.

In diesem Zustand kann das Gebäude unmöglich den Vorschriften entsprechen. Der Putz ist an sämtlichen Wänden gerissen, das Fenster eines nicht belegten Zimmers ist kaputt, der Asphaltweg vor den Türen ist bröckelig und baufällig. Ich will mir gar nicht vorstellen, wie die Zimmer selbst aussehen.

„Warum macht die Stadt den Laden nicht dicht?", frage ich. „Es macht doch keinen guten Eindruck, wenn man den Betrieb in diesem Zustand aufrechterhält."

Liam schüttelt den Kopf. „Ich glaube, diese Frage steht zwar auf der Tagesordnung des Stadtrats, er ist nur noch nicht dazu gekommen."

Oder sie wollen sie nicht klären, aus welchen Gründen auch immer, denke ich. Sein Verzug ist unser Vorteil, denn so haben wir die Möglichkeit, Nachforschungen anzustellen.

Wir machen uns auf den Weg zur Rezeption, die mit den übrigen Räumen verbunden ist, aber ganz links auf dem Parkplatz liegt. Auf dem Weg dorthin nehme ich den ganzen Ort in Augenschein. „Was meinen Sie? Sie haben seit einem Jahr Kontakt mit jemandem, haben sich mit ihm zu einer Reise nach Europa verabredet und er bittet Sie, Sie zuerst hier zu treffen. Warum?"

„Sieht aus wie ein Ort, an dem man nicht möchte, dass jemand zu genau hinschaut, was man tut", sagt Liam.

„Ganz genau. Also warum hat sie es dann getan?"

Als wir um die Ecke biegen, sehe ich, dass die Rückseite des Motels an einen kleinen Abhang grenzt, der zu einem Wald führt. Aber dieses Motel befindet sich auf der anderen Seite der Stadt, also weit entfernt von dem Grundstück, auf dem wir die Leiche gefunden haben. Warum sollte man sie hier töten und dann riskieren, ihre Leiche den ganzen Weg dorthin zu bringen und möglicherweise eine ganze Reihe von forensischen Beweisen zu hinterlassen? Es sei denn, man weiß, dass man nicht erwischt wird. Weil man das schon oft gemacht und seine Methode immer weiter verfeinert hat.

Die Eingangstür zum Motel ist aus Metall und besitzt einen kleinen Fenstereinsatz. Ehrlich gesagt sieht sie eher aus wie eine Gefängnistür, doch ich reiße sie trotzdem auf. Sie öffnet sich quietschend. Drinnen empfängt mich dichter Zigarettenrauch, kombiniert mit einem stechenden Geruch, der nur altes Erbrochenes sein kann.

Zu meiner Überraschung ist der Schreibtisch nicht mit Stahlstangen abgetrennt, was ich halb erwartet hatte. Dieser Ort muss ein bevorzugtes Ziel für jeden sein, der auf der Suche nach schnellem Geld ist. Hinter dem Schreibtisch sitzt ein Mann, der sich auf seinen Arm stützt und halb zu schlafen scheint, während eine brennende Zigarette gefährlich an seinem Mundwinkel baumelt. Ich räuspere mich, um seine Aufmerksamkeit zu erregen, aber er rührt sich nicht, und da das Öffnen der Tür viel lauter war als ich, frage ich mich, ob er vielleicht taub ist.

Als wir uns dem Schreibtisch nähern, öffnet sich das Auge auf der Seite seines Gesichts, die uns am nächsten ist, einen Hauch und er richtet sich auf, sodass sein dicker Bauch nur halb von seinem fleckigen Hemd verdeckt wird. Ich habe das Gefühl, dass der abgestandene Kotzgeruch von ihm kommt.

„Ich bin Agent Slate, das ist Detective Coll“, sage ich und zeige ihm meinen Ausweis. Er reagiert nicht, was mir schon viel sagt. „Haben Sie am Abend des siebzehnten Januars dieses Jahres hier gearbeitet?“

Er lacht und hustet heftig, was ihn dazu veranlasst, die Zigarette aus dem Mund zu nehmen und sie auszudrücken. „Lady, ich weiß nicht einmal, wo ich letzte Woche war.“

„Sind Sie der Manager?“, frage ich. Er starrt mich nur an.

„Ich weiß, dass das nichts Neues für Sie ist, aber Ihr Motel befindet sich in einem bedauernswerten Zustand. Wann war die Gesundheitsbehörde von Virginia das letzte Mal hier draußen? Oder wann hatten Sie das letzte Mal Besuch vom Amt für Sicherheit und Gesundheit am Arbeitsplatz?“

Er zuckt mit den Schultern. „Keine Ahnung. Vielleicht vor ein oder zwei Jahren.“

Ich schaue kurz zu Liam. „Ich denke, es ist an der Zeit für eine weitere Überprüfung, nicht wahr?“

„Sagen Sie mir einfach, was Sie wollen, und hören Sie auf, mich zu belästigen. Kein Gesundheitsinspektor wird hierher kommen, es sei denn, er will erschossen werden.“

„Ist das eine Drohung?“, frage ich.

„Das ist eine Tatsache. Gut, dass es heute Abend hell ist, sonst hättet ihr ein Feuergefecht anzetteln müssen, um hier reinzukommen.“

Ich starre ihn finster an. Er will uns offensichtlich provozieren, aus welchem Grund auch immer. Vielleicht ist ihm langweilig. „Wollen Sie wirklich dieses Spielchen spielen?“, frage ich.

Er lässt das Grinsen fallen und gibt mir ein Zeichen, weiterzureden.

Ich zeige auf die Kameras oben in der linken und rechten Ecke. „Funktionieren die?“

Er schüttelt den Kopf. „Nur damit man mir den Laden nicht zusperrt.“

„Ach so, der Inspektor für Sicherheit und Gesundheitsschutz *war* also hier“, sage ich mit Überraschung in meiner Stimme. „Wir werden auf jeden Fall ein Gespräch mit ihm führen.“

„Hören Sie, Lady, ich will keinen Ärger. Ich leite diesen Laden nur. Die Leute kommen und gehen, wie sie wollen. Ich stelle keine Fragen, und ich mache keine Aufnahmen. Vielleicht ist das der Grund, warum sie immer wieder kommen. Aber mehr habe ich nicht.“

„Machen Sie sich denn keine Sorgen, dass Ihre Gäste in Ihrem Etablissement etwas Illegales tun?“, frage ich.

„Woher soll ich wissen, ob sie das tun oder nicht? Es ist ja nicht so, dass ich mit ihnen in einem Raum bin. Leben und leben lassen, sage ich immer.“

„Führen Sie wenigstens Buch darüber, wer wann eincheckt?“

Er greift unter den Schreibtisch und holt ein gedrucktes Betriebsbuch hervor. So etwas habe ich seit meiner Ausbildungszeit nicht mehr gesehen. Aber als ich mich erneut umschaue, kann ich keinen Computer entdecken. Nur einen alten Laptop, der dem Mann gegenüber steht und auf dem irgendeine alte Fernsehsendung abgespielt wird. Wahrscheinlich benutzt er ihn nicht einmal für Aufzeichnungen.

Ich schlage das Buch auf, während Liam auf die andere Seite des Schreibtischs geht und den Inhaber im Auge behält. Nach der Vielzahl der Namen zu urteilen, die hier aufgeführt werden, würde ich wetten, dass der kotzende Typ nicht viel unternimmt, um die Identität seiner Gäste zu überprüfen. Wood wird auf keinen Fall seinen …

Ich halte kurz inne. „Hier ist es. Eingecheckt am Sechzehnten. Patrick Wood.“ Ich drehe mich zu Liam um. „Warum sollte er seinen richtigen Namen benutzen?“

„Scheint ziemlich dumm zu sein“, sagt Liam. „Und wir wissen, dass unser Mann nicht dumm ist.“

Gott, warum ergibt in diesem verdammten Fall nichts einen Sinn?

Wenn Patrick der Mörder ist, warum meldet er sich dann unter seinem richtigen Namen an, einen Tag bevor er Victoria hier treffen soll? „Waren Sie an dem Tag hier?“, frage ich.

„Keine Ahnung, wahrscheinlich.“

Ich starre auf den Eintrag im Buch. Dort steht, dass er Zimmer drei genommen hat, zwei Nächte geblieben ist und am Achtzehnten ausgecheckt hat. Am Tag, *nachdem* sie angeblich ins Flugzeug gestiegen sind. Wir müssen Patrick Wood finden. Ich drehe mich um, stürme zur Tür hinaus und eile den rissigen Gang entlang in Richtung Zimmer drei.

„Ähm? Was machen Sie da?“, ruft Liam hinter mir.

Im Moment ist mir das tatsächlich egal. Dieser Fall ist so verzwickt, dass ich am liebsten schreien würde. Und wenn Wood in Zimmer drei war, muss ich das überprüfen. Ich muss sicherstellen, dass er keine Beweise zurückgelassen hat. So wie es hier aussieht, würde es mich fast wundern, wenn die Zimmer bei einem Gästewechsel gereinigt werden würden. Vielleicht finde ich meinen Tatort genau hier, wo seit drei Monaten niemand gesucht hat.

Als ich die Tür mit der Nummer drei erreiche, bemerke ich, dass sie neben dem Zimmer liegt, vor dem das Fahrzeug draußen geparkt ist. Weiter unten höre ich das Gemurmel von Stimmen, aber alle Lichter sind noch aus. Das sollte mich abschrecken und mich von dieser Idee abbringen. Es ist unmöglich, dass die Beweise nicht kontaminiert sind, wenn man bedenkt, wie lange es her ist.

Das sollte mich dazu bringen, innezuhalten und mein Handeln zu überdenken. Doch das tut es nicht.

„Emily?“, sagt Liam wieder und kommt mir nach, dicht gefolgt vom Manager.

Ich kann mich einfach nicht beherrschen. Ich habe das Gefühl, dass der Mörder da draußen ist und sich köstlich über meine Unfähigkeit amüsiert, zu begreifen, was vor sich geht. Dass ich nicht herausgefunden habe, was hier vor sich geht. Ich muss es mit eigenen Augen sehen.

„Öffnen Sie die Tür“, sage ich dem Manager, der inzwischen neben dem Eingang steht.

„Was? Nein“, antwortet er. „Besorgen Sie erst einen Durchsuchungsbeschluss.“

Ich trete auf ihn zu, der Geruch von Erbrochenem wird immer markanter. „Wollen Sie *wirklich*, dass ich das tue? Möglicherweise wurde in Ihrem Haus ein Mensch ermordet. Sie können mich entweder ins Zimmer lassen, damit ich mich umsehen kann, und wenn ich nichts finde, lassen wir Sie in Ruhe, oder ich lasse die ganze Härte der Bundesregierung auf dieses Motel herabregnen, und glauben Sie mir, wir vom FBI wissen, wie wir uns Zeit lassen können. Wir sind sehr gründlich und werden nicht nur ein Zimmer durchsuchen. Wir werden *alles* durchsuchen."

Er schaut zu Liam, der ihm jedoch nicht zu Hilfe eilt, und beißt dann die Zähne zusammen. „Warten Sie kurz", sagt er und eilt zurück ins Büro, um den Schlüssel zu holen.

„Die ganze Härte der Bundesregierung?", fragt Liam mit einem amüsierten Grinsen.

„Wir sind dafür bekannt, dass wir den Leuten manchmal gewaltig auf die Nerven gehen." Ich schaue zurück zur Tür. „Ich bezweifle, dass da etwas drin ist, aber ich muss es mit eigenen Augen sehen. Nur für den Fall."

Der Manager kommt zurück, murrt vor sich hin und benutzt tatsächlich einen richtigen Schlüssel, um die Tür zu öffnen. Ich verkneife mir einen Scherz darüber, dass man heutzutage immer noch einen richtigen Schlüssel benutzt, und warte, bis er einen Schritt zurückgetreten ist, bevor ich hineingehe.

Bei dem Zimmer scheint es sich um ein Standardzimmer zu handeln, nichts Besonderes. Es gibt zwei Queensize-Betten, beide gemacht, eine Kommode mit einem kleinen Flachbildschirm und sonst nichts. Ich schalte das Oberlicht ein, das den Raum in einen gelblichen Farbton taucht und auf die holzgetäfelten Wände fällt. Nichts scheint fehl am Platz zu sein oder darauf hinzudeuten, dass hier ein Kampf stattgefunden hat, was mich nicht überrascht.

„Wann war das letzte Mal jemand in diesem Zimmer?", frage ich.

„Vielleicht vor einer Woche", antwortet der Manager. „Wir haben gerade keine Hochsaison."

„Aha", antworte ich und halte Ausschau nach etwas

Ungewöhnlichem. „Und wie viele Gäste sind seit Wood hier gewesen?"

„Meine Güte, Lady, ich weiß es nicht. Ich habe das verdammte Buch nicht auswendig gelernt."

Ich drehe mich mit einem zuckersüßen Grinsen zu ihm um. „Tun Sie mir einen Gefallen und finden Sie es heraus."

Er schnaubt und stapft wieder den Gang hinunter. „Ihnen macht es einfach Spaß, ihm das Leben schwer zu machen, nicht wahr?", fragt Liam.

„Schauen Sie sich diesen Laden doch an", antworte ich. „Keine Rauchmelder, eine Sprinkleranlage, die zweifellos veraltet ist, falls sie überhaupt funktioniert … Schimmel im Bad, schmuddelige Teppiche, geringe Sicherheitsvorkehrungen." Ich nicke in Richtung Tür. „Sie haben verdammt recht, dass ich ihm das Leben schwer machen werde. Ich werde auch das Gesundheitsministerium anrufen, sobald wir fertig sind. Irgendwie ist dieser Kerl unter dem Radar geflogen, aber dieses Motel ist eine echte Gefahr."

„Ich bin mir sicher, dass sich der Inspekteur in ein paar Monaten damit befassen wird, sobald er einen freien Termin in seinem Kalender hat", sagt Liam. Ich sehe ihn verständnislos an. „Wir haben nur einen", fügt er hinzu.

Ich nicke und gehe dann auf alle viere, um unter den Betten nachzusehen. Als ich mit der Taschenlampe meines Handys unter sie leuchte, sehe ich nichts Ungewöhnliches. Ich stelle fest, dass Liam den Raum ebenfalls inspiziert, was ich zu schätzen weiß. Er müsste das nicht tun. Er könnte genauso gut draußen stehen bleiben und mich das allein machen lassen.

„Vier Personen", höre ich die Stimme des Managers an der Tür. „Seit dem achtzehnten Januar."

Ich stehe wieder auf. „Ist eine davon länger als eine Nacht geblieben?"

„Nein." Er weiß, was in diesem Laden vor sich geht und macht sich keine Illusionen darüber, was in seinen Zimmern passiert. Es wäre ungewöhnlich, wenn jemand länger als eine Nacht bleiben würde.

Ich schaue mich noch einmal im Raum um. Das Ganze war sowieso ein Schuss ins Blaue.

Nachdem Liam und ich gegangen sind, bemerke ich, dass die Stimmen nebenan verstummt sind. Sie müssen uns durch die Wände gehört haben und wollten wahrscheinlich nicht, dass wir sie hören. Aber das bringt mich auf eine Idee.

„War an den Tagen, an denen Patrick Wood hier war, jemand in einem der angrenzenden Zimmer?“, frage ich.

Der Manager seufzt und wird von Minute zu Minute frustrierter. Aber er weiß, dass wir uns genauer umsehen und herausfinden würden, was er *wirklich* hinter den Kulissen treibt, wenn er nicht kooperiert. Nicht, dass ich das im Anschluss vergessen würde. Aber im Moment muss ich ihn gerade so weit gefügig machen, dass er kooperiert. Wir kehren ins Büro zurück, wo er noch einmal das Geschäftsbuch durchgeht.

„Es war jemand in Zimmer vier in der Nacht des siebzehnten“, sagt er, blättert im Buch und zeigt auf einen Eintrag. Ich zücke mein Handy und mache ein Foto von der Notiz.

„Jo-Ann Langley“, sage ich und wende mich an Liam. „Was denken Sie? Ein richtiger Name?“

„Wenigstens ist es nicht Marilyn Monroe. Mal sehen, ob ich etwas über sie herausfinden kann.“ Er dreht sich um und kehrt zum Auto zurück.

„Wissen Sie, wer das ist?“, frage ich und zeige auf Jo-Anns Namen.

Er schüttelt den Kopf. „Aber sie war schon einmal hier.“ Er blättert in dem Buch zurück und ich sehe Jo-Anns Namen noch ein paar Mal auftauchen. Es sieht so aus, als wäre sie ein Stammgast.

„Lassen Sie mich raten, sie zahlt immer bar.“ Auch wenn

es unwahrscheinlich ist, dass wir sie digital aufspüren können, möchte ich Zara darauf ansetzen.

Der Manager zuckt mit den Schultern. „Die meisten Leute tun das. Wir haben nur selten Gäste mit guter Bonität, wenn Sie wissen, was ich meine."

Ich blättere durch den Rest des Buches. Ihr Name taucht noch ein paar Mal auf, immer im Abstand von etwa fünf Monaten. Seit dieser Nacht war sie nicht mehr hier. Ich klopfe ein paar Mal auf das Buch. „Bleiben Sie in der Stadt. Wir haben später vielleicht noch mehr Fragen."

„Als ob ich woanders hingehen könnte", ruft er mir nach, als ich zu Liam nach draußen gehe. Es ist wieder kühl geworden und ich muss den Mantelkragen hochschlagen, um mich vor der Kälte zu schützen.

„Ja, ja. Okay, schick es rüber. Danke, Jill", sagt Liam, als ich näher komme. Ich sehe ihn erwartungsvoll an. „Gute Neuigkeiten. Falls das kein Zufall ist, sieht es so aus, als hätte sie ihren richtigen Namen benutzt. Die Frau kommt öfters in der Stadt vorbei und hat ein seitenlanges Vorstrafenregister."

„Eine Kriminelle?", frage ich.

„Meistens Hausfriedensbruch, Schlafen in öffentlichen Bereichen, solche Sache. Eine Freundin von mir vom Revier schickt uns alles über sie, aber es wird schwierig sein, sie zu finden. Kein fester Wohnsitz."

Ich schaue über meine Schulter auf das Motel hinter uns, dessen Neonlichter in der Nacht blinken. „Natürlich nicht. Warum sollte es auch einfach sein?"

Kapitel Siebzehn

„Sie wollen mir also erklären, dass Sie an diesem Wochenende nicht einmal hier waren?“, frage ich.

Der Mann mir gegenüber lächelt süffisant. „Das ist richtig, Detective. Ich war geschäftlich verreist.“

„Es heißt Agent“, sage ich, obwohl ich mir ziemlich sicher bin, dass Fuller das mit Absicht gesagt hat. Liam und ich hatten am Vorabend vor dem Motel Feierabend gemacht, allerdings ohne ein weiteres Treffen in der örtlichen Bullenbar. Ich wollte heute Morgen hellwach sein und pünktlich zum Arbeitsbeginn in Fullers Büro erscheinen, was wir auch taten, nur um zu erfahren, dass der Mann in der Regel erst gegen zehn Uhr erscheint. Und tatsächlich: Um neun Uhr fünfundvierzig fuhr er in seinem BMW vor.

Es steht außer Frage, dass jemand ihn gestern über unseren Besuch informiert hat, denn als wir zur Befragung eintrafen, hatte er bereits dasselbe dämliche Grinsen auf dem Gesicht wie jetzt. Schließlich hat er genug Zeit gehabt, um sich auf unsere Fragen vorzubereiten. Er hat es auch geschafft, mehr als einmal mein junges Aussehen zu kommentieren, was mir sehr unangenehm war. Das zeigte ich ihm natürlich nicht, aber nun will ich ihn nur noch mehr festnageln.

Seine Hauptverteidigung war, dass er und Victoria in den letzten acht Jahren ein rein kollegiales Verhältnis gehabt hätten und dass er an dem Wochenende, an dem sie verschwand, nicht einmal in der Stadt gewesen war. Ich spüre, wie er mich genauso wütend macht wie der Motelmanager am Vorabend. Dieser Fall belastet mich und ich werde das Gefühl nicht los, dass da draußen jemand in Gefahr ist, der sterben wird, wenn wir ihn nicht lösen.

Und doch thront Rex Fuller grinsend hinter seinem schicken Schreibtisch und glaubt, er hätte alle Trümpfe in der Hand.

Aber ich weiß etwas, was er nicht weiß. Wie durch ein Wunder ist dies das einzige Detail des Falles, in das Burke ein wenig Arbeit investiert hat. Er fand heraus, dass Fuller ein Alibi für das Wochenende hatte – eine Konferenz zwei Autostunden von der Stadt entfernt. Als ich die wenigen vorhandenen Notizen überprüfte, stellte ich fest, dass er eigentlich nur Samstag und Sonntag dort gewesen war. Es gibt keine Aufzeichnungen darüber, dass er am Freitagabend dort war, als Victoria in das Flugzeug steigen sollte … ebenfalls in D.C.

„Sie haben an der Mid-Atlantic Law Conference teilgenommen, die alle sechs Monate stattfindet. Ist das korrekt?“, frage ich.

Sein Gesicht verzieht sich ein wenig – er hatte nicht gewusst, dass mir diese Information bekannt ist –, fängt sich aber schnell wieder. „Das ist richtig. Das habe ich dem anderen Detective schon vor ein paar Monaten gesagt. Er kam vorbei und stellte genau die gleichen Fragen.“

„Und die fand vom siebzehnten bis zum neunzehnten Januar statt, richtig?“

„Ja“, sagt er mit einem Anflug von Ungeduld. „Ich habe Ihnen doch gerade gesagt, dass ich sämtliche Fragen schon beantwortet habe.“

Ich nicke. „Das haben Sie. Und ich meine mich zu erinnern, dass Sie auf den Überwachungsvideos des Hotels von diesem Wochenende zu sehen sind."

„Ja", sagt er und sieht von mir zu Liam. Fuller ist ein schlanker Mann, Ende vierzig, mit fachmännisch gestutztem Haar und einem Anzug, der mehr als sechs meiner Monatsmieten kostet. Er ist ein Mann, der von sich selbst überzeugt ist, was seltsam ist, wenn man bedenkt, dass er seine Kanzlei wegen unangemessenem Verhalten fast hätte schließen müssen. Aber ich kann ihn mir gut vorstellen, wie er hier herumstolziert und mit jedem weiblichen Wesen in seiner Nähe flirtet. Er strahlt diese Überzeugung aus, dass jede Frau froh wäre, wenn sie nur eine Nacht mit ihm verbringen dürfe. Er trägt einen goldenen Ring am linken Ringfinger und ich frage mich, wie es bei ihm zu Hause wohl aussieht.

Ich schaue zu Boden und tue so, als hätte er mich besiegt, bevor ich ihn k. o. schlage. „Sehen Sie, Mr Fuller, Victoria wird seit Freitagabend vermisst, und soweit wir wissen, wurden Sie erst am Samstag im Hotel aufgezeichnet." Das Grinsen verschwindet und ich spüre, wie sich die Spannung in der Luft ein wenig verschiebt. Plötzlich ist Fuller nervös, auch wenn er sein Bestes tut, um es nicht zu zeigen. Ich schaue kurz zu Liam; er spürt es auch.

„Ich weiß nicht, was ich Ihnen noch sagen soll. Ich war dort", beteuert er, doch in seinen Worten schwingt nicht mehr das frühere Selbstvertrauen mit.

„Warum wurden Sie dann zwar am Morgen des achtzehnten im Hotel gefilmt, aber nicht am Abend des Siebzehnten?"

„Wahrscheinlich bin ich nach meiner Ankunft direkt in die Bar gegangen", sagt er, während ihm Schweißperlen auf die Stirn treten. So reagiert jemand, der weiß, dass er bei einer Lüge ertappt wurde.

„Bevor Sie überhaupt eingecheckt haben?"

„Natürlich, Sie wissen ja, wie das ist. Weg von zu Hause

und all den Verpflichtungen. In diesen Bars tummelt sich immer irgendein heißes junges Ding, das nur darauf wartet, dass ein Typ wie ich ihr einen Drink spendiert. Und ich enttäusche junge Damen nur ungern.“ Er wirft mir ein ekelhaftes Grinsen zu und versucht, seine Selbstsicherheit wiederzuerlangen.

Ich starre ihn an, ohne auf seinen Köder zu reagieren. „Mr Fuller, Ihnen ist doch klar, dass das Anlügen einer FBI-Agentin gemäß Bundesrecht ein Verbrechen darstellt und eine Straftat ist, oder? Wenn ich im Montenegro in D.C. anrufe und bitte, mir das Filmmaterial aus ihrer Bar am Abend des Siebzehnten zu zeigen, und Sie darauf nicht zu sehen sind, werde ich Sie wegen Falschaussage verhaften lassen.“

Er wird blass, sein Selbstvertrauen verpufft.

Ich schaue Liam wieder an und er nickt. „Ich denke, Sie sollten uns auf das Revier begleiten“, sage ich, um zusätzlichen Druck aufzubauen.

Fuller beugt sich nach vorne. „Warten Sie einen Moment. Wenn ich Ihnen den Namen der Person nenne, mit der ich zusammen war, werden Sie mir dann glauben? Ich war nicht hier, ich schwöre.“

Ich schürze die Lippen. „Das hängt von dem Zeugen ab und davon, ob er glaubwürdig ist.“

Er seufzt und lehnt sich wieder zurück. „Okay, aber ich will ganz ehrlich sein. Ich weiß nichts über Victoria. Ich habe gehört, dass sie mit einem Typen nach Europa gegangen ist, zumindest hat das der Polizist gesagt, der letztes Mal hier war. Ich wusste nicht, dass sie vermisst wird.“

„Tatsächlich ist sie tot“, sage ich. „Wir haben ihre Leiche vor ein paar Tagen gefunden.“

Ihm fällt die Kinnlade herunter und einen Moment lang sagt er nichts. Aber er fängt sich schnell wieder. „Tot? Das kann nicht … und Sie glauben, ich hätte etwas damit zu tun?“

Mir entgeht nicht das fehlende Mitgefühl für Victoria. Offenbar genießt Mr Fuller seinen Ruf zu Recht: Er denkt immer nur an sich. „Erzählen Sie mir von Ihrem wundersamen Zeugen.“

Sein Blick huscht an mir vorbei in das Großraumbüro. „Okay, aber es ist nicht so, wie Sie denken. Ich war mit einer meiner Angestellten unterwegs, Sarah Ellis.“

Warum bin ich nicht überrascht? Als ich gestern mit ihr sprach, wusste ich schon, dass da etwas im Gange ist; dies bestätigt es nur. Ich beuge mich vor. „Das ist ja praktisch. Ich bin mir sicher, dass sie Ihnen gern ein Alibi gibt, weil Sie sie sonst feuern.“

Er beugt sich ebenfalls vor. „Hören Sie, so ist das nicht, okay? Wir waren nicht … Wir hatten kein…“ Er unterbricht sich selbst. „Das war ein Geschäftstreffen. Wir haben an diesem Tag zu Abend gegessen. Im Caldore‘s, in Falls Church. Wir waren ziemlich lange dort. Danach bin ich ins Hotel gefahren und habe gegen zwei Uhr morgens eingecheckt.“

„Ein weiter Weg für ein Geschäftstreffen“, sage ich.

„Damit uns niemand erkennt“, antwortet er. „Wenn wir uns hier getroffen hätten, hätte uns jemand zusammen gesehen und … Vermutungen angestellt.“

„Es fällt schwer, das nicht zu tun, wenn Sie mit einer Ihrer Anwaltsgehilfinnen essen gehen, vor allem, wenn Sie nicht wollen, dass jemand Sie sieht“, sagt Liam.

„Ich weiß, wie das aussieht, aber Sie müssen mir glauben, es ist nicht so.“

„Dann erzählen Sie uns, wie es ist“, sage ich, beuge mich noch weiter vor und versuche, ihn einzuschüchtern.

„Okay, hören Sie. Manchmal werde ich bei der Arbeit ein wenig … freundlicher.“

„Ist dies das rein kollegiale Verhalten, das Sie vorhin erwähnten?“, fragt Liam.

Fuller schaut zur Seite. „Ich … ich mag Frauen, okay? Was ist daran so schlimm?“

„Das ist es, wenn Sie Ihre Position ausnutzen, um Menschen zu zwingen, Dinge zu tun, die sie nicht tun wollen“, sage ich. „Vor allem, wenn ihr Job davon abhängt. Das nennt man Belästigung und Einschüchterung.“

„Nein, nein“, sagt Fuller und wedelt abwehrend mit den Händen. „Sehen Sie, vor fünf oder sechs Monaten, ich weiß den Tag nicht mehr genau, haben wir einen besonders schweren Fall gewonnen. Ich habe alle, die daran gearbeitet haben, eingeladen. Und dann habe ich zu viel getrunken. Ich kam gerade aus dem Bad, als Victoria hineinging, und ich … nahm sie für ein Gespräch zur Seite.“

„Ein Gespräch“, sage ich.

Er schnaubt. „Gut, ich erinnere mich nicht wirklich an alles, okay? Wie ich schon sagte, war ich betrunken. Aber alle wussten, dass sie und ihr Mann sich nicht mehr gut verstanden. Im Büro redeten alle darüber. Sie wissen ja, wie gern die Leute tratschen. Und ich dachte, ich könnte sie ein bisschen aufmuntern, verstehen Sie? Ich wollte ihr einen Gefallen tun.“ Ich kann meine Abscheu vor diesem Mann nicht einmal in Worte fassen. Aber ich erlaube ihm, fortzufahren. „Ich weiß nicht genau, was passiert ist, ich weiß nur noch, dass sie mich von sich gestoßen hat und ins Bad gestürmt ist. Aber als ich mich umdrehte, um zur Party zurückzukehren, stand Sarah da. Sie hatte alles gesehen.“

„Und dann? Haben Sie Sarah gedroht, wenn sie es jemandem erzählt?“, fragt Liam.

Fuller wirft ihm einen ungläubigen Blick zu. „Mann, haben Sie denn nicht mitbekommen, was da draußen los ist und wer hier die Macht hat? Nein, sie hat *mich* bedroht! Sie wusste von der Beschwerde bei der Anwaltskammer und dass die Kanzlei wahrscheinlich geschlossen werden und ich meine Zulassung verlieren würde, wenn eine weitere Beschwerde eingereicht würde. Sie sagte, sie würde schweigen, aber nur, wenn ich ihr eine Gehaltserhöhung und einen Bonus gäbe.“

Ich schaue kurz zu Liam. „Was hat Victoria dazu gesagt?“

„Keine Ahnung. Sarah erklärte mir, ich solle mich von Victoria fernhalten, was ich auch tat. Ich habe nie wieder mit ihr gesprochen, es sei denn in einer Besprechung. Ich habe sogar dafür gesorgt, dass die anderen Partner wussten, dass ich sie nicht als Assistentin bei einem meiner Fälle wollte."

„Und das fand niemand seltsam?", fragt Liam.

Er deutet auf das Büro hinter ihnen. „Die meisten Leute achten nicht auf solche Dinge. Wir haben hier über siebzig Mitarbeiter."

„Worum ging es bei dem Treffen am Siebzehnten?", frage ich.

Fuller flucht leise vor sich hin. „Ich weiß, wie das aussieht, aber …"

„Sagen Sie es uns einfach", drängt Liam, in dessen Stimme nun Ungeduld mitschwingt. „Hören Sie auf, nach Ausreden zu suchen."

Fuller lässt den Kopf hängen. „Wir haben uns getroffen, um die Bedingungen der … Vereinbarung nachzuverhandeln. Sie wollte mehr Geld für ihr Schweigen."

„Sarah hat Sie also erpresst, damit sie mit niemandem über Victoria spricht", sage ich. „Und dann verschwindet Victoria genau in dem Moment, in dem es für Sie teurer wird." Ich tippe mir ein paar Mal ans Kinn. „Das sieht nicht gut aus."

„Ich schwöre bei Gott, dass ich den ganzen Abend in Falls Church war", beteuert er. „Ich bin direkt von der Arbeit dorthin gefahren und brauchte dafür fast zwei Stunden. Dann habe ich mich mit Sarah getroffen und mehrere Stunden mit ihr verhandelt, bevor ich ins Hotel gefahren bin, um einzuchecken."

„Wann haben Sie die Kanzlei am Freitag verlassen?", frage ich.

„Normalerweise komme ich hier nicht vor sechs oder halb sieben raus."

Ich drehe mich zu Liam um und deute auf die Tür. „Sie bleiben hier", erkläre ich Fuller. „Wir sind gleich wieder da."

Wir behalten Fullers Büro im Auge, falls er versucht zu

fliehen, und ziehen uns in einen ruhigen Teil des Büros zurück.

„Was meinen Sie?“, frage ich leise, während wir dicht beieinanderstehen.

„Damit hat er auf jeden Fall ein Motiv und die Gelegenheit“, meint er. „Wir müssen sein Alibi überprüfen. Und ich will das jetzt tun, bevor er uns entwischt. Dieser Mann hat gute Beziehungen. Wenn wir jetzt fahren, nimmt er vielleicht den nächsten Flug nach Portugal wegen eines ‚Notfalls‘ in der Familie.“

„Ja, da könnten Sie recht haben.“

„Versuchen Sie, von diesem Restaurant, dem Celedore‘s, eine Bestätigung zu bekommen. Vielleicht haben sie eine Quittung in ihren Unterlagen. Wenn Ellis ihn erpresst hat, hat sie ihr Essen bestimmt nicht selbst bezahlt.“

„Werden Sie mit ihr sprechen?“, fragt er.

„Ja. Wir haben bereits so etwas wie ein Verhältnis zueinander aufgebaut. Lassen Sie ihn nicht aus den Augen, bis ich zurück bin.“

Liam nickt und holt sein Handy heraus, während ich mich auf die Suche nach Sarah Ellis mache.

Kapitel Achtzehn

Eines muss ich ihr lassen: Sarah ist gewiefter, als ich ursprünglich angenommen habe. Doch sie hat das Unglück eines anderen ausgenutzt und damit muss ich sie konfrontieren. Ich passiere die Schreibtische und gehe in einen anderen Bereich des Großraumbüros, wo ich schließlich ihr platinblondes Haar an einem der Arbeitsplätze entdecke. Als ich näher komme, bemerkt sie mich und ihre Augen werden groß, aber sie macht keine Anstalten, aufzustehen oder zu gehen.

Ich setze mich an den Arbeitsplatz neben ihr. „Hallo“, begrüße ich sie.

„Hallo.“ Ihre Stimme ist zurückhaltend und ihr ganzer Körper ist angespannt. Sie hat nicht damit gerechnet, dass ich noch einmal zu ihr komme, wahrscheinlich weil sie nie erwartet hat, dass Fuller uns die Wahrheit sagt.

„Wir müssen uns unterhalten.“

„Okay“, sagt sie, immer noch vorsichtig.

Ich kann die Angst in ihren Augen sehen. „Können Sie mir sagen, wo Sie am Abend des siebzehnten Januars dieses Jahres waren?“

Sie schluckt, dann schaut sie auf ihren Computer und ruft

ihren Kalender auf. Sie schließt ihn ebenso schnell wieder. „Ähm. Ich war zu Hause."

„Zu Hause", wiederhole ich. „An einem Freitagabend?"

„Ich geh nicht gern aus", antwortet sie, was gelogen oder die Wahrheit sein mag, aber das ist im Moment nicht wichtig. „Ich verbringe viele Abende zu Hause, schaue fern oder lese ein Buch. Sie wissen schon." Sie macht eine kleine Geste mit der Hand. Sie zittert.

„Leben Sie allein?"

„Nein, das kann ich mir nicht leisten. Ich habe eine Mitbewohnerin. Wir wohnen jetzt seit etwa drei Jahren zusammen."

Ich nicke. „War Ihre Mitbewohnerin an diesem Abend zu Hause?"

Sie zögert einen Moment zu lange. „Ich … ähm, ich erinnere mich nicht. Das ist schon so lange her."

Okay, dann kommen wir mal zur Sache. Ich werde herausfinden, ob Fuller etwas mit Victorias Verschwinden zu tun hat, bevor ich dieses Büro verlasse, und wenn ich dafür jeden einzelnen Mitarbeiter befragen muss.

Ich lehne mich vor und stütze die Unterarme auf die Knie, während ich in ihre ozeanblauen Augen schaue. „Sarah. Hier ist der Deal. Ich weiß, was los ist. Alles. Und ich möchte, dass Sie mir gegenüber ehrlich sind. Victoria ist nicht verschwunden, sie ist tot." Sarah wird blass. „Wir haben sie vor ein paar Tagen gefunden. Und wenn Sie mich anlügen, helfen Sie ihrem Mörder, damit durchzukommen. Ich muss also die ganze Wahrheit wissen."

„Victoria ist … tot?", fragt sie mit zitternder Stimme. Ich nicke. „A-aber … wie?"

„Wir sind uns nicht hundertprozentig sicher. Es sieht jedoch so aus, als ob sie ihren Mörder kannte. Sie war kein Zufallsopfer, da sind wir uns ziemlich sicher."

„Sie sollte in Italien sein", sagt die andere Frau, der die Tränen kommen. Das ist der Teil, in dem ich nicht gut bin. Mit Entführern, Mördern und Vergewaltigern werde ich fertig, aber jemanden trösten … das kann ich einfach nicht. Ich habe immer das Gefühl, dass das, was ich sage, nicht passend ist. Und manchmal ist Schweigen noch schlimmer als jedes Wort.

Ich lege eine Hand auf ihr Knie. Sie zuckt nicht zusammen, was ich als ein positives Zeichen werte. „Hören Sie. Ich brauche Ihre Hilfe. Sind Sie ganz sicher, dass Sie am Abend des siebzehnten zu Hause waren?"

Sie schüttelt den Kopf und verzieht das Gesicht. Ihr blondes Haar flattert hin und her.

„Wo waren Sie?"

„Ich war … oh Gott. Ich war mit Rex beim Abendessen."

„Wo?"

„Ähm … im Celedore's. Das ist zwei Autostunden von hier entfernt. In der Nähe von D.C."

„Worüber haben Sie gesprochen?"

Sie wischt sich über die Augen und starrt an die Decke, während sie versucht, ihre Gefühle unter Kontrolle zu bekommen. „Wir hatten eine Vereinbarung", sagt sie mit zitternder Stimme. „Ich habe … etwas gesehen. Für eine Gehaltserhöhung habe ich zugestimmt, es niemandem zu sagen."

„Was haben Sie gesehen?"

Sie erzählt mir von der Party und ihre Angaben stimmen mit Fullers Aussage überein. „Er war einfach da und presste sich an sie", sagt sie. „Er fasste ihr an die Brust … und bewegte sich, als hätten sie Sex. Es war … ekelhaft."

Ich wette, Fuller erinnert sich an mehr, als er zugibt. Er will es nur nicht zugeben. Dieses Schwein.

„Was ist dann passiert?"

„Sie konnte ihn wegstoßen und hat ihm tatsächlich eine Ohrfeige gegeben. Wahrscheinlich war er so betrunken, dass er sich nicht mehr daran erinnert. Aber er hat mich gesehen. Er wusste, dass ich es gesehen habe. Danach ist Rex zur Party zurückgegangen, als ob nichts passiert wäre. Seine Wange war allerdings ein paar Tage lang dick."

„Was hielt Victoria von Ihrer … Vereinbarung mit Rex?“

„Ich bin ihr ins Bad gefolgt und habe sie gefragt, ob es ihr gut ginge. Ich glaube, sie war eher wütend als erschüttert. Sie meinte, sie wolle zur Personalabteilung gehen und den Vorfall melden, aber sie habe Angst davor, was ihr Mann sagen würde, wenn sie das täte.“

„Ihr Mann? Würde er nicht wollen, dass sie das meldet?“

Sie schüttelt den Kopf. „Keine Ahnung. Sie wollte auf keinen Fall, dass er es erfährt. Ich fragte sie, ob es für sie eine Lösung wäre, wenn ich dafür sorgen würde, dass er nie wieder auch nur ein Wort mit ihr redet, und sie stimmte zu.“

„Sie stimmte zu, einfach so?“

„Nun, es war ein längeres Gespräch, aber ja. Sie meinte, solange es niemand herausfindet, sei es ihr egal.“ Sie schüttelt den Kopf. „Ich kann einfach nicht glauben, dass sie tot ist.“

Mir gefällt nicht, wohin das führt. Hat Victoria absichtlich zur Vertuschung der sexuellen Belästigung beigetragen, weil ihr *Mann* es so wollte? Wir müssen noch einmal mit ihm sprechen. Offenbar habe ich beim ersten Mal etwas übersehen. Bei unserem Besuch sah und hörte ich von ihm nichts anderes als Kummer und Trauer wegen Victoria. Aber ich darf nicht vergessen, dass sämtliche Informationen, die ich über die Probleme zwischen Victoria und ihrem Mann erhalten habe, von ein und derselben Person stammen. Ich brauche eine weitere Quelle zur Bestätigung.

„Warum haben Sie mich gestern angelogen?“ Am Vortag sagte sie noch, sie habe die beiden in einem Büro gesehen, nicht auf einer Party. Und ihre Aussage war nicht so anschaulich.

„Ich wollte … ich wollte die Zahlungen nicht gefährden. Ich dachte, wenn Sie das herausfinden, muss ich ihm das Geld zurückzahlen, oder er findet einen Weg, um mich zu verklagen oder so. Sie verstehen das nicht. Ich kann mich nur noch dank seinem Geld über Wasser halten. Das war meine erste Chance seit meinem Abschluss, meine Schulden zu begleichen.“

„Wie lange waren Sie am siebzehnten mit Rex in diesem Restaurant?“

„Ein paar Stunden“, antwortet sie und fährt sich erneut über die Augen.

„Und Sie hatten kein Problem damit, so lange mit ihm an einem Tisch zu sitzen? Obwohl sie wussten, was er Ihrer Freundin angetan hat?“

„Ich habe nie gesagt, dass ich kein Problem damit hatte“, fährt sie mich an. „Aber je länger wir dort waren, desto mehr konnte ich ihn melken. Ich bestellte so ziemlich alles, was auf der Speisekarte stand, und nahm nur einen Bissen, bevor ich etwas anderes bestellte. Und das alles nur, um ihn zu ärgern und ihm am Ende mit einer hohen Rechnung sitzen zu lassen. Er wusste, dass er in der Klemme saß. Und er wusste, dass er nichts dagegen tun konnte.“

„Nur dass Victoria weggegangen ist. Warum sollte er ohne sie weiterhin auf die Erpressung eingehen? Aus seiner Sicht waren doch alle seine Probleme verschwunden.“

„Richtig. Er meinte, dass er mir nichts mehr zahlen würde, als er erfuhr, dass sie nach Europa gegangen ist, und dass Victoria zurückkommen und die Beschwerde selbst einreichen müsste, wenn ich ihm deswegen Ärger machen wollte. Andernfalls wäre es nur Hörensagen.“

„Aber er hat Ihnen nicht gekündigt.“

„Er redet viel, aber ich glaube, er hat Angst davor, was ich tun könnte, wenn ich gehe. Und er zahlt mir fast das Doppelte von dem, was ich vorher verdient habe. Das ist mehr, als ich irgendwo sonst in dieser Stadt bekomme.“

Ich seufze. „Sie wissen, dass Erpressung in Virginia eine Straftat ist, oder?“

„Aber … ich wollte doch nur helfen!“, protestiert sie. „Victoria hatte nicht vor, etwas dagegen zu unternehmen, und ich dachte, wenigstens einer sollte von diesem Mistkerl profitieren.“

„Nur dass Victoria jetzt tot ist.“

Sie schaut zur Seite. „Hat Rex es getan?“

„Das kann ich im Moment noch nicht sagen. Wir wissen nicht genau, wann sie ermordet wurde, nur dass sie am Siebzehnten zum letzten Mal gesehen wurde. Offenbar war Rex das ganze Wochenende über beschäftigt. Das entlastet ihn zwar nicht, aber wir haben noch andere Verdächtige.“ Ich stehe auf. „Solange wir ihn nicht als Verdächtigen ausschließen können, besteht die Möglichkeit, dass all dies in das offizielle Protokoll aufgenommen wird. Wenn das der Fall ist, brauchen Sie vielleicht einen Anwalt.“

„Aber ich habe das Richtige getan. Er ist der Mistkerl, der sie angefasst hat!“

„Ich weiß. Und er wird auch nicht vor Vergeltung zurückschrecken. Ich sage das nur aus Erfahrung. Ziehen Sie sich warm an und suchen Sie sich einen Anwalt, dem Sie vertrauen können. Denn wenn er wegen Mordes an ihr verurteilt wird, wird er versuchen, jeden mitzunehmen, den er kriegen kann.“

Sie schnieft, nickt und wischt sich erneut über die Augen.

„Verlassen Sie die Stadt nicht. Vielleicht müssen wir Ihre Aussage zu Protokoll nehmen. Und Sie wollen die Sache doch nicht noch schlimmer machen.“

„Okay. Danke.“

Ich gehe zurück zu Liam, den Kopf voller Informationen. Fuller mag ein Motiv haben, aber wenn er Victoria getötet hat und wusste, dass sie nicht zurückkommen und die Beschwerde einreichen konnte, warum hat er dann Sarah nicht einfach gefeuert und sich so dieses ganzen Problems entledigt? Ich halte es für wahrscheinlicher, dass er befürchtete, sie könnte zurückkommen und feststellen, dass die einzige andere Person, die von der Belästigung wusste, entlassen worden war, um ihn dann wirklich fertigzumachen. Also versuchte Fuller, seinen Hintern zu retten, indem er Sarah in seiner Nähe hielt und glücklich machte. Aber jetzt, wo er weiß, dass Victoria tot ist, könnte sich das ändern. Ein Grund mehr für Sarah, sich einen Anwalt zu suchen.

„Und? Irgendetwas Neues?", frage ich Liam und konzentriere mich wieder auf ihn. Er starrt Fuller durch das Glasfenster zu seinem Büro an, der von Sekunde zu Sekunde nervöser zu werden scheint.

„Das Celedore's hat den Beleg seiner Kreditkartenzahlung für diesen Abend gespeichert. Durchgeführt um null Uhr zweiundzwanzig."

„Verdammt. Ein vierstündiges Abendessen. Sie hat ihn wirklich in die Mangel genommen."

„Hat sie sein Alibi bestätigt?"

Ich berichte ihm alles, was Sarah mir erzählt hat, einschließlich der Einzelheiten von Victorias Übergriff. Trotz seines früheren Verrats muss er diese Dinge wissen, wenn er mir bei dem Fall helfen soll.

„Und was bedeutet das für uns?", fragt er schließlich. „Fuller ist nicht aus dem Schneider. Nicht solange wir den genauen Todeszeitpunkt nicht kennen. Und in Anbetracht der Tatsache, wie lange sie in dieser Kiste war, halte ich das für unwahrscheinlich. Nach dem, was Sarah mir erzählt hat, müssen wir noch einmal mit dem Ehemann reden. Ich möchte wissen, was dort vor sich ging."

„Und was ist mit ihm?"

„Wir klagen ihn wegen Körperverletzung an. Das sollte ihn ein paar Tage lang beschäftigen. Hoffentlich lange genug, damit wir ihn als Verdächtigen ausschließen können." Ich möchte nicht, dass Fuller mit dem davonkommt, was er Victoria angetan hat, und da sie nicht mehr hier ist, um für Gerechtigkeit zu sorgen, müssen wir das für sie tun. Leider bedeutet das auch, dass Sarah je nach Verlauf des Falles wahrscheinlich eine gewisse Vergeltung erfahren wird.

Wir kehren in Fullers Büro zurück.

Er sieht aus, als würde er gleich ohnmächtig werden. „Und? Haben Sie mit ihr gesprochen? Was hat sie gesagt?"

„Dass Sie Ihre Angestellte angegriffen haben“, sage ich. „Und wir haben einen Zeugen, der bereit ist, das zu bezeugen.“

„Was?“, schreit er. „Ich habe niemals …“ Ein Blick von mir bringt ihn zum Schweigen.

„Wenn ich Sie wäre, Mr Fuller, würde ich mir einen guten Anwalt suchen. Sie werden bereits eine Reihe von rechtlichen Problemen im Zusammenhang mit dieser zweiten Anzeige bekommen. Ganz zu schweigen davon, dass Sie der Hauptverdächtige in einem Mordfall sind. Stehen Sie bitte auf und nehmen Sie die Hände auf den Rücken.“

„Das können Sie nicht machen“, protestiert er wütend.

Liam tritt einen Schritt vor. „Wollen Sie sich wirklich einem Befehl des FBI widersetzen?“

Fuller schaut von ihm zu mir und wieder zurück. „Aber können Sie nicht einfach … das ist Ihr Zuständigkeitsbereich, und sie ist so …“

„Jung?“

„Nun, ja. Sie sind wie meine Tochter.“

Ich grinse ihn spöttisch an. „Mr Fuller, bereiten Sie mir nicht noch mehr Bauchschmerzen, als ich ohnehin schon habe. Und jetzt stehen Sie auf, die Hände hinter dem Rücken. Sie wollen nicht herausfinden, was passiert, wenn Sie das nicht tun.“

Er steht murrend auf. „Ich werde die gesamte juristische Kraft dieser Kanzlei einsetzen, um dagegen vorzugehen“, sagt er, während Liam seine Hände hinter den Rücken zusammenbindet. „Ich habe die nötigen Mittel dafür.“

„Daran habe ich keinen Zweifel“, sage ich, nehme ihn am Arm und führe ihn aus seinem Büro und den Flur entlang. Alle schauen auf, als wir ihn hinausführen. Ich hatte wirklich nicht damit gerechnet, ihn heute zu verhaften, aber ich kann die Tatsache nicht ignorieren, dass er eine Mitarbeiterin angegriffen und dies sogar zugegeben hat. Es wird ihm schwerfallen, sich aus dieser Situation herauszureden, und es sieht auch nicht gut aus für den Mord an Victoria.

Fuller sagt wohlweislich nichts mehr, während wir ihn nach draußen bringen und auf den Streifenwagen warten, den Liam gerufen hat. Wir folgen ihm zurück aufs Revier, wo er in eine Zelle gebracht wird, bis sein Anwalt seine Freilassung erwirken kann, was wahrscheinlich morgen der Fall sein wird. Unabhängig davon schlage ich vor, seinen Pass einzuziehen, für den Fall, dass er versucht zu fliehen, während er auf Kaution frei ist. Bevor wir gehen, kehren wir noch einmal kurz in das Büro der Detectives zurück, damit ich alles mitnehmen kann, was ich vorher vielleicht übersehen habe.

„Was zum Teufel ist hier los?", brüllt Burke den Flur hinunter. Ich schaue kurz zu Liam. Ich hätte wissen müssen, dass ich hier nicht ungeschoren davonkomme.

Burke erscheint im Türrahmen des Büros. „Warum haben Sie Rex Fuller verhaftet?"

„Weil er Victoria Wright angegriffen und eine seiner Angestellten bestochen hat, damit sie darüber Stillschweigen bewahrt", sage ich. „Oder haben Sie das bei Ihrer ersten Untersuchung nicht herausgefunden?"

Seine Augen brennen vor Wut. „Jetzt hören Sie mir mal zu, kleine Lady …"

Bevor ich ihn für seine Herabsetzung angreifen kann, schreitet Liam ein. „Sie wussten es, nicht wahr? Dass Fuller sie angegriffen hat. Und Sie haben ihn trotzdem gehen lassen. Welcher Polizist tut so etwas?"

„Vorsicht, Coll. Andernfalls finden Sie sich ganz schnell im Sonderurlaub wieder. Ich kann vielleicht nichts gegen diese Agentin hier unternehmen, aber vergessen Sie nicht, für wen Sie arbeiten."

Ich kann sehen, dass Liam sich anschickt, auf Burke loszugehen, aber ich lege ihm eine Hand auf die Schulter und halte ihn auf. „Nicht jetzt", sage ich. Dann wende ich mich wieder an Burke. „Und was Sie betrifft, so weiß ich nicht, warum Sie diesen Fall so schnell abgeschlossen haben, ohne ihn richtig zu untersuchen, aber Sie können darauf wetten, dass ich es herausfinden werde. Und wenn Sie mich noch einmal mit etwas anderem als Agent ansprechen, werden Sie sich nach neuen Zähnen umsehen müssen."

Sein ganzes Gesicht und sein Hals haben sich tiefrot verfärbt und seine Nasenlöcher blähen sich ein paar Mal auf, was mich an einen Stier erinnert, der gleich zum Angriff übergeht. „Ich bedaure, Ihnen mitteilen zu müssen, dass Ihnen die Mittel dieser Behörde nicht mehr zur Verfügung stehen."

„Von mir aus", sage ich und dränge mich an ihm vorbei.

„Und ich weise Detective Coll einen anderen Fall zu", ruft er.

Ich bleibe stehen. Es ist zwar sein gutes Recht, das zu tun, aber ich habe endlich Fortschritte mit Liam gemacht. Das alles allein zu schaffen, wird schwieriger sein und mehr Zeit in Anspruch nehmen, aber wenn es so sein muss, dann habe ich keine andere Wahl. „Das ist Ihre Entscheidung", sage ich.

„Sie können mich nicht einfach …", protestiert Liam, aber bevor er seinen Satz zu Ende sprechen kann, hebt Burke einen Finger.

„Noch ein Wort und Sie sind gefeuert."

Ich schaue Liam an und schüttele den Kopf. Deswegen seinen Job zu verlieren, ist es nicht wert.

„Nun gut, Chief", sage ich. „Wenn Sie es unbedingt so haben wollen. Es tut mir nur leid, dass Sie so ein unfähiger Polizist sind, dass Sie das große Ganze nicht sehen können." Ich drehe mich um und stürme aus dem Revier zurück zu meinem Auto. Verflucht sei dieser Mann. Aber hoffentlich habe ich schon alle Unterlagen, die ich brauche. Ohne Liams Unterstützung und seine Kontakte wird diese Aufgabe allerdings sehr viel schwieriger sein.

Wütend über mich selbst, dass es so weit gekommen ist, fahre ich zum Motel zurück.

Kapitel Neunzehn

Jetzt, wo ich auf mich allein gestellt bin, verbringe ich die meiste Zeit damit, das Filmmaterial von Dulles nach irgendwelchen Beweisen dafür zu durchsuchen, dass Victoria oder Patrick Wood tatsächlich zum Flughafen gekommen sind und eine der Startrampen betreten haben. Es ist eine lange, undankbare Arbeit, und irgendwann bin ich so müde, dass ich den Computer einfach ausschalten und mich hinlegen muss. Mein Magen knurrt, weil ich heute kaum etwas gegessen habe, aber nach dem Aufeinandertreffen mit Fuller und dann mit Burke bin ich völlig erschöpft. Ich brauche nur etwas Schnelles und Fettiges, um das Bedürfnis meines Körpers nach Essen zu stillen. Dann kann ich vielleicht etwas schlafen.

Ich reiße überrascht die Augen auf, als jemand an meine Tür klopft. Mein erster Instinkt ist es, nach meiner Pistole zu greifen, die auf dem Tisch neben mir liegt. Obwohl ein Teil von mir weiß, dass jemand, der hier eindringen will, wahrscheinlich nicht anklopft. Trotzdem behalte ich sie in der Hand, als ich mich der Tür nähere.

„Ja?", rufe ich.

„Ich bin's."

„Allein?"

„Ja." Ich schaue durch den Türspion, um mich zu vergewissern.

Als ich die Tür öffne, steht Liam da, die Jacke hoch geschlossen. Draußen ist es wieder dunkel geworden. Ich freue mich schon auf die Zeitumstellung und darauf, dass die Sonne dann etwas länger scheint. Es ist gerade mal neunzehn Uhr.

„Was machen Sie hier?", frage ich.

„Ich möchte bei dem Fall helfen. Falls Sie meine Hilfe noch brauchen."

„Was ist mit Burke?"

Er zuckt mit den Schultern. „Ich bin nicht mehr im Dienst. Das ist meine Freizeit und er bestimmt nicht über mein komplettes Leben." Ich trete zur Seite und bitte ihn herein. „Haben Sie Fortschritte gemacht?", fragt er.

„Kaum. Ich habe mir das Filmmaterial aus Dulles angesehen, das Sie für mich besorgt haben. Übrigens vielen Dank dafür."

Er setzt sich auf den Stuhl, öffnet seinen Mantel allerdings nicht. „Kein Problem."

„Und danke, dass Sie Burke heute die Stirn geboten haben, auch wenn Sie das Ihren Job hätte kosten können."

„Ich habe den ganzen Tag immer wieder darüber nachgedacht. Sie waren mein lautester Weckruf. Ich weiß nicht, ob ich es vorher einfach ignoriert habe oder ob ich wirklich so blind war. Wenn ja, was sagt das über mich als Detective aus? Und ich bin mir einfach nicht sicher, ob ich weiter für so einen Mann arbeiten kann. Er ist einfach so …"

„Arrogant."

„Richtig, und dominant. Er erwartet, dass alles, was er sagt, als Gesetz genommen wird, als wären wir alle dazu da, seine Befehle durchzusetzen, und nicht umgekehrt." Er schüttelt den Kopf.

Ich setze mich auf das Bett. „Manchmal ist es schwer zu sehen, was direkt vor uns ist."

„Soll ich mit Ihnen die Videodateien durchgehen?"

Ich drehe mich zum Computer um. „Tun Sie sich keinen Zwang an. Ich habe noch nicht einmal ein Viertel des Materials durchgesehen."

„Super, genau das, was ich liebe", sagt Liam und reibt seine Hände aneinander. „Überwachungsvideos. Wissen Sie, was ich manchmal gern mache?" Ich schüttele den Kopf. „Ich lasse dramatische Musik laufen, während ich mir die Bänder ansehe. Sie wissen schon, das Zeug, das sie in den wirklich dramatischen Szenen in Filmen verwenden. Das macht die Dinge viel spannender. Man erwartet, dass die Leute jeden Moment Rückwärtssaltos machen. Es ist eine Art Rausch."

Ich muss grinsen. „Das muss ich mal ausprobieren." Er ist ein kleiner Freigeist mit viel Humor. Ich habe das Gefühl, dass ein Teil davon durch die Arbeit unterdrückt wurde, aber es ist immer noch da. Wenn er nicht aufpasst, könnte dieser Job ihn am Ende auffressen. Ich habe das schon einmal erlebt und ich weiß, dass ich es wieder erleben werde.

Liam verbringt etwa fünfundvierzig Minuten mit dem Überwachungsmaterial, während ich andere Details des Falles prüfe. Ich muss Gerald Wright noch einmal befragen, aber damit möchte ich vorerst noch warten, zumindest bis es absolut notwendig ist. Mir bleibt möglicherweise nur noch ein Versuch.

Wichtiger ist mir allerdings diese Frau, die in jener Nacht im Hotel war. Vielleicht kann ich zusammen mit Liam eine Möglichkeit finden, sie aufzuspüren. Sicherlich kennt er alle Obdachlosenunterkünfte in der Stadt.

Und dann ist da noch unser geheimnisvoller Mann, Patrick Wood. Dass wir bisher kaum etwas über ihn herausfinden konnten, beunruhigt mich. Aber zum Glück kümmert Zara sich darum. Sie wird ihn schon ausfindig machen, da bin ich mir sicher.

„Hey", sage ich. Liam schaut auf. „Irgendwelche Entwicklungen bei Fuller, nachdem ich gegangen bin?"

Er schüttelt den Kopf. „Morgen wird Anklage erhoben.

Burke hat mir deswegen die Hölle heiß gemacht und gesagt, ich hätte nicht zulassen dürfen, dass Sie ihn verhaften. Ich dachte schon fast, er würde die Anklage fallen lassen, aber angesichts dessen, was Fuller selbst über seine Taten gesagt hat, glaube ich nicht, dass das besonders gut ausgesehen hätte. Schon gar nicht für die Presse."

Das kommt mir seltsam vor. „Ist er wirklich so egoistisch, dass er nicht einmal *einen Verdächtigen* in diesem Fall zulassen kann?"

„Ich habe keine Ahnung. Es ist, als ob er …" Er stockt, bevor er sich zu mir umdreht. „Was wäre, wenn Fuller Burke bestochen hat, damit er die Ermittlungen einstellt?"

„Burke ist korrupt, aber ist er auch *so* korrupt?", frage ich skeptisch. „Annahme einer Bestechung bei einer Vermisstenanzeige?"

„Ist das noch verrückter als das, was er bereits getan hat? Wir wissen beide, dass er dazu fähig ist."

„Fähig, ja. Aber dumm genug, um sich von Rex Fuller an die Leine legen zu lassen? Ich weiß nicht."

Liam steht auf. „Denken Sie darüber nach. Was, wenn Fuller Burke bestochen hat, damit er das mit Sarah nicht herausfindet?"

„Und weil er dachte, Victoria hätte das Land verlassen, hatte er keinen Grund, den Fall nicht abzuschließen", sage ich. „Das ist definitiv eine Möglichkeit. Aber es gibt keine Beweise, nicht wahr?"

„Vielleicht, wenn Fullers Anwälte zu einer Einigung bereit sind."

Ich lächle. Burke zu Fall zu bringen, wäre das Tüpfelchen auf dem I. Aber das darf im Moment nicht meine Priorität sein. Draußen läuft immer noch ein Mörder frei herum, der möglicherweise ein weiteres Opfer im Visier hat. Solange wir ihn nicht gefunden haben, darf ich mich nicht ablenken lassen. „Das ist eine gute Idee, auf die wir später zurückkommen können. Im Moment müssen wir uns auf diesen Fall konzentrieren."

Er nickt. „Er will meinen Job übernehmen? Ich übernehme seinen Job", murmelt Liam, während er sich wieder dem Computer zuwendet.

Mein Magen knurrt wieder und ich merke, dass ich immer noch nichts gegessen habe, obwohl es fast zwanzig Uhr ist. „Kennen Sie einen guten Fast-Food-Laden in der Gegend?"

Liam sieht mich an. „Sind Sie sicher, dass ich meine Geheimnisse ausplaudern soll? Ich habe Sie eher für eine Veganerin gehalten."

„Ich habe es einmal versucht, hat nicht geklappt. Ich habe eine kleine Schwäche für Fast Food, die allerdings schlimmer wird, wenn ich unterwegs bin."

„Es gibt einen tollen Laden namens *Lou's*, in der Nähe von Albemarle. Dort gibt es bis Mitternacht nur Burger und Hot Dogs."

„Klingt perfekt", sage ich und greife nach meinem Mantel.

Er steht auf und stellt den Computer beiseite. „Ist das also wieder so ein ‚Date-isch'-Ding?"

Meine Laune ist sofort im Keller. „Wissen Sie was? Alles gut. Ich hole mir einfach etwas aus einem der Automaten."

„Ich habe das nicht ernst gemeint, ich fand es nur lustig", sagte er und sieht tatsächlich betroffen aus. Aber ich kann es nicht ändern. Für seine Gefühle bin ich nicht verantwortlich.

„Ich weiß. Ich habe einfach nicht gemerkt, wie müde ich bin."

„Emily, selbst wenn ich kein Detective wäre, erkenne ich Bullshit, wenn ich ihn höre." Seine Offenheit trifft mich fast wie ein physischer Schlag. Seit drei Monaten schleiche ich um Matt herum, was ich in Anbetracht der Situation auch für angemessen halte. „Es tut mir leid", sagt er. „Es ist nur … Normalerweise kann ich Menschen ganz gut einschätzen, aber du behältst so vieles für dich. Dafür gibt es wahrscheinlich einen guten Grund. Aber ich mag dich, Em. Du bist eine gute Polizistin, eine der besten, die ich je getroffen habe. Und du bist ein Kreuzritter."

Ich ziehe eine Augenbraue hoch. „Ein Kreuzritter?"

„Ja, jemand, der für die kämpft, die es nicht können. Sieh dir an, was du für Victoria Wright tust. Du arbeitest nicht nur an einem Fall, sondern der Fall ist zu deinem Leben geworden. Das ist unglaublich inspirierend."

Ich weiß nicht genau, was ich sagen soll, und brauche einen Moment, um seine Worte zu verarbeiten. Vielleicht hat Zara recht, ich kann nicht erwarten, dass Liam meine Situation versteht, wenn er nicht weiß, was los ist. Und das bestätigt nur, dass ich nicht verrückt bin, wenn ich diesen Funken zwischen uns spüre. Eine Zeit lang dachte ich, es sei nur ein Zufall, aber je mehr Zeit ich mit Liam verbringe, desto weniger glaube ich, dass dem so ist.

„Ich war verheiratet", sage ich. „Fast fünf Jahre. Wir haben uns auf dem College kennengelernt." Er beobachtet mich aufmerksam, aber nicht forschend, nicht erwartungsvoll. Ich bin mir nicht sicher, was mich dazu veranlasst, mich so zu öffnen. Normalerweise mache ich das nicht. Aber aus irgendeinem Grund fühlt es sich jetzt gut an. „Er … ist vor ein paar Monaten gestorben."

Liams Gesicht verwandelt sich in einen Ausdruck der Trauer, was mich noch mehr trifft, aber ich reiße mich zusammen. „Unerwartet", füge ich hinzu. „Ich … er war einfach plötzlich weg …" Ich schüttle den Kopf und wende mich ab, um die Tränen zu verdrängen.

„Das tut mir so leid. Das wusste ich nicht."

Ich schaue auf meinen Finger hinunter, wo ein Ring sein sollte, aber keiner ist. „Wir hatten Eheringe, aber ich habe meinen nur selten getragen. Da ich so oft undercover war und jemanden spielte, der viel jünger war als ich, konnte ich nicht riskieren, dass es so aussah, als trüge ich ständig einen Ring. Ich hasse es, dass ich ihn ablegen musste."

Ein paar Minuten lang herrscht Schweigen zwischen uns,

bis ich mir sicher bin, dass er überlegt, wie er sich aus dieser seiner Meinung nach unangenehmen Situation befreien kann. „Erzähl mir von ihm“, sagt Liam.

Ich schaue auf. „Was?“

„Erzähl mir von ihm. Was hast du am meisten an ihm geliebt?“

Jetzt kann ich die Tränen nicht mehr zurückhalten. Alle, die davon wissen, vermeiden das Thema, außer Zara natürlich. Aber auch sie erwähnt seinen Namen nur gelegentlich. Alle anderen reden einfach nicht über ihn, und ich schätze, ich habe mich einfach daran gewöhnt. Ich weiß, dass es keine gute Idee ist, während der Arbeit an ihn zu denken; so habe ich es ja überhaupt erst vermasselt. Aber vielleicht habe ich inzwischen etwas Abstand gewonnen …

„Er hatte diese Art, mich anzuschauen“, sage ich leise. „Und in diesem Moment wusste ich einfach, dass er mich so liebt, wie ich bin. Er hat nicht erwartet, dass ich die perfekte Agentin, die perfekte Ehefrau oder der perfekte Mensch bin. Was immer ich in diesem Moment war, war alles, was er brauchte. Wenn ich an ihn denke, erinnere ich mich nur daran, dass er mir von Zeit zu Zeit diese Blicke zuwarf und ich mich … erfüllt fühlte.“

Liam streckt mir die Hand entgegen. „Komm. Lass uns etwas essen gehen. Ich möchte alles über ihn erfahren.“

„Warum?“

„Weil man das Andenken an einen Menschen am besten ehrt, wenn man anderen seine Geschichte erzählt. Damit sie nicht in Vergessenheit geraten.“

„Ich habe nicht mehr wirklich über ihn gesprochen, seit …“

„Über diesen Teil musst du nicht reden. Aber du hast fünf Jahre voller guter Erinnerungen. Und ich möchte sie alle hören.“

Ich schaue auf seine ausgestreckte Hand. Ein Teil von mir möchte einfach nur in diesem dunklen Raum bleiben und auf die zugezogenen Vorhänge starren, bis es Zeit ist, wieder aufzustehen. Aber ein anderer – stärkerer – Teil von mir möchte sein Angebot annehmen. Vielleicht hat er recht. Vielleicht hilft ein Gespräch.

„Okay“, sage ich und nehme seine Hand. „Aber du zahlst.“

Kapitel Zwanzig

Das Brummen meines Handys auf dem Nachttisch weckt mich auf. Ächzend drehe ich mich um und schaue mit trüben Augen auf das Display, um mein Gehirn wieder in Schwung zu bringen. Ich habe so tief geschlafen wie schon lange nicht mehr.

„Was?", sage ich, halte mir das Telefon ans Ohr und schließe die Augen wieder, um das helle Licht auszublenden.

„Morgen!", ruft Zara am anderen Ende.

„Schläfst du eigentlich nie?", frage ich müde.

„Ich ziehe es vor, meine Arbeitszeit selbst zu bestimmen, danke", sagt sie, viel zu munter für vier Uhr vierzig morgens. Aber hey, ich habe dich dreißig Minuten länger schlafen lassen."

„Fünfundzwanzig", murmle ich.

„Weißt du, für jemanden, der gern früh ins Bett geht, stehst du nicht gern auf."

Ich reibe mir ein Auge und raffe mich auf. Es ist kühl im Zimmer, als hätte ich über Nacht vergessen, die Heizung einzuschalten. Außerdem bemerke ich, dass ich in den Kleidern vom Vortag geschlafen habe. „Was soll ich sagen? Mein

Körper befindet sich in einem ständigen Krieg mit meinem Verstand."

„Wie dem auch sei, ich habe mich so intensiv wie möglich mit Patrick Wood beschäftigt."

Ich reiße die Augen auf. „Was hast du herausgefunden?"

„Erstens: Bist du allein?"

Ich runzle die Stirn, wende mich wieder dem Bett zu und sehe mich im Zimmer um. „Natürlich bin ich allein, warum sollte ich das nicht sein?"

„Keine Ahnung", sagt sie mit einer Stimme, die für meinen Geschmack zu schelmisch klingt. „Ich dachte nur, ich frage kurz nach, bevor ich sensible Informationen weitergebe."

„Zara, was soll das bedeuten?"

„Das letzte Mal, als wir miteinander sprachen, schien es, als ob du dich absichtlich dumm stellen würdest. Als ob du nicht wolltest, dass jemand unser Gespräch hört."

„Ja, aber er hat es trotzdem gehört. Also danke dafür."

„Was hat er getan?" Ich kann die Aufregung auf ihrem Gesicht praktisch sehen.

„Hör zu, ich weiß nicht, was du glaubst, was hier los ist, aber mit Liam wird nichts passieren. Ich trauere immer noch."

„Nein, nein, das verstehe ich ja. Es ist nur so, dass ich etwas in deiner Stimme höre, wenn du ihn erwähnst. Und hast du bemerkt, dass du nicht mehr seinen Nachnamen, sondern seinen Vornamen verwendest?"

In dem Moment wird mir erst bewusst, dass wir zum Du übergegangen sind. Ich bin mir nicht sicher, wann das passiert ist, aber es beunruhigt mich, dass ich es nicht bemerkt habe. „Ich habe ihm gestern Abend von Matt erzählt."

Am anderen Ende der Leitung wird es still. „Wie fühlst du dich dabei?"

Ich schüttle den Kopf, auch wenn sie mich nicht sehen kann. „Keine Ahnung. Okay, denke ich. Ich habe noch nie mit jemanden außer dir offen über ihn gesprochen. Es war … schön."

„Siehst du? Ich habe es dir gesagt. Du kannst deinen Mann nicht einfach zur Seite schieben, wie du es mit deinem Job tust. Das funktioniert einfach nicht."

„Sieht so aus, als hättest du recht gehabt. Aber er ist immer noch sehr präsent in meinem Leben. Und ich fürchte, wenn ich diese Tür öffne, bekomme ich sie nie wieder zu. Du weißt, was letztes Mal passiert ist."

„Das ist etwas anderes. Das war nur ein paar Tage, nachdem … Du hättest überhaupt nicht arbeiten dürfen."

Ich verdränge die schlechten Erinnerungen. Sie hat mich nicht angerufen, um mich an schlimmere Zeiten zu erinnern. Ich atme tief durch und sammle mich wieder „Was hast du über Wood?"

„Okay." Ich kann fast sehen, wie sie einen Haufen Akten zusammensucht und sie auf ihrem Schreibtisch ordnet, bevor sie beginnt. Aber natürlich ist dem nicht so; Zara arbeitet ausschließlich digital. „Als erstes habe ich Kontakt mit Interpol aufgenommen. Es gibt nirgendwo in Europa, auch nicht in Italien, Aufzeichnungen über diesen Patrick Wood."

„Dann ist er also nie ins Flugzeug gestiegen. Wir sind noch dabei, das Material aus Dulles zu sichten, aber bis jetzt haben wir nichts gefunden."

„Du wirst ihn auf keinem Überwachungsvideo finden. Dafür ist dieser Typ zu schlau. Er hat es geschafft, acht Jahre lang nicht identifiziert zu werden. Ich bezweifle, dass er bei einer Überwachungskamera am Flughafen einen Fehler machen würde."

„Acht Jahre? Was war vor acht Jahren?"

„Soweit ich das beurteilen kann, war das der Zeitpunkt, an dem Patrick Wood plötzlich aufgetaucht ist. Als wäre er aus dem Nichts gekommen."

Ich richte mich auf. „Er ist ein Geist?"

„Scheint so. Sein Lebenslauf, soweit ich ihn finden kann,

reicht nur bis ins Jahr 2012 zurück. Davor: nichts. Aber er hat es geschafft, eine Sozialversicherungsnummer zu bekommen, einen Kredit aufzunehmen und für etwa ein Jahr sogar ein Haus in Stillwater zu besitzen."

„Wo ist er jetzt?"

„Ist vor drei Monaten vom Radar verschwunden. Nach dem achtzehnten Januar kann ich nichts mehr über ihn finden. Es ist, als hätte er sich in Luft aufgelöst."

Ich lasse mich auf das Bett fallen und versuche, die Folgen zu begreifen. „Mein Gott. Glaubst du, dass wir es hier mit einer internationalen Operation zu tun haben? Oder einer inländischen?"

„Das kann ich nicht sagen. Meiner Erfahrung nach legen die Leute sich aber nur dann eine zweite Identität zu, wenn sie von einem anderen Ort kommen und planen, dorthin zurückzukehren, sobald der Job vorbei ist. Wer auch immer das war, er tauchte vor acht Jahren auf, lebte sein Leben und verschwand dann zur gleichen Zeit wie Victoria Wright."

„Nachdem er sie umgebracht hat", sage ich, auch wenn das immer noch nur eine Vermutung ist.

„Aber was war das Motiv? Das scheint mir eine Menge Aufwand zu sein, um eine Frau zu verfolgen, die keine wichtigen Verbindungen hat, soweit ich das beurteilen kann. Außer vielleicht ihr Ehemann."

„Vielleicht war er das eigentliche Ziel und sie kam ihm in die Quere?", überlegt Zara.

„Auf keinen Fall. Dieser Mann hatte es speziell auf Victoria abgesehen. Er pflegte online eine Beziehung zu ihr. Offenbar, um sie aus dem Haus zu locken." Ich setze mich wieder auf. „Was war vor acht Jahren so besonders? Und warum hat er so lange gewartet, wenn der Plan war, sie auszuschalten? Sicherlich wäre es einfacher gewesen, das zu tun, bevor sie verheiratet war und Kinder hatte."

„Ich wünschte, ich hätte darauf eine Antwort. Aber mehr habe ich nicht gefunden."

„Hast du ein Foto aufgetrieben?“

„Leider nicht.“

Ich verziehe das Gesicht. „Wie zum Teufel ist er dann an eine Sozialversicherungsnummer gekommen? Oder wie konnte er ein Haus ohne Ausweis kaufen? Irgendetwas stimmt hier nicht.“

„Ich habe seine letzte bekannte Adresse in Stillwater, falls das weiterhilft.“

„Die habe ich schon, aber schick trotzdem alles rüber. Vielleicht kann ich den Immobilienmakler finden, der ihm das Haus verkauft hat. Irgendjemand muss diesen Kerl doch gesehen haben. Victoria wäre nicht einfach losgezogen, um jemanden zu treffen, den sie noch nie gesehen hat.“

„Hört sich an, als wäre sie gecatfished worden“, sagt Zara.

„Ja, als hätte jemand eine fiktive Identität erschaffen, um sie im Internet in eine Beziehung zu locken.“ Ich reibe mir die Stirn und versuche herauszufinden, was hier vor sich geht. „Sonst noch etwas über das zweite Opfer, Laura?“

„Es könnte durchaus möglich sein, dass ihr Mörder eine andere Identität hatte, als sie getötet wurde“, sagt Zara. „Vielleicht ist das der Modus operandi. Sich für eine bestimmte Zeit als eine Person ausgeben, das Opfer töten und dann die Identität vernichten, damit sie nicht zurückverfolgt werden kann. Es ist schwer, jemanden zu beschuldigen, wenn es den Mörder nicht wirklich gibt.“

„Oh doch, den gibt es wirklich“, sage ich. „Er hat nur einen guten Job gemacht, um seine Spuren zu verwischen. Jemand hat diese Frau getötet. Und er wird damit nicht durchkommen. Hast du Informationen zu Woods beruflichem Hintergrund? Wovon hat er acht Jahre lang gelebt?“

„Das ist das Seltsame. Er hatte Bankkonten mit regelmäßigen Einzahlungen, aber ich kann nicht herausfinden, woher diese kamen. Bareinzahlungen, jedes Mal. Jemand bezahlte ihn für *irgendetwas*, aber ich kann nicht herausfinden, für was oder wer das war.“

Wenn es noch einen Teil von mir gab, der nicht voll und ganz in diesen Fall involviert war, dann ist er jetzt völlig verschwunden. Ich *muss* denjenigen finden, der sich als Patrick Wood ausgegeben hat. Sobald ich ihn gefunden habe, werde ich meine Antworten und den Mörder von Victoria Wright bekommen. Aber zu diesem Zeitpunkt könnte es jeder sein. Ich muss jemanden auftreiben, der den Mann tatsächlich getroffen hat.

Ich höre sie am anderen Ende der Leitung seufzen. „Was ist los?"

„Ich wünschte nur, ich könnte mehr tun. Ich habe das Gefühl, dass ich hier nicht gerade sehr hilfreich bin."

Ich kann mir ein Lachen nicht verkneifen. „Das ist nicht einmal dein Fall! Wenn Janice herausfindet, dass du mir während der Arbeitszeit hilfst …"

„Oh, sie wird nichts tun", sagt Zara. „Sie sieht vielleicht nicht so aus, aber in Wahrheit ist sie ein riesiges Weichei. Außerdem kommen die anderen Fälle nicht zu kurz, weil ich dir helfe. Ich übernehme die Überwachungsdaten des Flughafens. Ich kann sie viel schneller durchgehen als du."

„Bist du sicher? Nach dem, was du mir erzählt hast, glaube ich nicht, dass sie darauf auftauchen werden."

„Das stimmt. Aber wir müssen sicher sein. Und das wird mir das Gefühl geben, dass ich immer noch helfen kann." Ich kann immer noch das Zögern in ihrer Stimme hören. „Ich wollte nur …"

„Was?"

„Ich muss einfach aus diesem Büro raus, Em. Ich möchte dort sein, wo du bist, vor Ort, und die Fälle direkt bearbeiten, anstatt hier im Datenanalysezentrum festzusitzen."

„Dann geh zu Janice und bitte darum. Aber glaub mir, du willst nicht da sein, wo ich bin. Ich hänge nämlich am seidenen Faden meiner Laufbahn als Agentin."

„Du wirst diesen Kerl erwischen, ich weiß es, Em. Es mag sich nicht so anfühlen, aber du wirst ihn bekommen. Janice wird merken, dass sie einen Fehler gemacht hat, und du brauchst dir keine Sorgen zu machen."

Ich sehe mich in dem dunklen Raum um, die Silhouetten der spärlichen Möbel starren mich an. „Ich hoffe sehr, dass du recht hast. Und es mag vielleicht nicht so aussehen, aber du bist eine große Hilfe. Danke."

Sie schenkt mir ein freudloses Lachen am anderen Ende der Leitung. „Nun, ich bin froh, dass ich wenigstens etwas finden konnte. Denn von hier aus sieht es wie eine weitere Sackgasse aus."

„Nein. Nur nach einer Falte. Eine, die ich auszubügeln gedenke."

Kapitel Einundzwanzig

NACH EINER DUSCHE und einem Kleiderwechsel fühle ich mich wieder wie ich selbst und bin bereit für den Tag. Ich kann nicht glauben, dass ich in meiner Kleidung vom Vortag geschlafen habe; das mache ich sonst nie. Vor allem, weil ich nie gut schlafe, wenn ich das tue. Ich kann den Gedanken nicht ertragen, mit der Kleidung, in der sich der ganze Schmutz des Tages gesammelt hat, unter eine saubere Decke zu schlüpfen. Aber das Nite Owl ist ja auch nicht gerade das anspruchsvollste Motel. Ich bin mir sicher, dass diese Laken schon Schlimmeres gesehen haben.

Als ich die Tür öffne, um hinauszugehen, sitzt Liam in seinem Auto und gähnt vor sich hin. Er sieht mich und steigt aus, einen dampfenden Kaffeebecher in der Hand.

„Du bist ein Gott", sage ich und greife nach dem Getränk, das er mir anbietet.

„Nein. Nur ein Halbgott. Oder vielleicht nicht mehr als eine mythische Figur. Man erzählt immer noch die Geschichte von dem Mann, der starb, weil er drei Tage hintereinander zu früh aufgestanden war."

Ich muss lachen. „Das muss ich dir lassen. Ich hätte nicht gedacht, dass du das schaffst."

„Bei der Streifenpolizei habe ich früher immer die Nachtschicht übernommen. Mein Körper passt sich sehr schnell an Zeitumstellungen an."

Ich schaue auf die Uhr. Es ist fast sechs. „Was machst du hier? Solltest du nicht in einer Stunde auf dem Revier sein?"

„Ich habe mir den Tag frei genommen. Offenbar will Burke mich genauso wenig um sich haben wie ich ihn um mich."

„Hat er keinen Verdacht, was du in deiner Freizeit machst?", frage ich und trinke einen Schluck Kaffee. Er ist sehr lecker; ich glaube, allmählich finde ich Gefallen am regionalen Geschmack.

„Wahrscheinlich schon. Aber ich habe ziemlich viele Überstunden angesammelt. Er will nur den Kollegen gegenüber nicht den Eindruck erwecken, dass er sie mir nicht genehmigen will. Schließlich würde es nicht gut aussehen, wenn jemand wie ich, der sich sonst nie frei nimmt, plötzlich *gezwungen* würde, zum Dienst zu kommen." Er holt sein Handy heraus und wedelt damit in der Luft herum. „Aber ich bin immer noch auf Abruf, nur für den Fall."

„Du musst das nicht tun."

Er hält den Blick fest auf mich gerichtet. „Ich möchte das tun. Für dich, für Victoria, und vor allem, um Burke festzunageln."

Ich lache wieder. „Wenn das mal kein guter Grund ist."

Ich gehe zur Beifahrerseite und schaue dabei auf mein Handy, um alle Notizen durchzugehen, die Zara über Patrick Wood geschickt hat. „Ich habe einen Anruf von einer Kollegin aus der Zentrale erhalten", sage ich. „Sie hat einige interessante Informationen über Wood gesammelt."

„Ach ja?", fragt er und nimmt auf dem Fahrersitz Platz. Im Auto ist es bereits warm, was eine angenehme Abwechslung zur Kälte draußen ist.

Es dauert nicht lange, ihm alle Details zu berichten, die Zara mir über Wood mitgeteilt hat. Und als ich fertig bin, starrt er mich mit großen Augen an. „Was zum Teufel ist hier los?“, fragt er. „War das ein Treffer?“

„Es weist nicht die Merkmale des organisierten Verbrechens auf“, erkläre ich ihm. „Das Ganze scheint etwas Persönliches zu sein. Als ob es für Wood wichtig gewesen wäre, ihr nah zu kommen. Aber ich weiß nicht, warum. Warum sie anlocken, nur um sie dann zu töten? Das scheint viel Zusatzarbeit für nichts zu sein.“

„Ich weiß es nicht, aber unsere Priorität ist, herauszufinden, wer dieser Patrick Wood wirklich ist. Er kann sich schließlich nicht einfach in Luft aufgelöst haben.“

„Glaubst du, dass er immer noch in Stillwater ist?“

„Scheint unwahrscheinlich, oder?“, antworte ich widerwillig.

„Vermutlich ist er zurück nach Russland gegangen, um mit all den anderen Attentätern zu trainieren“, sagt er und nimmt einen Schluck von seinem Kaffee.

„Trotzdem. Wir müssen in diesem Fall korrekt ermitteln. Das bedeutet, dass wir sämtliche Beweise durchgehen müssen. Wenn die Tat so persönlich ist, dann ist der Mörder jemand aus Victorias Vergangenheit. Aber ohne eine detaillierte Liste ihrer Freunde und Bekannten könnten wir ewig brauchen, um alle Personen zu erfassen, mit denen sie jemals in Kontakt gekommen ist. Wir müssen uns darauf konzentrieren, Patrick zu identifizieren, bevor er ein weiteres Opfer fordert. Ich möchte mit der Maklerin sprechen, um zu sehen, ob sie sich an ihn erinnert. Zumindest könnten wir einen Phantomzeichner hinzuziehen und ein Bild von diesem Kerl anfertigen lassen. Und ich will immer noch Jo-Ann Langley finden. Sie könnte unsere einzige Augenzeugin sein.“

Liam startet den Motor. „Mit wem fangen wir an?“

Ich schaue auf meine Uhr. „Mit Jo-Ann. Die Maklerin ist erst in ein paar Stunden erreichbar, aber Jo-Ann ist wahrscheinlich schon auf den Beinen und sucht nach einem Frühstück.“

„Ich weiß nicht. Einige von ihnen haben gelernt, sich sehr bedeckt zu halten."

„Eines der ersten Dinge, die man bei dieser Kälte tut, ist, in Bewegung zu bleiben. Andernfalls riskiert man, zu erfrieren", widerspreche ich. „Wenn sie nicht in einem der Obdachlosenheime ist, läuft sie draußen herum. Oder sie ist tot."

„Okay", sagt er und holt sein Handy heraus. „Dann also die Heime."

Ich erwarte, dass er losfährt, aber er legt keinen Gang ein. Als ich ihn ansehe, bemerke ich sein trauriges Lächeln.

„Was ist los?"

„Ich wollte dir nur sagen, dass ich den Abend gestern sehr genossen habe", sagt er.

„Wir haben nur geredet."

„Ich weiß. Aber ich habe es genossen. Ich hoffe, du auch."

Ich schlucke und versuche, mir meine Gefühle nicht ansehen zu lassen. „Es ist nicht leicht, darüber zu sprechen. Aber danke fürs Zuhören."

„Jederzeit."

Es ist fast zehn Uhr, als wir die dritte Unterkunft erreichen. Die ersten beiden waren völlige Nieten. Der eine Leiter wusste nicht einmal, wer Jo-Ann ist, und der zweite hatte sie seit ein paar Tagen nicht mehr gesehen. Ich frage mich langsam, ob sie ein Eisklotz unter einer Brücke ist. Vielleicht hat sie ja die Stadt verlassen, um an einen wärmeren Ort zu gehen, oder ist in einer Nacht zwischen Januar und jetzt der Kälte erlegen.

Liam hält vor einem baufälligen Backsteingebäude, auf dessen Fassade ein buntes Wandgemälde mit einer abstrakten

Landschaft zu sehen ist. Das Haus sieht nicht sehr groß aus; das Grundstück ist keine zehn Meter breit. Aber es dehnt sich ziemlich weit nach hinten aus und der Bau wird auf der Rückseite immer breiter. Zu der Zeit, als er errichtet wurde, waren Grundstücke an der Straße sehr begehrt.

„Nettes Haus“, sage ich und steige aus.

Er folgt mir. „Ja, es wird von der presbyterianischen Kirche betrieben. Das Gebäude sieht so alt aus wie die Stadt selbst.“

Ich mache mich auf den Weg zur Haustür und trete in ein großes Foyer ein, das kaum mehr ist als ein Laminatboden mit Kreuzen und Bildern von Jesus an den Wänden. Auf der linken Seite befindet sich eine Treppe, die in den ersten Stock führt, aber dahinter kann ich etwas sehen, das wie eine Cafeteria aussieht. Als wir sie betreten, finden wir sie sehr belebt vor. Sie ist viel voller als die beiden letzten Häuser und die Leute stehen entlang der Rückwand Schlange, um eine Mahlzeit zu bekommen. Die Tische sind fast alle besetzt und die Leute unterhalten sich und lachen viel.

In der Küche hilft eine Reihe von Freiwilligen bei der Essensausgabe. Ich schaue mich nach einem Verantwortlichen um, der uns vielleicht helfen kann, bis ich einen älteren Mann sehe, der kaum mehr als ein Skelett mit Haut ist. Er ist eindeutig drogenabhängig und sein weißes, fettiges Haar fällt ihm strähnig ins Gesicht, was sein wildes Aussehen nur noch verstärkt. Sein Tablett mit dem Essen steht unangetastet vor ihm, während er langsam aufsteht, ohne den Blick von mir zu nehmen.

„Liam“, sage ich und mache ihn auf die Situation aufmerksam. Aus den Augenwinkeln kann ich seine Anspannung sehen, während wir beide herauszufinden versuchen, was nun passieren wird. Manche Menschen, vor allem diejenigen, deren Verstand durch jahrelangen Drogenkonsum vernebelt ist, neigen dazu, schlecht zu reagieren, wenn sie einen Polizisten bemerken, egal ob es sich um einen Bundespolizisten handelt oder nicht. Sie haben ihr ganzes Leben damit verbracht, zu lernen, wie man sie erkennt, weil sie die Menschen sind, die ihnen das Leben schwer machen, obwohl es das Gegenteil von dem ist, wozu wir ausgebildet wurden.

Ich halte eine Hand hoch, um den Mann zu beruhigen, und der Raum wird still, als immer mehr Leute uns und die Anspannung bemerken.

Der Mann murmelt etwas vor sich hin. Es klingt wie eine lange Aneinanderreihung von Wörtern anstelle von richtigen Sätzen, aber er spricht zu leise, als dass ich ihn verstehen könnte. Aber seine Körpersprache kann ich perfekt lesen. Er bereitet sich auf einen Kampf vor.

„Bill", sagt eine leise Stimme vom anderen Ende des Raumes. Ich drehe mich um und sehe, wie ein Mann Mitte fünfzig auf den wild blickenden Gast zugeht. Er trägt eine Jeans und einen scheinbar bequemen Kapuzenpulli und hat ein leichtes Lächeln im Gesicht, obwohl er wie ein Panzer gebaut ist. Wenn ich es nicht besser wüsste, würde ich sagen, er entspricht der körperlichen Beschreibung eines Türstehers. „Billy, beruhige dich einfach, hörst du?"

„Das sind Dämonen", sagt der Mann mit dem irren Blick und zeigt auf uns.

„Wir haben doch darüber gesprochen. Es gibt keine Dämonen", antwortet der Türsteher. „Außerdem sind sie nicht deinetwegen hier." Er wendet sich an uns. „Oder?"

Ich schüttele den Kopf. „Nein."

„Trau ihnen nicht", sagt Bill und zittert plötzlich wie Espenlaub.

„Bill, wenn du dich jetzt nicht beruhigst, werden wir so einen Vorfall wie an Weihnachten haben. Das willst du doch nicht, oder?", sagt der Mann.

Bills Blick huscht zum ersten Mal zu dem Mann und unterbricht den Blickkontakt mit mir. Plötzlich sieht er noch ängstlicher aus. „Nein, das will ich nicht."

„Gut. Und nun setz dich. Diese Leute sind nicht deinetwegen hier, okay?"

Bill lässt sich langsam auf seinen Platz zurücksinken und beobachtet den Türsteher. „Das sind Geister", sagt er. Ein Schauer läuft mir über den Rücken. Ich weiß nicht, ob es an der Art liegt, wie er das sagt, oder an dem Mann, den wir jagen. Wie auch immer, es gefällt mir nicht.

Der Mann nickt. „Natürlich. Jetzt isst du einfach und beachtest sie nicht mehr, hörst du?"

„Jawohl. Danke, Reverend."

Ich muss meine Überraschung unterdrücken und schaue zu Liam, der breit grinst, als hätte er es gewusst.

Sobald Bill sich mehr für seine Mahlzeit als für alles andere zu interessieren scheint, geht der Reverend von ihm weg und alle anderen kehren zu dem zurück, was sie gerade getan haben. Ich erhasche aber immer noch ein paar verstohlene Blicke in unsere Richtung. Die Leute fragen sich, wegen wem wir hier sind.

Der Mann kommt auf uns zu und reicht uns eine große Hand. „Tut mir leid. Er ist immer ein wenig schreckhaft. Reverend Michaels."

„Agent Emily Slate, FBI", sage ich und nehme die Hand.

Er schüttelt sie kräftig und wendet sich dann an Liam. „Sag mir nicht, dass sie dich auch zum FBI geholt haben? Ein Mann mit deinem Temperament? Das würde ich niemals glauben."

Liam lächelt, streckt die Hand aus und zieht Reverend Michaels in eine Umarmung. „Caleb, wie geht es dir?"

„Besser, jetzt, wo ich nicht mehr mit dir spielen muss", antwortet der Mann lachend.

„Habe ich irgendetwas verpasst?", frage ich.

„Liam und ich haben früher in derselben Fußballmannschaft gespielt", erklärt der Reverend. „Bis er wegen schwerem Fehlverhalten auf dem Spielfeld rausgeschmissen wurde."

Ich drehe mich mit einem amüsierten Gesichtsausdruck zu Liam um.

„Ich habe nichts getan“; sagt er. „Ich habe nur ein paar Stühle umgestoßen.“

Der Reverend wirft ihm einen mitleidigen Blick zu. „Und er hat einen Wasserkühler umgetreten und einen der Torpfosten zerstört, als er davongestapft ist. Dieser Junge verliert nicht gern.“

„Ist das so?“, sage ich und starre Liam an. „Und mich nennst du verbissen?“

Er wird tatsächlich etwas rot. „Das ist nicht dasselbe, es war nur ein Spiel.“

Ich drehe mich wieder zu Reverend Michaels um und bin gespannt auf den Rest der Geschichte. „Er darf also nie wieder spielen?“

„Nie wieder würde ich nicht sagen, aber die nächsten Jahre bestimmt nicht. Man muss den Menschen Zeit geben, um ihr Trauma zu verarbeiten.“

„Ha, ha“, sagt Liam, sichtlich verlegen. Ich mag diese Seite an ihm, so habe ich ihn noch nie gesehen.

„Spaß beiseite, er ist wirklich in Ordnung.“ Michaels zwinkert mir zu. „Aber ich würde ihn im Auge behalten. Also, was kann ich an diesem schönen Morgen für euch beide tun?“

„Wir suchen jemanden“, sagt Liam, wobei seine Stimme erleichtert klingt. Ich weiß, dass er froh ist, von seinem eigenen *Vorfall* abzulenken, aber ich werde der Sache definitiv später noch nachgehen.

„So viel habe ich auch schon mitbekommen“, sagt Michaels. „Ich bezweifle, dass ihr wegen des Essens hier seid. Obwohl ihr etwas verpassen würdet. Heute Morgen gibt es Buchweizenwaffeln. Ich kann euch beiden einen Teller bringen, wenn ihr wollt.“

„Nein, danke“, sage ich, obwohl es sehr lecker klingt. Ich glaube, diese Stadt verändert mich allmählich. Vielleicht bin ich ja doch ein Frühstücksmensch. „Wir suchen nach Jo-Ann Langley. Kennen Sie sie?"

„Natürlich. Jody gehört zu unseren Stammgästen."

„Jody?", frage ich.

Er lächelt. „Ihr richtiger Name ist Jody Taylor. Sie nennt sich aber gern Jo-Ann, weil sie denkt, dass sie dann königlicher klingt."

„Ist sie heute hier?", frage ich.

„Ich fürchte nicht. Ich habe sie seit ein paar Tagen nicht mehr gesehen. Mal sehen … heute ist Samstag, normalerweise taucht sie sonntags oder montags auf, wenn sie von welchem Trip auch immer wieder runterkommt. Dann bleibt sie ein paar Tage, bevor sie bis zur nächsten Woche wieder verschwindet."

„Haben Sie jemals versucht, sie zu einem Entzug zu überreden?"

„Einmal. Aber ich habe schon vor langer Zeit gelernt, dass man Menschen nicht helfen kann, die sich nicht selbst helfen wollen. Also sorgen wir meistens einfach dafür, dass sie gutes Essen und ein warmes Bett haben, wenn sie es brauchen. Keine Forderungen, keine Urteile."

„Wow", sage ich überrascht. „Das ist ziemlich fortschrittlich für die Presbyterianische Kirche."

„Es ist nicht unsere Aufgabe, zu urteilen", sagt Michaels. „Das überlassen wir dem großen Mann da oben. Ich rufe euch aber gern an, wenn sie auftaucht. Sie steckt doch nicht in Schwierigkeiten, oder?"

„Nein, nichts dergleichen", beteuert Liam. „Aber sie könnte etwas gesehen haben. Wir müssen sie nur danach fragen."

Michaels' Gesicht wird grimmig. „Wenn ihr hofft, sie als Zeugin zu benutzen, wird sie keine große Hilfe sein, fürchte ich. Die Hälfte der Zeit weiß sie nicht einmal, welches Jahr wir haben, geschweige denn, was sie letzte Woche gemacht hat.

Sie ist die Art von Mensch, die mehr im Moment lebt, falls das einen Sinn ergibt."

„Verdammt", sage ich, dann merke ich, wo ich bin, und schaue Reverend Michaels verlegen an. „Sorry. Macht der Gewohnheit."

„Ist schon in Ordnung. Sind Sie sicher, dass ich Ihnen kein Frühstück anbieten kann?"

„Danke, aber wir müssen los", sage ich.

„Danke, Caleb", sagt Liam und klopft ihm im Vorbeigehen auf die Schulter. „Sag uns Bescheid, ja?"

„Aber sicher doch. Habt einen schönen Tag."

Wir gehen zurück in den Sonnenschein. Trotz der Helligkeit ist es hier draußen immer noch eiskalt. Ich steige in Liams Auto und reibe die Hände aneinander. „Fußballwutanfall, was?"

Er starrt mich an. „Fang bitte nicht damit an. Ich versuche seit neun Monaten, das zu verkraften."

„Ich hätte nicht gedacht, dass du ein Fußballfan bist", sage ich, als er den Wagen startet.

„Wenn man als Kind nichts anderes im Fernsehen sieht als das, weil der Vater davon besessen ist, prägt einen das irgendwie." Er schüttelt den Kopf. „Selbst wenn wir Jo-Ann – Jody – finden, bekommen wir von ihr keine verlässliche Personenbeschreibung. Kein Staatsanwalt der Welt würde sie als Zeugin zulassen."

Ich bewege mich in meinem Sitz hin und her, als die Heizung anspringt. „Vielleicht nicht. Aber ich möchte trotzdem mit ihr reden. Ich möchte wissen, was sie gesehen hat."

Jody ist reine Spekulation, das ist offensichtlich. Aber wir dürfen in diesem Fall nichts unversucht lassen. Irgendetwas muss es doch geben … irgendwo. Schließlich hat jeder Mensch nur eine begrenzte Kontrolle. Es ist mir egal, wie viel Zeit, Erfahrung oder Glück man hat, um etwas zu tun, irgendwann ist es damit vorbei. Irgendwann laufen die Dinge nicht mehr so, wie sie sollen. Es muss irgendetwas geben, das uns einen Hinweis auf die Identität dieses Mannes geben kann.

„Also, wohin jetzt?“, fragt Liam.

„Zur Maklerin. Das ist unsere einzige gute Spur zu Patrick. Vielleicht kann sie uns helfen, herauszufinden, wer er wirklich ist. Dann möchte ich noch einmal mit dem Ehemann sprechen.“

Liam dreht sich wieder zu mir um. „Hast du nicht gesagt, wir brauchen eine andere Quelle – jemanden, der weiß, dass es in seiner Ehe nicht mehr gut lief?“

„Die haben wir schon. Fuller. Er sagte, dass im Büro Gerüchte darüber kursierten. Erinnerst du dich? Das war seine Entschuldigung für sein … Verhalten.“

„Gerüchte, die von Sarah Ellis in die Welt gesetzt worden sein könnten.“

Damit hat er nicht unrecht. „Trotzdem. Ich möchte noch einmal mit Gerald Wright sprechen. Ich muss mir sicher sein, dass ich nichts übersehe.“

„Also gut. Erst die Immobilienmaklerin. Dann der Ehemann.“

Kapitel Zweiundzwanzig

„Das soll wohl ein Witz sein“, sage ich und starre auf die Verkaufsunterlagen vor mir.

„Nein, das kommt tatsächlich immer häufiger vor“, sagt die Maklerin mit leichter, unbekümmerter Stimme. Ihr blonder Bob wippt bei ihren Worten mit. Sie hat sich uns als Marcia vorgestellt und obwohl sie wahrscheinlich fünfzehn Jahre älter ist als ich, ist sie immer noch so fröhlich und quirlig, wie man es von einer Flugbegleiterin erwarten würde. Ich kann mir nicht einmal vorstellen, wie abgestumpft und zynisch ich in diesem Alter sein werde.

„Er hat Sie also online kontaktiert, Sie haben ihm Bilder des Hauses geschickt und er hat es am Telefon gekauft“, sagt Liam.

„Nun, etwas komplizierter als das war es schon“, antwortet sie, nimmt das Dokument über den Verkauf der Immobilie wieder an sich und legt es in einen Ordner. „Aber grundsätzlich war das der Ablauf, ja.“

„Sie haben ihn nie persönlich getroffen?“, hake ich nach. „Auch nicht, als er die Immobilie wieder verkauft hat?“

„Nicht ein einziges Mal. Als er mich kontaktierte und mir mitteilte, dass er das Haus verkaufen wolle, ging ich davon aus, dass er es renoviert hat und teurer weiterverkaufen wollte, weil er es erst seit einem Jahr besaß. Aber als ich mit der Bauaufsicht zur Besichtigung kam, sah es noch genauso aus wie an dem Tag, an dem ich es ihm verkauft hatte. Vielleicht ein bisschen sauberer, aber ansonsten ganz genauso."

„Waren Sie jemals dort, nachdem Sie es ihm verkauft hatten? Um nachzusehen, wie es ihm gefällt?", will ich wissen.

Sie nickt. „Ich habe es ein paar Mal versucht. Ich vergewissere mich gern, dass meine Kunden mit ihrem Kauf zufrieden sind. Aber ich konnte ihn nie zu Hause antreffen. Also rief ich ihn schließlich an und er meinte, dass alles in Ordnung sei."

„Dann haben Sie ihn also nie im Haus gesehen. Hat er jemals etwas dorthin gebracht?", frage ich.

„Nun, davon gehe ich aus. Aber ich kann es nicht mit Sicherheit sagen. Ich habe nicht durch die Fenster geschaut, falls Sie das meinen." Sie lacht nervös, als würde ihr nicht gefallen, was wir andeuten.

Ich wende mich frustriert ab und denke nach.

„Ich verstehe das nicht", meint Liam. „Wie können Sie jemandem den Kauf eines Hauses genehmigen, der keinen Lichtbildausweis hat? Ohne ihn persönlich zu treffen?"

„Das Ehepaar, das vor Mr Wood in diesem Haus lebte, war im Rentenalter, die Kinder waren längst ausgezogen und sie wollten es unbedingt verkaufen, warteten aber schon ein paar Jahre auf einen Käufer. Sie hatten sich bereits eine nette Senioreneinrichtung ausgesucht, konnten aber ohne das Geld aus dem Verkauf nicht umziehen. Und Mr Wood brauchte keinen Kredit zu beantragen, er hat bar bezahlt."

Ich drehe mich wieder zu ihr um. „Er hat *bar* bezahlt? Für ein *Haus*?" Ich schaue Liam an und weiß, dass er an dasselbe denkt wie ich: der Schmuck. Nicht nachverfolgbar.

Sie nickt. „Das ist das erste und einzige Mal, dass mir das passiert ist. Aber ich kenne andere Makler, die das schon erlebt haben. Ich habe am Tag des Verkaufs eine Überweisung von der Bank erhalten und alles lief problemlos ab. Er hat alle erforderlichen Formulare notariell beglaubigt eingeschickt."

„Kann ich diese Formulare sehen?", frage ich.

„Brauchen Sie dafür nicht einen Durchsuchungsbeschluss?"

Ich schenke ihr das höflichste Lächeln, das ich aufbringen kann. „Marcia, ich tue alles, was in meiner Macht steht, um diesen Mann zu finden, weil er als möglicher Verdächtiger in einem Mordfall gesucht wird. Einen Beschluss zu erwirken, wird einige Zeit in Anspruch nehmen, was bedeutet, dass er viel länger frei herumläuft. Ganz zu schweigen davon, dass ich den Namen der Agentur und der Maklerin, die das Haus verkauft hat, zusammen mit allen relevanten Informationen offenlegen muss. Es bedeutet dagegen viel weniger Papierkram, wenn wir nur einen kurzen Blick auf die Formulare werfen können." Ich kann die Erschöpfung in meiner eigenen Stimme hören. Ein Teil von mir hat das erwartet, sogar vorausgesehen. Natürlich würde er nicht persönlich ein Haus kaufen, nicht wenn er versucht, seine Identität zu verbergen. Er hätte alles getan, um anonym zu bleiben.

Sie starrt mich an und ich kann sehen, wie sich die Rädchen in ihrem Kopf drehen. Wie wird es aussehen, wenn ihr Name im Rahmen einer Mordermittlung erwähnt wird? Wird jemals wieder jemand ein Haus von ihr kaufen? Mein Vorgehen war vielleicht etwas plump, aber in Situationen wie dieser halte ich es für gerechtfertigt. Außerdem verliere ich langsam die Geduld.

Schließlich wendet sich Marcia ihrem Computer zu, drückt auf ein paar Tasten und dreht den Bildschirm, damit wir ihn sehen können. „Hier ist der Kaufvertrag. Seine Unterschrift steht auf den beiden letzten Seiten."

Ich scrolle das Dokument bis zum Ende durch. Und als ich die letzte Seite sehe, setzt mein Herz einen Schlag aus. „Liam."

Er starrt auf den Bildschirm. „Wow."

„Können Sie das bitte für mich ausdrucken?", frage ich. „Nur die letzten beiden Seiten."

Marcia schnaubt leise, tippt dann aber auf ein paar weitere Tasten. Ein Drucker auf der anderen Seite des Raumes erwacht zum Leben und spuckt zwei Seiten aus, die ich entnehme.

„Danke", sage ich. „Ist das Haus momentan bewohnt?"

„Ja, ein junges Ehepaar ist vor etwa eineinhalb Monaten eingezogen. Mit zwei kleinen Kindern."

Damit ist jede Chance auf forensische Beweise dahin, denke ich. Wie im Hotelzimmer. Hätten wir Victoria gleich nach ihrem Tod gefunden, wären all diese Orte noch unberührt gewesen; es hätte vielleicht noch verwertbare Beweise gegeben. Aber es ist schon zu lange her.

„Vielen Dank noch mal", sage ich und halte die beiden Seiten hoch.

„Mm-hm", sagt sie und greift nach ihrer Aktentasche. „Wenn Sie nichts dagegen haben, ich habe heute noch drei Besichtigungen und bin schon spät dran."

„Natürlich", sage ich. „Vielen Dank für Ihre Zeit."

Sie begleitet uns nach draußen und schließt die Tür zum Maklerbüro hinter sich ab, bevor sie im Hinterzimmer verschwindet. Liam und ich machen uns auf den Weg zurück zum Auto.

„Warum beglaubigt Victoria Wright Kaufunterlagen für Patrick Wood?", fragt Liam.

„Ich weiß es nicht", sage ich und gehe die Seiten noch einmal durch. Aber da ist sie, schwarz auf weiß: Victorias Unterschrift zusammen mit dem Stempel ihrer Notarberufung, die erst Ende des Jahres abläuft. „Könnte es sein, dass sie sich so kennengelernt haben?"

„Wenn ja, ist sie die einzige Person, die ihn von Angesicht zu Angesicht gesehen hat", antwortet er.

„Aber wie hatte Patrick sie überhaupt kennenlernen

können? Normalerweise geht man zu einer Bank, um einen Notar zu finden, nicht zu einer Anwaltskanzlei."

„Vielleicht hat sie das nebenbei gemacht", schlägt Liam vor. „Wie diese mobilen Tierpfleger. Nur dass sie nicht zu einem nach Hause ging, um den Hund zu baden, sondern um eine Unterschrift zu leisten."

Ich denke darüber nach, während wir ins Auto steigen. Das ist eine gute Theorie und sie passt zu der Annahme, dass Victoria ihren Mörder kannte. Diese Unterschrift ist mehr oder weniger der Beweis. „Dieser Vertrag liefert uns noch etwas", sage ich schließlich. „Eine echte Unterschrift von Wood. Jetzt brauchen wir Kopien der Unterschriften von Fuller, Wright und allen anderen, die als Verdächtige infrage kommen. Ich schicke sie nach Quantico ins forensische Labor, wo sie verglichen werden können."

„Glaubst du wirklich, er wäre so dumm gewesen, nicht auf seine Unterschrift zu achten?", fragt Liam. „Er ist doch sonst immer so vorsichtig."

„Vielleicht nicht, aber irgendwann macht jeder einen Fehler. Fullers Unterschrift bekommen wir aus seiner Anklageschrift und ich bin mir sicher, dass es im Internet öffentliche Dokumente gibt, die uns die von Wright liefern."

„Warum sollte man ein Haus kaufen, wenn man es nicht nutzen will?", fragt er.

„Um den Eindruck zu hinterlassen, dass man hier war", antworte ich. „Unser Mann versucht, Patrick Wood als reale Person zu etablieren. Oder den Anschein zu erwecken, dass er existiert. Ich bezweifle, dass er auch nur eine Nacht in diesem Haus verbracht hat."

„Warum hat er sie dann nicht dort getötet? Warum das Motel?"

Ich schüttle den Kopf, weil ich mir darauf auch keinen Reim machen kann. Vielleicht weil man ihm dann zu leicht auf die Schliche gekommen wäre? Ich weiß es nicht. Das Haus wurde bereits vor Victorias Verschwinden verkauft, sodass der Mord dort nicht stattgefunden haben kann. Und obwohl wir keine forensischen Beweise im Motel finden können, glaube ich immer noch, dass sie dort ihren letzten Atemzug getan hat.

Während ich mir den Kopf zerbreche, höre ich das Vibrieren von Liams Handy in seiner Tasche. Mein erster Gedanke ist, dass Burke ihn zum Revier zurückruft, weil er uns auf die Schliche gekommen ist. Doch als er auf das Display schaut, zeigt er mir den Daumen hoch.

„Caleb? Ja. Wir sind gleich da."

Kapitel Dreiundzwanzig

„Und Sie sind sich absolut sicher?“, frage ich Reverend Michaels vor der presbyterianischen Unterkunft.

Er nickt. „Ich habe mich umgehört, nachdem ihr gegangen seid. Zwei Ladys haben sie gestern Abend im Freemont gesehen. Soweit sie wissen, ist sie noch dort.“

Ich drehe mich fragend zu Liam um. „Das Freemont ist eines der so genannten Drogenhäuser im heruntergekommenen Teil der Stadt“, erklärt er mir. „Dort gibt es viele leer stehende Gebäude, in denen man sich leicht verstecken kann.“ Er wendet sich wieder an Caleb. „Haben sie sonst noch etwas gesagt? Über ihren Zustand vielleicht?“

Er schüttelt den Kopf. „Nein, aber du weißt ja, wie das ist. Wenn ihr sie findet, sagt ihr, dass hier ein warmes Bett und eine Mahlzeit auf sie warten, wenn sie möchte.“

Liam nickt. „Danke, Caleb, ich schulde dir was.“

„Nichts, für das sich etwas zu schulden lohnt“, widerspricht er lächelnd. „Solange du dich von meinen Torpfosten fernhältst.“

„Das kann ich dir nicht versprechen!“, ruft Liam zurück, als wir wieder ins Auto steigen.

Fünf Minuten später erreichen wir einen Teil von Stillwater, den ich noch nie gesehen habe. Das Viertel ist weder wirklich städtisch noch ländlich, sondern liegt irgendwo dazwischen – ein älterer Stadtteil, der in den Fünfziger- oder Sechzigerjahren wohl aufgeblüht war, jetzt aber verlassen ist.

„Wie schön“, sage ich.

„Hier verbringe ich letztendlich die meiste Zeit“, sagt Liam, während wir die Straßen abfahren. „Die meisten von uns tun das.“

„Drogen“, sage ich, ohne dass ich fragen muss. Sie sind in Stillwater genauso eine Epidemie wie anderswo.

„Hier draußen kann es ziemlich schlimm werden“, antwortet er. „Arbeiter verletzen sich bei der Arbeit und werden süchtig, oder Kinder, die nicht genug zu tun haben, geraten in etwas, aus dem sie nicht mehr herauskommen. Der Bürgermeister hat versucht, sie mit mehr Polizei, mehr Patrouillen und mehr Verhaftungen einzudämmen, aber nichts davon hat etwas gebracht.“

„Das tut es nie.“

„Die wahren Helden sind Leute wie Caleb. Er und seinesgleichen sind das Einzige, was viele dieser Menschen am Leben hält und sie davor bewahrt, noch tiefer abzurutschen. Burke würde sie alle am liebsten loswerden.“

Dieses Gefühl ist mir sehr vertraut. Da ich Mitte der Neunzigerjahre aufgewachsen bin und den ‚Krieg gegen die Drogen‘ miterlebt habe, konnte ich sehen, was eine schwerfällige, militärische Reaktion in einem Land anrichtet, das soziale Hilfe braucht. Das hat zu Orten wie diesem geführt, zu abgegrenzten Stadtvierteln, die als Zufluchtsorte für diejenigen dienen, die sonst nirgendwohin können.

„Nehmt ihr hier viele Leute fest?“

„Ich versuche, das nach Möglichkeit zu vermeiden. Wenn sie nicht gewalttätig sind, bringe ich sie manchmal zu Caleb oder einer anderen Unterkunft. Manchmal wollen sie nicht gehen. Ich glaube, weil sie sich schämen.“

Ich nicke. Ich hatte noch nie ein Problem mit Drogenmissbrauch, also muss ich annehmen, dass es vermutlich dreimal schlimmer ist, als ich es mir vorstelle. Diese Menschen haben es sehr schwer und kämpfen gegen die Biochemie. Dieser Kampf lässt sich nicht mit Abschreckung und Verhaftungen gewinnen.

„Okay", sagt Liam und hält den Wagen vor einem verlassenen Haus an. Es ist von einem Maschendrahtzaun umgeben, der aber an so vielen Stellen verbogen und verzogen ist, dass er eigentlich nur noch als Rasendekoration taugt. Ich schaue auf das Straßenschild: Freemont and Haven.

„Das örtliche Gemeindezentrum?", frage ich.

„Sofern man das hier so nennen kann. Wenn wir Glück haben, ist sie drinnen."

Sobald wir aus dem Auto ausgestiegen sind, folge ich ihm durch den Vorgarten, obwohl es relativ einfach ist, den Zaun zu umgehen, sobald man den Weg sieht. Wir ducken uns unter einem gebogenen Teil hindurch und machen uns auf den Weg zur Veranda, deren Holz durch Alter und Fäulnis brüchig geworden ist. Liam geht zu einem ehemaligen Erkerfenster und schaut hinein. Er zögert, dann gibt er mir ein Zeichen, ihm zu folgen, während er an der Seite der Veranda hinaufgeht, an der sie noch nicht ganz zerfallen ist. Die Tür zum Haus steht einen Spalt breit offen und er tritt langsam ein.

Ich folge ihm, mein Adrenalinspiegel steigt. Ich würde am liebsten meine Waffe ziehen, aber ich weiß, dass das an einem Ort wie diesem nur zu einem Chaos führen würde. Also muss ich einen kühlen Kopf bewahren. Liam führt mich durch den vorderen Eingangsbereich. Auf der linken Seite befindet sich ein großer Raum, in dem vier oder fünf Personen auf schmutzigen Decken und Kissen liegen. Sie schlafen oder sind high, ihre Augen sind leer.

„Jody?", frage ich, aber keine der Frauen sieht auf. „Jo-Ann?" Immer noch nichts.

Liam ist bereits weiter unten am Flur angekommen und

bewegt sich langsam und ruhig. Er schaut in einem anderen Zimmer nach, bevor er sich wieder zu mir umdreht und den Kopf schüttelt. Wir müssen also nach oben gehen.

Die Treppe selbst sieht aus, als könnte sie jeden Moment einstürzen, also halte ich Liam zurück und gehe selbst ganz vorsichtig die Stufen hinauf. Er wiegt wahrscheinlich fünfzig Pfund oder mehr als ich und ich will nicht, dass sie unter ihm zusammenbricht.

Als ich oben ankomme, signalisiere ich ihm, dass er unten bleiben soll. Er nickt und geht weiter, um die anderen Räume zu überprüfen. Ich stelle fest, dass es hier oben ein wenig wärmer ist als unten. Es gibt drei Schlafzimmer, in denen verschiedene Gruppen liegen. Im ersten liegen mehrere Männer. Ich bemerke die weggeworfenen Nadeln in einer kleinen Schale neben der schmutzigen Matratze. Eine von ihnen rollt langsam über den Boden.

Der nächste Raum ist bis auf eine ältere Frau leer. Sie sieht aus, als sei sie Mitte fünfzig, ist aber wahrscheinlich erst Ende dreißig. „Jo-Ann?“, frage ich. Die Frau hebt den Blick zu mir und ich sehe, dass ihre Augen grün sind, aber dann lässt sie den Kopf wieder fallen. Sie könnte es sein.

Im letzten Schlafzimmer treffe ich auf zwei jüngere Pärchen. Keiner von ihnen ist wahrscheinlich älter als ich und sie tun mir so unendlich leid. Sie sind viel zu jung, um …

„Jo-Ann?“, frage ich wieder.

Ein Mädchen mit blonden Haaren hebt den Kopf, die Augen sind glasig. Es sieht aus, als hätte es gerade erst die Highschool verlassen, obwohl ich im schummrigen Licht rosa und lila Strähnen in seinem Haar erkennen kann. „Was?“

„Sind Sie Jo-Ann Langley?“

„Wer will das wissen?“, fragt einer der Jungen und setzt sich ebenfalls auf. Er hat Tätowierungen auf den Wangen und am Kinn, sein Haar ist dunkler als meines. Aber ich kann bereits das Misstrauen in seinen Augen sehen. Er trägt nur eine Lederjacke über seinem nackten Oberkörper und ist spindeldürr. Er wiegt wahrscheinlich weniger als ich.

„Ich muss ihr nur ein paar Fragen stellen“, sage ich.

„Bullen!“, schreit der Junge und plötzlich ist es, als hätte jemand einen Schalter umgelegt. Ich sehe den gleichen Blick wie bei dem alten Mann in Calebs Unterkunft heute Morgen, diese misstrauischen Augen, die nach einem Grund zum Kämpfen suchen. „Bullen!“, schreit er erneut und das ganze Haus beginnt zu beben. Ich schaue zum Flur und sehe, wie die Männer aus dem anderen Schlafzimmer so schnell wie möglich die durchhängenden Treppenstufen hinuntereilen, jeder mit den wenigen Habseligkeiten in der Hand, die er tragen kann.

„Beruhigen Sie sich“, sage ich und strecke die Hände aus. Alle vier sind inzwischen aufgestanden, wobei Jo-Ann – Jody – sich in die Ecke zurückgezogen hat. Der andere Junge ist größer als der erste und sieht so aus, als wüsste er, was zu tun ist. Das andere Mädchen, das bei ihnen war, hat einen bösen Gesichtsausdruck und ich sehe ein Messer in seiner Hand.

„Gib mir das“, sagt der dünne Junge und entreißt ihm das Messer. Das Mädchen scheint nicht beunruhigt zu sein, als er es auf mich richtet.

Scheiße. Ich ziehe meine Waffe, halte sie aber auf den Boden gerichtet. „Hören Sie, ich bin nicht Ihretwegen hier“, sage ich. „Es ist mir egal, was Sie hier machen. Ich muss Jody nur ein paar Fragen stellen, dann bin ich schon wieder weg. Als wäre ich nie hier gewesen.“ Unten höre ich Getrampel und Geschrei, während die Leute versuchen, aus dem Haus zu kommen. Ich hoffe, Liam kommt allein zurecht.

„Nein“, sagt der Junge und zeigt seine faulenden Zähne. „Bullen lügen immer.“ Er hält das Messer seitlich vor sich, als wolle er auf mich einstechen. Vermutlich sollte ich dankbar sein, dass er keine Schusswaffe hat.

„Sie wird dir die Eier abschießen, Nathan!“, schreit der andere Junge mit hoher Stimme. Das ist alles, was der dünne

Junge braucht, um den Mut zu finden. Er gerät völlig aus dem Gleichgewicht, als er versucht, mit dem Messer auf mich zuzustürmen, und fällt hin, bevor er zwei Schritte machen kann. Das Messer rutscht über den Holzboden. Ich stecke meine Waffe wieder ein und drücke das Knie in seinen Rücken, um ihn unten zu halten. Die Drogen haben ihn total geschwächt und er hat die Kraft eines Kätzchens, aber das hindert ihn nicht daran, zu fluchen, während er versucht, sich aus meinem Griff zu befreien. Aber ich lasse die anderen drei nicht aus den Augen.

„Und jetzt muss ich mit Jody sprechen“, sage ich und drücke Nathan mit dem Knie auf den Boden.

Der andere Junge starrt mich einen Moment lang ungläubig an, bevor er auf mich zukommt. Innerlich seufze ich. So habe ich mir das nicht vorgestellt. Ich bin gezwungen, von Nathan abzusteigen und die Hände zu heben, als er mit einer Reihe von Schlägen auf mich losgeht, wobei sein Timing und seine Angriffe unkoordiniert und durch das Heroin verlangsamt sind. Es gelingt mir, ihn aus dem Gleichgewicht zu bringen und ihm das Bein wegzuziehen, sodass er rücklings zu Boden geht. Er schlägt mit dem Hinterkopf auf, rollt sich zur Seite und kotzt den Flur voll.

Ich sehe aus den Augenwinkeln eine Faust auf mich zukommen und kann schnell genug ausweichen. Ich packe Nathans Arm und drehe ihn auf den Rücken. Als ich etwas Druck ausübe, geht er in die Knie und schreit auf. Ich ziehe einen Kabelbinder aus meinem Mantel und lege ihn um sein Handgelenk, bevor ich seinen anderen Arm herunterreiße und die Plastikfessel zuziehe. Dann schiebe ich ihn zu seinem Freund hinüber, damit ich beide gut im Auge behalten kann.

„War‘s das oder gibt es noch mehr Ärger?“, frage ich die beiden Mädchen. Das böser aussehende starrt mich an und stürmt dann an mir vorbei den Flur hinunter. Ich lausche auf ihre Schritte auf der Treppe, bis ich sie nicht mehr höre.

Dann schaue ich zu dem verängstigten, zitternden

Mädchen vor mir und knie mich hin. „Wie alt bist du?“; frage ich.

„Zweiundzwanzig.“ Die Drogen lassen es bereits vorzeitig altern.

„Also vier Jahre aus der Highschool“, sage ich.

Sie schaut sich um, vielleicht in der Hoffnung, dass von irgendwoher noch Hilfe kommt, aber wir sind ganz allein. „Ich gehe nicht ins Gefängnis.“

Ich schüttele den Kopf. „Nein, das wirst du nicht. Das würde niemandem helfen, oder?“ Ich untersuche sie auf offensichtliche Wunden, aber sie scheint mir relativ gesund zu sein. „Wie lange schon?“

Sie zuckt mit den Schultern. Ich nehme an, das bedeutet zumindest schon eine Weile.

„Ich habe gehört, dass du manchmal gern im Motel Five übernachtest“, sage ich.

„Nein, tue ich nicht.“

„Dein Name steht im Buch.“

„Na und? Jemand könnte ihn gefälscht haben.“

„Jemand hat deinen angeblichen Namen gefälscht?“

„Das ist kein angeblicher Name!“, schreit sie, womit sie mich erschreckt. Sie braucht einen Moment, um sich wieder unter Kontrolle zu bringen. „Das war der Name, den mein Vater mir gegeben hat, bevor er weggegangen ist.“

Ich lächle. „Ich hatte auch einen Geheimcode mit meinem Dad. Wir benutzten ihn, wenn wir nicht wollten, dass meine Mom weiß, worüber wir sprachen. Wenn wir Überraschungen für sie geplant haben oder einfach nur reden wollten.“

„Echt? Wir haben meinen benutzt, damit meine Mutter nicht in die Luft geht und mit Flaschen nach uns wirft.“ Ich kann die Energie sehen, die sie durchströmt. Das Adrenalin verbrennt ihren Rausch, was mir zu Gute kommt.

„Klingt, als hättest du es ziemlich schwer gehabt.“

Sie verschränkt die Arme und starrt mich an. Sie antwortet nicht, aber sie zittert nicht mehr.

„Ich weiß, dass du regelmäßig ins Motel Five gehst“, sage ich. „Einmal alle … fünf Monate oder so?“

Sie wendet den Blick ab und schaut aus dem schmutzigen Fenster zur Sonne, die sich bereits auf den Weg zum Horizont gemacht hat. „Was hat es mit diesem Rhythmus auf sich?“

„Das ist, wenn mein Freund in die Stadt kommt. Er ist Lkw-Fahrer und nimmt sich alle paar Monate eine Nacht frei, wenn er in der Nähe ist. Er wird mich bald aus diesem Drecksloch rausholen.“

„Ich dachte, ich wäre dein Freund“, ruft Nathan vom Flur aus. Es ist ein klägliches Geräusch.

Ich nicke. „Klingt nach einem Plan. Das letzte Mal warst du im Januar da, richtig?“

Sie zuckt wieder mit den Schultern.

„Erinnerst du dich, ob jemand im Zimmer neben eurem gewohnt hat?“

„Keine Ahnung, vielleicht.“

„Das ist sehr wichtig, Jo-Ann.“ Meine Beine brennen, weil ich so lange hocke, aber ich werde mich jetzt nicht bewegen und sie verschrecken. „Ich muss wissen, ob jemand im Zimmer neben euch gewohnt hat.“

„Ja, okay?“, schreit sie. „Hat mich genervt. Sonst ist da nie jemand. Normalerweise haben wir den ganzen Laden für uns.“

„Aber nicht in dieser Nacht. Hast du den Gast jemals gesehen? Hast du gesehen, ob jemand mit dem Auto gekommen ist?“

Sie zuckt mit den Schultern. „Irgendein schickes Auto, ich weiß nicht. Ich kenne mich mit Autos nicht aus.“

Mein Puls beschleunigt sich. „Ein schickes Auto.“ Ich ziehe mein Handy heraus und rufe ein Bild von Fullers BMW auf, oder zumindest von einem ziemlich ähnlichen Modell. „Wie dieses hier?“

„Vielleicht.“

Ich rufe ein weiteres Bild auf, diesmal von einem Mercedes, wie ihn Wright fährt. „Oder dieses?"

Sie blinzelt. „Keine Ahnung. Für mich sehen beide gleich aus. Könnte einer von ihnen gewesen sein."

„Aber du hast niemanden aus dem Zimmer kommen sehen?"

Sie schüttelt den Kopf. „Wir waren nicht so lange dort, klar?"

„Hast du durch die Wände etwas gehört? Wie jemand gesprochen hat oder so? Weißt du, ob mehr als eine Person in dem Raum war?"

Sie zuckt wieder mit den Schultern. „Wir haben nicht darauf geachtet. Wir hatten unser eigenes Ding am Laufen, wenn Sie wissen, was ich meine."

Ich seufze schwer. Liam hatte recht, ich werde von diesem Mädchen nichts erfahren. Sie ist im Moment ganz woanders. „Kennst du Caleb aus der Unterkunft? Er sagt, er hat ein warmes Bett und Essen für dich, wenn du vorbeikommen möchtest."

„Ja, vielleicht."

„Das muss doch besser sein als das hier", sage ich und sehe mich um. Hier gibt es weder Heizung noch Strom, nur einen Haufen schmutziger Matratzen, besprühte Wände mit abblätternden Tapeten und einen Haufen offener oder zerbrochener Flaschen, die den fleckigen Boden verschmutzen. Das ist kein Ort, an dem ich jemals aufwachen möchte.

„Echt? Was wissen Sie denn schon?", fragt sie mürrisch.

Nicht viel, denke ich. Ich komme aus einer privilegierten Familie und kann nicht hier sitzen und diesem Mädchen sagen, dass es bessere Möglichkeiten hat; ich war noch nie da, wo es gerade ist. „Du sollst nur wissen, dass es das Angebot gibt. Er hat uns gebeten, es dir persönlich zu sagen."

Sie dreht sich zur Seite und ich stehe wieder auf.

„Em?", ruft Liam von unten.

„Ja", antworte ich und ziehe Nathan am Arm hoch. Er

zuckt wimmernd zusammen. Ich suche nach dem Messer und finde es vor einem der Türrahmen. Ich klappe es zusammen und stecke es in meine Tasche.

„Alles in Ordnung?", fragt er.

Ich ziehe Nathan an mich heran, löse die Kabelbinder und lasse ihn los. Er verharrt einen Moment, bevor er sich umdreht und einen Schritt von mir zurückweicht. „Ja", rufe ich zurück. Dann wende ich mich an Nathan. „Wie gesagt, ich bin nicht deinetwegen hier. Kleiner Tipp: Geh nicht mit einem Messer auf Polizisten los. Das ist eine gute Methode, um erschossen zu werden."

„Es gehört sowieso Skylar", antwortet er unter Tränen. Sein halbherziger Versuch, mich anzugreifen, stellt technisch gesehen einen versuchten Angriff dar, aber bei dem Zustand dieser Typen war ich nie wirklich in Gefahr, und ich bezweifle, dass sie sich überhaupt daran erinnern würden. Sie festzunehmen, wäre eine Verschwendung von Ressourcen und Zeit, da sie in ein paar Tagen wieder hier landen würden und kein bisschen besser dran wären. Ich nicke zu seinem Freund hinunter, der halb bewusstlos am Boden liegt.

„Pass auf deinen Freund auf." Ich werfe ihm einen letzten prüfenden Blick zu, dann gehe ich die knarrenden Stufen zu Liam hinunter. Als er meinen Gesichtsausdruck sieht, weiß er, dass er recht hatte, aber er kann sich nicht darüber freuen.

Wir gehen gemeinsam zurück in die Nachmittagssonne.

Kapitel Vierundzwanzig

Als wir wieder in Liams Auto steigen, muss ich unweigerlich über Jody Taylor nachdenken.

„Hat sie etwas Nützliches gesagt?“, fragt er und lässt den Motor an.

„Nur, dass sie sich an ein schickes Auto an diesem Abend erinnert. Allerdings weiß sie nicht, welches. Den Gast selbst hat sie nie gesehen.“

„Großartig. Es könnte also immer noch jeder gewesen sein.“

„Sie konnte auch nicht bestätigen, ob er allein dort war oder nicht.“ Ich schlage gegen die Mittelkonsole, aber nicht mit sehr viel Kraft. „Ich hatte wirklich gehofft, dass wir mit ihrer Hilfe weiterkommen.“ Ich brauche eine Sekunde, bis ich merke, dass er nichts gesagt hat. Als ich mich zu ihm umdrehe, sehe ich, dass er mich ansieht. Ich spüre wieder dieses vertraute Gefühl, schaue aber nicht weg. „Was?“

„Ich bin mir nicht sicher, ob ich jemals zuvor jemanden wie dich getroffen habe“, sagt er.

Jetzt muss ich doch wegsehen. „Sag das nicht.“

„Ich versuche hier nichts, Emily, das schwöre ich. Ich … wollte nur, dass du es weißt.“

„Ich weiß, dass du das nicht tust, und das macht es fast noch schlimmer, weil ich es nicht einfach so abtun kann. Lass uns einfach …“ Ich schaue auf die Uhr auf seinem Armaturenbrett und stelle fest, dass es bereits dunkel sein wird, wenn wir zu Wrights Haus kommen. „Lass uns einfach etwas essen. Ich habe schon wieder das Mittagessen verpasst.“

„Was ist mit Wright?“

„Morgen. Ich möchte nicht abends dorthin gehen. Ich will ihn ausgeschlafen erleben. Wir fahren gleich morgen früh zu ihm.“

„Morgen ist Sonntag. Was, wenn er in der Kirche ist?“

„Umso besser. Dann sollte er in Geberlaune sein.“

Liam lacht leise. „Du bist der Boss. Irgendeine Idee, wo du essen willst?“

Irgendetwas in meinem Hinterkopf sagt mir, dass ich einfach zurück zum Motel fahren und etwas bestellen sollte. Ich war schon zwei Abende mit diesem Mann allein unterwegs. Ein anderer Teil von mir erinnert mich an das Nonnenkloster, in das ich zurückkehren werde, wenn ich wieder zu Hause bin. Ich bin hin- und hergerissen und weiß nicht, welcher Schritt der richtige ist. Ich möchte Matts Andenken nicht noch mehr entehren, als ich es bereits getan habe, aber gleichzeitig ist da etwas mit Liam. Normalerweise bin ich zu beschäftigt, zu dumm oder zu arrogant, um es zu erkennen, aber dieses Zeichen ist so eindeutig wie nur möglich. Ich bin mir nicht sicher, ob ich das aufgeben möchte; es kommt nicht jeden Tag vor, dass einem so ein Mann begegnet. Mir ist das bisher nur einmal passiert.

„Ich … ähm.“ Ich halte inne und versuche, Zeit zu gewinnen. Aber wofür? Er lacht wieder leise und ich frage entrüstet: „Was?“

„Ich habe dich noch nie so wuschig gesehen. Selbst als du eben mit den Drogensüchtigen zusammen warst, warst du die ganze Zeit cool und gelassen. Ich konnte alles hören, was du zu den Jungs gesagt hast. Aber die Erwähnung eines Abendessens stürzt dich ins Chaos."

„Es geht nicht um das Abendessen", sage ich und versuche, das Thema vorsichtig anzusprechen. „Es geht um das Abendessen mit dir."

„Geht es wieder um Vertrauen?", fragt er. „Weil …"

Ich winke ab. „Nein, das ist es nicht. Ich bin mir ziemlich sicher, dass du mich nicht wieder an Burke verraten wirst. Es ist nur … es ist erst drei Monate her seit …"

„Seit dein Mann gestorben ist."

„Ja. Und ich fühle diese … unerklärliche Anziehung. Es ist fast so, als hätte jemand einen Magneten in meinen Körper gesteckt und es wird immer schwieriger, ihm zu widerstehen. Ergibt das irgendwie Sinn?"

„Ich glaube, ich weiß, was du meinst", sagt er, wobei ich eine subtile Veränderung in seiner Stimme wahrnehme. Ist das Nervosität?

„Wirklich? Mir fällt es nämlich schwer, dieses Gefühl zu verstehen. Ich war immer nur mit Matt zusammen. Wir haben uns auf dem College kennengelernt und waren mal mehr und mal weniger zusammen, aber nie weit voneinander entfernt. Ich kenne die Regeln für so etwas nicht. Ich weiß überhaupt nicht, wie das läuft."

„Ich weiß gar nicht, ob es Regeln gibt", antwortet er. „Du … lässt es einfach geschehen."

Ich seufze erneut. Noch nie in meinem Leben habe ich mich bei einer Sache so unsicher gefühlt. Ich weiß nicht, ob es an dem Fall liegt, an Liam oder an der Tatsache, dass mein Job auf dem Spiel steht, aber im Moment ist das alles ein bisschen zu viel. Ich muss dringend ruhiger werden. „Vielleicht ist es besser, wenn du mich einfach absetzt. Wir können morgen früh weitermachen."

Er zögert einen Moment, bevor er den Gang einlegt. „Alles klar." Ich warte auf die unvermeidliche Gegenreaktion, die Anschuldigungen, die ich schon bei so vielen Fällen häuslicher Gewalt gesehen habe. Wenn Frauen es wagen, ihre eigenen Entscheidungen zu treffen, und deren Ehemänner damit nicht zurechtkommen. Oder wenn Mädchen bei einem Date Nein sagen und der Typ das als Antwort nicht akzeptiert. Nicht dass ich eine solche Reaktion von ihm erwarte. Aber ich erwarte Verärgerung oder Enttäuschung. Doch als ich Liam beim Fahren zuschaue, sehe ich nichts von diesem stillen Urteil in seiner Miene. Er pfeift nicht fröhlich vor sich hin oder so etwas in der Art, aber er strahlt auch keine negativen Schwingungen aus, und ich spüre auch nichts dergleichen von ihm. Ich frage mich, wie es für ihn sein muss, denn er hat ja fast zugegeben, dass er es auch fühlt. Plötzlich wird mir klar, dass ich nicht einmal seinen Beziehungsstatus kenne. „Hast du eine Freundin?", frage ich.

Er zieht eine Augenbraue hoch. „Warum? Suchst du jemanden, der alle meine kleinen schmutzigen Geheimnisse kennt?"

„Nur für den Fall, dass du dich daneben benimmst."

Er schüttelt den Kopf. „Das Problem in einer so kleinen Stadt ist, dass man entweder schon alles über jeden weiß oder mit den Leuten verwandt ist, mit denen man sich treffen will", scherzt er. „Es gibt hier nicht mehr viele alleinstehende Frauen in meinem Alter. Und mit denen, die es sind, möchte ich nicht meine Freizeit verbringen. Also bleibt mir nur das Singleleben."

Ich denke wieder an Jody Taylor. Obwohl sie etwas anderes behauptet, wird sie Stillwater wahrscheinlich nie verlassen. Das passiert auch den Besten von uns. Ein Umzug ist teuer, und wenn man nicht einmal seine Grundbedürfnisse befriedigen kann, zieht man nicht an einen Ort, den man nicht kennt.

Ein Teil von mir schreit, dass ich mir diese Chance nicht durch die Lappen gehen lassen sollte. Aber ich weiß, was passieren wird, wenn wir noch einmal ausgehen. Meine Entschlossenheit würde schwinden und das kann ich mir nicht leisten. Nicht jetzt. Ich kann mir keine Ablenkung leisten, wenn wir so kurz vor einem Durchbruch stehen. Gerald muss einfach der Schlüssel sein, ich weiß es.

„Du hast diesen entschlossenen Blick in deinen Augen. Der Kreuzritter ist zurück“, sagt er.

„Wenn du das sagst.“ Ich versuche, den Ton zwischen uns locker zu halten, aber ich kann das emotionale Gewicht unserer Nähe spüren.

Schließlich hält er vor dem Motel, als die Sonne gerade hinter dem Horizont verschwindet. „Schlaf gut“, sage ich, als ich aussteige. „Ich möchte, dass du morgen fit und ausgeruht bist.“

„Ich bin um elf Uhr zu einem Barbecue eingeladen“, sagt er. „Glaubst du, wir sind schnell damit durch?“

Mein Gesichtsausdruck muss unbezahlbar sein, denn er bricht in Gelächter aus.

„Sehr lustig“, sage ich.

„Ich werde in aller Frühe hier sein, wie immer“, sagt er und winkt mir zu.

Ich winke zurück und sehe zu, wie er wegfährt. Das ist der Grund, warum ich ein solches Problem mit Beziehungen habe. Wie soll ich mich bei diesem Gefühlschaos in mir auf irgendetwas konzentrieren?

Nachdem er außer Sichtweite ist, suche ich den nächsten Imbiss in der Nähe des Motels und gebe die Adresse ein, bevor ich in meinen Mietwagen steige.

Ich möchte vor morgen noch einmal alles durchgehen, was ich über Gerald Wright habe. Ich möchte auf alle Eventualitäten vorbereitet sein, egal wie extrem sie auch sein mögen.

Und dafür brauche ich etwas Hähnchen süßsauer.

Kapitel Fünfundzwanzig

Während wir am Vormittag zu Wrights Haus fahren, denke ich über unseren kleinen Durchbruch von gestern nach. Selbst wenn Wood sich Hilfe gesucht hat, um die wahre Natur seiner Unterschrift zu verschleiern, weiß er nicht, wie gut die Jungs im Labor sind. Sie verbringen Stunden damit, sich mit den kleinsten Details in der Unterschrift einer Person zu beschäftigen. Und es ist ein gutes Gefühl, zu wissen, dass ich recht habe: Niemand ist immer perfekt. Irgendwann macht jeder Fehler, wir müssen ihn nur noch finden.

Aber meine Aufregung darf mein Urteilsvermögen nicht trüben. Ich muss mir Gerald Wright noch einmal ansehen. Ich muss tief in seine Seele schauen und herausfinden, ob ich etwas übersehen habe. Denn ich darf mich in diesem Fall nicht irren. Und ich darf nicht zulassen, dass mir etwas Offensichtliches durch die Lappen geht. Also werde ich alles tun, um sicherzustellen, dass ich die richtige Person verhafte.

Liam hält am Straßenrand an und schaltet den Motor aus. Wir schauen auf ein geschmackvolles, weißes Haus mit schwarzem Dach, das zu den Fensterrahmen und der Tür passt. Es ist schlichter, als ich es von Gerald Wright erwartet hätte, wenn man bedenkt, was er beruflich macht. Ich hatte fast erwartet, dass er in einem riesigen Herrenhaus auf dem Land wohnt. Aber dieses Haus liegt nahe an der Straße, in einem älteren Stadtteil, in dem die meisten anderen Häuser aus einer anderen Zeit stammen. Einige sind wie dieses hier modernisiert worden, aber man kann leicht erkennen, dass dies das teuerste Haus in der Gegend ist.

Als wir aussteigen, bemerke ich Wrights Mercedes in der Einfahrt. Hinter dem Auto führt der Weg zu einer separaten Garage hinter dem Haus. Ich kann nicht umhin, mich zu fragen, ob Victorias Auto darin steht.

Die Vorderseite des Hauses ist von einer wunderschönen Gartenanlage gesäumt, was ich in Stillwater nicht erwartet hätte. Dennoch bin ich nicht überrascht, dass es hier einige äußerst beeindruckende Häuser gibt. Ein großer Teil der Einwohner pendelt nach D.C., um dort zu arbeiten, auch wenn es ein weiter Weg ist. Dafür können sie in großen Häusern mit weitläufigen Grundstücken wohnen anstatt in winzigen Eigentumswohnungen oder Häusern, die dicht an dicht stehen.

„Was ist dein Plan?“, fragt Liam, als wir uns der Tür nähern. Er kam heute Morgen pünktlich und hatte wieder einmal Kaffee dabei, obwohl ich ihn nie darum gebeten hatte. Nach gestern Abend geht es mir besser und heute ist die Anziehungskraft nicht mehr so stark. Ich fühle mich wieder mehr wie ich selbst.

Als wir die Tür erreichen, bemerke ich eine Kamera an der oberen Ecke der Veranda, die auf uns gerichtet ist. Das ist nicht verwunderlich, schließlich sind solche Türklingelkameras immer häufiger anzutreffen.

„Immer stur geradeaus“, sage ich und läute.

Einen Moment später rennt auf der anderen Seite der Tür ein kleiner Junge auf uns zu und grinst uns durch die Glasscheibe an. Er hat aschblondes Haar wie sein Vater und winkt uns kurz zu. Ich winke zurück, obwohl meine Hände feucht geworden sind. Seit meiner Suspendierung war ich kaum noch mit Kindern zusammen und als ich ihn sehe, kehren die Erinnerungen zurück. Und ich dachte schon, ich hätte die emotionalen Stromschnellen hinter mir gelassen.

„Hey, alles okay?“, fragt Liam. „Du siehst ein bisschen blass aus.“

„Alles gut. Bringen wir es einfach hinter uns.“

Schließlich erscheint Gerald Wright am anderen Ende des Flurs und nähert sich mit besorgter Miene. Er schiebt seinen Sohn zur Seite, als er die Tür öffnet, und ich höre das leise Piepsen eines Sicherheitssystems. „Agent. Detective. Gibt es einen Durchbruch in dem Fall?“

„Wir würden Ihnen gern noch ein paar Fragen stellen“, sage ich.

Ich sehe, wie etwas in seinem Gesicht aufflackert, aber es ist zu schnell vorbei, als dass ich sagen könnte, was es gewesen sein könnte. Er ist mit Gefühlen genauso zurückhaltend wie ich, so viel kann ich sagen. Ich kenne die Anzeichen, wenn jemand seine Emotionen wegsperrt, und sei es nur, um halbwegs normal weiterarbeiten zu können. Wenn ich die ganze Zeit an Matt denken müsste, würde ich wohl kaum aus dem Bett kommen. Ich kann also mit Wright mitfühlen. Er hat gerade erfahren, dass seine Frau ermordet wurde … das muss ein Riesenschock sein.

„Das verstehe ich nicht. Wie könnte ich Ihnen weiterhelfen?“, fragt er.

„Wir müssen nur noch ein paar Details durchgehen“, sagt Liam. „Aber wir machen Fortschritte.“

Er nickt und öffnet die Tür etwas weiter. „Kommen Sie herein. Das ist mein Sohn Jacob.“

„Freut mich, Sie kennenzulernen“, sagt der kleine Junge und streckt die Hand aus. Ich bin von seinen Manieren beeindruckt.

„Jacob, das ist Agent Slate und das ist Detective Coll.“ Ich nehme als Erste die Hand des Jungen. Er hat einen festen

Griff für einen Siebenjährigen und schüttelt meine Hand übertrieben. Dann macht er dasselbe bei Liam.

„Hallo", sage ich. Vor meinem geistigen Auge drängen sich Bilder von jener Nacht im Lagerhaus auf, aber ich schaffe es, sie zu verdrängen. Ich wusste, dass es hier Kinder geben würde. Ich habe mich darauf vorbereitet und ich kann das durchstehen.

Ein junges Mädchen rennt schreiend von einer Seite des Hauses durch den Hausflur zur anderen. „Und das ist Emma", erklärt Wright. Ihre Stimme ist wie eine Sirene, als sie durch die hintere Hälfte des Hauses stürmt. „Sonntag ist unser Spieltag. Da machen wir alles, um noch vor dem Mittagessen komplett k.o. zu sein. Kann ich Ihnen einen Kaffee anbieten? Oder Tee?"

„Das wäre großartig", sage ich, während wir ihm ins Wohnzimmer folgen, das sich auf der Rückseite zur Küche hin öffnet. Ich bemerke, dass Jacob uns begleitet und zu Liam aufschaut.

Wright holt ein paar Tassen aus dem Schrank und schaltet die Kaffeemaschine ein. Ich nehme zur Kenntnis, wie sauber alles ist, besonders für ein Haus mit zwei Kindern. Das Wohnzimmer ist zwar das reinste Chaos und überall liegen Spielsachen herum, aber auf den Oberflächen ist nirgends Staub oder Schmutz zu sehen. Die Arbeitsflächen in der Küche sind aufgeräumt und alles scheint seinen Platz zu haben.

„Ich wünschte, ich könnte meine Küche so sauber halten", sage ich, während die Kaffeemaschine blubbert.

„Ich würde gern die Lorbeeren dafür ernten", sagt Wright. „Aber ich lasse einmal in der Woche einen Reinigungsdienst kommen. Solange brauchen wir ungefähr, um alles wieder ins Chaos zu stürzen."

Emma rennt wieder schreiend vorbei, ohne die beiden Fremden in ihrem Haus zu bemerken.

„Also, wie kann ich helfen?", fragt Wright, als sich der erste Becher füllt.

Ich schaue auf den Jungen hinunter, der sich fast an Liam festgebissen hat.

„Vielleicht sollten wir das unter sechs Augen besprechen“, schlage ich vor.

„Natürlich. Jacob, nimm deine Schwester mit nach oben und spielt ein paar Minuten allein weiter, okay?“

„Aber Dad, ich will es hören.“

„Ich erzähle dir später alles. Aber bitte. Das ist wichtig.“

Jacob brummt etwas, das ich nicht verstehe, und als Emma eine weitere Runde dreht, stellt er sich vor sie und lenkt sie in Richtung Treppe. Sie kreischt, dreht sich um und stürzt die Treppe hinauf, als ginge es um ihr Leben. Jacob folgt ihr und eine Sekunde später hören wir, wie eine Tür ins Schloss fällt.

„Sie scheinen gute Kinder zu sein“, meint Liam.

„Sie halten einen auf Trab. Also, worum geht es?“ Er reicht mir und Liam unsere Becher.

„Können Sie uns sagen, ob Sie und Victoria Eheprobleme hatten?“, frage ich und wärme mir die Hände am Becher.

Wright runzelt die Stirn. „Nein. Ich meine, manchmal hatten wir natürlich Stress. Aber haben das nicht alle Paare? Beide berufstätig, zwei Kinder, sehr wenig Zeit für sich selbst? Da ist es schwer, sich nicht zu verlieren. Aber ich dachte nicht, dass wir in Schwierigkeiten wären. Zumindest nicht in diesem Sinne.“ Er seufzt. „Andererseits, was weiß ich schon? Wie sich herausgestellt hat, hat sie sich mit einem anderen Mann getroffen, und ich habe das nie bemerkt.“

„Sie hatten also, sagen wir, im Laufe der letzten zwölf Monate nicht mehr Streit als sonst, bis sie … ging?“, hakt Liam nach.

Er schüttelt langsam den Kopf, als ob er versuchen würde, sich zu erinnern. „Nicht dass ich mich erinnere. Warum?“

Ich werfe Liam einen Blick zu. „Wir haben gehört, dass sie sich über den Zustand ihrer Ehe beklagt hat. Dass sie nicht glücklich war.“

Wright lacht höhnisch. „Offensichtlich war sie das nicht." Er lehnt sich gegen den Tresen und starrt auf den Boden. „Wissen Sie, es ist schwer. Ein Teil von mir ist wütend auf sie, weil sie mich hintergangen hat … weil sie uns das antut. Und gleichzeitig vermisse ich sie. Zu wissen, dass sie nie wieder nach Hause kommen wird, ist … Das ist nicht einfach."

„Sie haben das Gefühl, dass die Dinge nie wieder richtig sein werden", sage ich, ohne es wirklich zu wollen. Aber irgendwie rutscht es einfach heraus.

Wright schaut auf. „Ja, genau." Er verschränkt die Arme. „Vielleicht war es meine Schuld. Vielleicht war ich in letzter Zeit einfach nicht mehr so aufmerksam gewesen. Meine Arbeit … sie nimmt viel Zeit und Aufmerksamkeit in Anspruch." Er zögert. „Wir hatten seit über einem Jahr keinen Sex mehr."

Ich beobachte seine Körperhaltung. Er ist wieder so defensiv, als würde es ihm körperlich Schmerzen bereiten, uns das zu sagen.

„War das eine bewusste Entscheidung?", frage ich.

„Nein. Ich habe es nicht einmal bemerkt, bis unser Jahrestag vorbei war. Aber ich glaube, ich habe einfach nicht registriert, was wirklich hinter meinem Rücken vor sich ging. Sie hat es nicht vermisst, weil sie einen anderen hatte."

Ich runzle die Stirn. „Mr Wright, was wissen Sie über die Beziehung Ihrer Frau zu Patrick Wood?"

Er wendet den Blick ab und löst die Arme. „Ich weiß, dass ich ihn am liebsten verprügeln würde", sagt er. „Ihn mit bloßen Händen erwürgen würde. Er hat ihr das angetan."

„Hatten Sie je Kontakt mit Mr Wood?", fragt Liam.

Er schüttelt den Kopf. „Nein. Ich weiß nur das, was Sie mir während den ersten Ermittlungen auf ihrem Computer gezeigt haben. Alle diese Nachrichten und E-Mails. Die Anrufe." Er starrt in die Ferne. „Ich weiß nicht, wie ich so blind sein konnte."

Ich werfe Liam erneut einen Blick zu. *Wir sehen, was wir sehen wollen.*

„Und Sie waren das ganze Wochenende ab dem siebzehnten Januar dieses Jahres hier?“, frage ich.

Seine Augenbrauen bilden ein steiles V. „Ja, natürlich war ich das. Das habe ich Ihren Kollegen doch bereits gesagt“, antwortet er, wobei seine Stimme lauter wird. „Werde ich etwa verdächtigt?“

„Wir überprüfen nur unsere Informationen“, sage ich, doch die Veränderung in seinem Verhalten ist bemerkenswert. Manchmal werden Menschen nachgiebiger, wenn sie mit einer solchen Anschuldigung konfrontiert werden. Andere wehren sich und sind beschämt, wenn sie erfahren, dass sie in Erwägung gezogen werden. Wrights Reaktion ist nicht außergewöhnlich, aber sie ist es wert, näher untersucht zu werden. „Haben Sie an allen Außentüren Kameras?“

„Ja, vorne, hinten, an einer Seite und an der Garage“, sagt er.

„Und haben Sie noch das Filmmaterial von diesem Abend?“

Er schüttelt den Kopf. „Sie zeichnen nur auf, wenn die Bewegungsmelder etwas erkennen. Wenn ich nachts eine Benachrichtigung erhalte, ist es meist nur eine streunende Katze, die durch unseren Garten läuft. Aber wenn mir nichts Seltsames auffällt, lösche ich die Aufnahme am nächsten Tag.“

Das war's mit dieser Möglichkeit.

„Sie sagten, Sie waren mit Ihren Kindern zusammen, richtig?“, fragt Liam.

„Richtig“, sagt er einsilbig.

„Könnten wir bitte kurz mit ihnen sprechen?“, frage ich. „Natürlich in Ihrer Gegenwart.“

„Ist das wirklich notwendig? Ich habe es ihnen immer noch nicht gesagt; ich weiß einfach nicht, wie. Sie glauben immer noch, sie erlebe gerade ein Abenteuer auf der anderen Seite des Ozeans."

„Wir werden nichts über Ihre Frau sagen", sage ich.

Er lacht spöttisch. „Sie wollen nur sichergehen, dass ich da war, wo ich sage, dass ich war." Er schüttelt den Kopf, als könne er nicht glauben, dass er sich das gefallen lassen muss, geht um die Kücheninsel herum und auf die Treppe zu. „Kinder, kommt bitte mal."

Einen Moment später kommt Jacob die Treppe herunter, Emma folgt ihm hüpfend. Sie hat einen ausgestopften Frosch in der einen und einen ausgestopften Bären in der anderen Hand. „Dürfen wir jetzt zuhören?", fragt Jacob.

Emma scheint uns zum ersten Mal zu bemerken und zieht sich hinter ihren Bruder zurück.

Liam geht auf die Knie und blickt um den Jungen herum zu ihr. „Hi", sagt er. „Ich bin Liam. Und das da", er zeigt auf mich, „ist Emily."

Ihre Augen werden immer größer. „Das klingt wie Emma", sagt sie.

„Ja, genau."

Ich kann Liam nicht einmal ansatzweise meine Dankbarkeit dafür zeigen, dass er sich dieser Sache angenommen hat. Wenn ich vor diesen Kindern in die Knie gehen müsste, wäre ich ein brodelndes, zitterndes Chaos.

„Erinnert ihr euch an das allererste Wochenende, an dem eure Mom in Urlaub gefahren ist?"

„Ja", sagt Jacob. „Das war das Wochenende, an dem Dad uns eine neue Playstation geschenkt hat."

„Wow", meint Liam, „das ist ein tolles Geschenk."

„Ja. Wir haben das ganze Wochenende gespielt."

„Nein, haben wir nicht, Jacob, du lügst", widerspricht Emma und schlägt ihn mit ihrem Bären. Plötzlich schlägt mir das Herz bis zum Hals und ich muss den Drang unterdrücken, mich umzudrehen und Wright anzustarren, um einen Hinweis zu entdecken. „Wir sind auch in den Park gegangen“, fügt das kleine Mädchen hinzu.

„Oh ja“, sagt Jacob. „Das habe ich ganz vergessen.“

„Habt ihr an dem Wochenende noch etwas anderes unternommen, das Spaß gemacht hat?“, fragt Liam.

„Wir hatten Pizza!“, ruft Emma.

„Lecker. Okay, das ist jetzt sehr wichtig. Wart ihr das ganze Wochenende bei eurem Dad? Oder ist er auch schon mal weggegangen und hat euch einen Babysitter besorgt?“

Jacob schüttelt den Kopf.

„Und als ihr ins Bett gegangen seid? Könnte er dann weggegangen sein?“

„Das ist doch lächerlich“, mischt Wright sich sichtlich frustriert ein. „Er hat die Frage beantwortet.“ Seine gesamte Körperhaltung hat sich verändert. Während er vorher eher behäbig gewirkt hat, sieht er jetzt aus, als würde er sich auf einen Boxkampf vorbereiten. Ich kann nicht sagen, ob er etwas zu verbergen hat oder ob er einfach nur wütend ist, weil Liam seine Kinder befragt.

„Mr Wright, bitte. Er ist fast fertig“, sage ich. Wright gibt Liam ein Zeichen, weiterzumachen.

„Was meinst du, Jacob? Ist es möglich, dass dein Vater weggegangen ist, nachdem ihr ins Bett gegangen seid?“, fragt Liam noch einmal.

Der Junge schüttelt nachdrücklich den Kopf.

„Warum nicht?“

„Wegen des Schutzschilds.“

Ich schaue zu Wright hinüber. „Das Sicherheitssystem“, erklärt er.

„Ja, es macht immer so ein Geräusch, wenn jemand eine der Türen im Haus öffnet“, erklärt Jacob. „Und davon werde ich immer wach.“

Ich sehe Wright an. „Ich habe sie angerufen, damit sie es reparieren, aber sie sagen mir, dass sie den Gong nicht abschalten können, ohne uns ein brandneues System zu besorgen. Ich weiß, dass sie nur versuchen, mir etwas zu verkaufen, das ich nicht brauche."

„Fantastisch", meint Liam und hält Jacob die Hand entgegen, in die der Junge begeistert einschlägt. „Ich danke euch beiden sehr."

„Willst du meinen Frosch streicheln?", fragt Emma und hält ihm das ausgestopfte Tier hin.

„Das würde ich sehr gern", antwortet Liam.

„Ist das alles? Sind wir jetzt fertig? Könnten Sie sich bitte wieder an …" Wright bricht seinen Satz ab und sieht seine Kinder an. „… Ihre Arbeit machen?"

Ich nicke. „Danke für Ihre Zeit", sage ich. Ich wende mich an die Kinder und winke ihnen zu. Plötzlich kommt Emma angelaufen und umarmt mein Bein. Ich erschrecke so sehr, dass ich fast umfalle.

„Wow, Em", ruft Liam und hält mich am Arm fest, um das zu verhindern.

„Emma, bitte lass Agent Slates Bein los", bittet Wright. „Es ist unhöflich, Leute ohne ihre Erlaubnis anzufassen."

Das kleine Mädchen weicht ein Stück zurück. „Es tut mir leid", sagt es.

„Ist schon gut." Ich dränge mich an Liam vorbei zur Tür. „Wir bleiben in Kontakt, Mr Wright. Einen schönen Tag noch."

Ich bin draußen an der kühlen Luft, bevor ich hyperventiliere. Zum Glück schaffe ich es, nicht zusammenzubrechen. Liam taucht neben mir auf. „Hey, was ist los? Alles okay?"

„Alles gut. Ich brauchte nur etwas frische Luft." Ich atme hektisch ein und aus, während ich zum Auto gehe. „Komm schon. Wir müssen los."

Kapitel Sechsundzwanzig

„Willst du …“

„Nein“, unterbreche ich ihn und starre auf die vorbeiziehende Landschaft, während er fährt.

„Okay, dann rate ich einfach. Du bist als Einzelkind aufgewachsen und hast nie wirklich gelernt, mit anderen Kindern umzugehen. Man hat dich als Ausgestoßene vom Spielplatz verbannt und du hast dich damit begnügt, dein Leben allein zu fristen und …“

„Liam, hör auf“, zische ich.

Er hält kurz inne. „Okay. Es tut mir leid. Ich wusste nicht, dass das ein sensibles Thema für dich ist.“ Ich sage nichts. „Aber du hättest mich ruhig warnen können, vor allem, wo du doch wusstest, dass zwei Kinder im Haus sein würden.“

„Ich bin doch klarkommen“, antworte ich.

„Nicht, ohne Wright in Panik zu versetzen. Ich bin mir nicht ganz sicher, ob wir ihn aus dem Kreis der Verdächtigen ausschließen können. Ich will ihn nicht verschrecken.“

„Gut, es tut mir leid, okay?“, brülle ich, ohne es zu wollen. Ich verscheuche die Gedanken, verstaue sie in einer kleinen Schachtel in meinem Kopf und atme tief durch. „Ich hatte einen Fall mit Kindern, der schief gelaufen ist. Ich … komme schon damit klar."

„War das der Fall, wegen dem du suspendiert wurdest?"

Ich nicke.

„Das ist hart. Es tut mir leid. Ich wünschte nur, du hättest mich vorgewarnt."

Ich reibe mir die Schläfen. Kopfschmerzen bahnen sich an, aber das Atmen hilft. „Ich hätte es dir schon früher sagen sollen. Immerhin hilfst du mir jetzt schon deinen zweiten freien Tag in Folge."

„Verdammt richtig. Was mich daran erinnert, dass ich meine Sachen aus der Reinigung holen muss. Das stört dich doch nicht, oder?"

Ich sehe ihn mit hochgezogener Augenbraue an.

„Das war nur ein Scherz. Natürlich lasse ich meine Kleidung nicht reinigen." Er öffnet eine Seite seiner Jacke und sein Hemd kommt zum Vorschein. „Siehst du? Das ist ein faltenfreies Hemd. Ist das nicht toll?"

Ich kann nicht umhin zu bemerken, wie gut ihm das Hemd steht. Ich spüre jetzt noch diesen Stromschlag, der mich durchströmte, als er mich im Haus gepackt hat. Das war wahrscheinlich das Einzige, was mich davor bewahrt hat, komplett durchzudrehen.

„Danke, dass du das Gespräch mit den Kindern übernommen hast."

„Kein Problem. Ich habe drei ältere Brüder. Als Teenager musste ich viel hinterhältiger sein." Er hält kurz inne. „Welchen Eindruck hast du von Wright?"

„Er verbirgt etwas", antworte ich wie aus der Pistole geschossen.

„Wie kommst du darauf?"

Ich schüttele den Kopf. „Keine Ahnung. Er macht immer genau das Richtige, sagt das Richtige. Aber irgendetwas gefällt mir daran nicht."

„Ist das das berüchtigte ‚Bauchgefühl' des FBI? Siehst du mehr als andere?"

Ich starre ihn an. „Was soll das überhaupt heißen?"

„Keine Ahnung. Das habe ich als Kind in einem Zeichentrickfilm gehört. Ich hatte nicht das Gefühl, dass irgendetwas nicht stimmt, aber sein Alibi ist etwas problematisch."

„Du meinst, er könnte ihnen ihre Antworten vorgegeben haben?", frage ich.

„Natürlich. Oder er lügt, was das Sicherheitssystem angeht."

„Ich habe nicht daran gedacht, mir seine Unterschrift geben zu lassen", sage ich. „Ich wollte das tun, während du mit den Kindern sprichst, aber ich war einfach … wie erstarrt."

„Das ist schon okay. Ich bin mir sicher, dass es mehr als genug Beispiele gibt, um seine Unterschrift auf öffentlichen Dokumenten zu finden. Vor allem bei seinen Grundstücksgeschäften."

Ich tippe mir mit dem Finger auf die Lippen und denke nach. „Ich frage mich, ob die Aufnahmen der Überwachungskameras irgendwo gespeichert werden."

„Zum Beispiel auf einem Heimserver?"

„Zum Beispiel an einem externen Speicherort. Ich weiß, dass er gesagt hat, dass er die Videos nicht länger als einen Tag oder so aufbewahrt, aber ich frage mich, ob die Firma, die diese Dinge betreibt, eine Sicherungskopie von allem in ihren Dateien aufbewahrt."

„Wäre das ohne sein Wissen nicht illegal?"

„Alles, was es dazu braucht, sind ein oder zwei Absätze, die irgendwo in ihrem Vertrag versteckt sind. Ich werde diese Firma kontaktieren und nachfragen. Dann könnten wir wenigstens sein Alibi überprüfen, ohne auf das Wort eines Siebenjährigen angewiesen zu sein."

Ich ziehe mein Handy heraus und sehe, dass ich einen Anruf von Zara verpasst habe. Sie muss angerufen haben, während wir bei Wright waren, und ich habe es einfach nicht bemerkt. Sie hat eine Nachricht hinterlassen, die ich nun abhöre.

Liam schaut zu mir herüber, als ich das Telefon in den Schoß lege. „Was ist?“

Ich rufe die Nachricht noch einmal auf, damit er sie hören kann.

Hi Em, ich bin's. Ich bin das gesamte Filmmaterial durchgegangen. Ich weiß, dass du denkst, dass das unmöglich ist, aber das ist es nicht. Ich habe nämlich nicht nur mehrere Bildschirme, sondern auch ein schnelles Suchprogramm geschrieben, um jeden zu finden, der eine ähnliche Statur und einen ähnlichen Teint wie Victoria Wright hat. Und nachdem ich alle Kandidaten durchgegangen bin, habe ich nichts gefunden.

Timber lässt übrigens grüßen. Er ist ein sehr braver Junge.

Soweit ich das dem Filmmaterial entnehmen kann, sollten sie ursprünglich das Flugzeug nach Venedig besteigen, aber sie kamen nie dort an.

Stattdessen – und nachdem ich mich bei der Fluggesellschaft vergewissert hatte, dass dies der Fall war – wurden ihre Sitze offenbar an Stand-by-Passagiere vergeben.

Als sie also damals sagten, der Flug sei ausgebucht gewesen, war das korrekt.

Als ich bei der Fluggesellschaft anrief, um mir das bestätigen zu lassen, erklärte mir eine Mitarbeiterin, dass sie darüber auch mit einem Polizisten gesprochen habe. Sie meinte, dass sie ihm dasselbe gesagt habe, nämlich dass Wood und Wright nie an Bord gegangen seien, und sie könne nicht verstehen, warum ich auf der Suche nach denselben Informationen sei. Der Name des Mannes ist Burke.

Wie auch immer, ich hoffe, das hilft! Ruf mich an, wenn du noch etwas brauchst! Bye-eee!

Ich speichere die Nachricht und lege das Telefon weg. Selbst nachdem ich sie zweimal gehört habe, brauche ich einen Moment, um sie zu verarbeiten. Das ist der Beweis, dass Burke die Ergebnisse dieser Ermittlungen absichtlich vertuscht hat. Das macht ihn offiziell zu einem Verdächtigen.

„Wir müssen uns mit Burke befassen“, sage ich.

„Du wirst niemals etwas finden“, meint Liam. Seine Knöchel treten weiß hervor, als er das Lenkrad umklammert und beschleunigt.

„Liam. Beruhige dich. Es bringt nichts, wenn wir jetzt einen Unfall bauen.“

Er drosselt das Tempo, starrt aber weiterhin auf die Straße. „Ich kann nicht glauben, dass er es die ganze Zeit wusste. Du hattest recht. Du hattest von Anfang an recht.“

„Die Frage ist, warum? Warum sollte er sich so einem Risiko aussetzen?“

„Es war eigentlich kein Risiko mehr, sobald der Fall abgeschlossen wurde.“

„Wahrscheinlich dachte er, er sei aus dem Schneider und Victoria längst weg. Oder er wusste, dass sie nicht zurückkommen würde und dass es keinen Grund geben würde, einen Vermisstenfall wieder aufzurollen, weil er ‚gelöst‘ war“, überlege ich laut. „Und hat Burke nicht sein ganzes Leben hier verbracht? Kennt er die Gegend nicht in- und auswendig?“

Liams Kiefer malmt. „Ja.“

„Dann ist es wohl an der Zeit, dass wir mit dem Polizeichef von Stillwater sprechen“, sage ich.

„Er wird das nicht einfach so hinnehmen. Er wird uns mit allen Mitteln bekämpfen.“

Ich schaue aus dem Fenster, als Liam eine Abzweigung nimmt, die uns zurück ins Stadtzentrum führt. „Es ist mir egal, was er tut. Er wird damit nicht durchkommen.“

Kapitel Siebenundzwanzig

WIR STÜRMEN ins Revier von Stillwater. Da es Wochenende ist, sitzt Trisha nicht am Empfang, und der Beamte, der an ihrer Stelle da ist, schaut Liam kurz an und lässt uns wortlos durch. Ich habe Liam gesagt, dass ich mich darum kümmere, weil er technisch gesehen nicht mehr in diesem Fall ermittelt, aber er hat darauf bestanden, mitzukommen.

Wir gehen an allen anderen Büros vorbei, wobei einige Beamte aufblicken, als wir das Ende des Gebäudes erreichen, wo sich das Büro von Chief Burke befindet. Ich mache mir nicht einmal die Mühe, anzuklopfen, sondern öffne einfach die Tür und sehe ihn hinter seinem Schreibtisch sitzen und Papierkram durchgehen.

„Sieh einer an, Agent Slate. Haben Sie Ihren Mörder schon gefangen?“ Seine Stimme ist voller Spott, bis er aufblickt und Liam sieht. „Coll? Was machen Sie hier?“

„Chief Burke“, sage ich und stelle mich zwischen Liam und ihn, obwohl das wenig bringt, wenn man bedenkt, dass Liam etwa zehn Zentimeter größer ist als ich. „Sie haben wissentlich und absichtlich die Justiz behindert. Ich würde gern wissen, warum ich Sie nicht hier und jetzt verhaften soll.“

Sein Gesicht verzieht sich zu einem Grinsen und er muss sich beherrschen, nicht laut loszulachen. „Ihr Leute vom FBI seid alle gleich. Ihr denkt, ihr könnt herumlaufen, wo immer ihr wollt, und mit euren tollen Abzeichen herumwedeln und alle beugen sich eurer Autorität. Ich lasse nicht zu, dass irgendein Agent in mein Büro stürmt, der noch nicht so lange im Job ist, wie ich Sodbrennen habe, und mich beschuldigt, gegen das Gesetz zu verstoßen!" Er greift nach dem Telefon auf seinem Schreibtisch. „Ich rufe jetzt Ihre Vorgesetzte an. Packen Sie schon mal Ihre Koffer, Ms Slate."

„*Agent* Slate", sage ich und starre ihn an. „Und bevor Sie diesen Anruf tätigen, sollten Sie sich überlegen, wie Sie meiner Chefin erklären wollen, dass Sie den Fall Wright abgeschlossen haben, obwohl Sie genau wussten, dass Victoria nicht außer Landes war. Etwas, das Sie versäumt haben zu erwähnen, als ich den Fall übernommen habe."

Seine Hand hält inne, bevor sie das Telefon erreicht. „Wovon reden Sie?"

„Ich rede davon, dass Sie mit der Fluggesellschaft gesprochen haben, mit der Victoria Wright fliegen sollte, und die Ihnen dasselbe gesagt hat wie uns: Sie und Wood sind nicht aufgetaucht, also wurden ihre Sitze an Standby-Passagiere vergeben. Ein Detail, das seltsamerweise in der Akte fehlt."

„Und?", fragt Burke. „Es war klar, dass sie mit diesem Wood-Typen zusammen war, ob sie nun nach Übersee geflogen sind oder nicht. Der Fall war glasklar."

„Die Tote im Leichenschauhaus sagt etwas anderes", meint Liam.

„Nun, ich hatte aber keine Leiche. Ich hatte nichts, außer einer Reihe von Nachrichten und E-Mails zwischen den beiden Turteltauben. Sehen Sie denn nicht, was hier passiert ist? Gelangweilte Ehefrau findet online etwas Aufregendes und beschließt, ihren Mann zu verlassen. So kompliziert ist das nicht."

„Hätten Sie allerdings *richtige* Polizeiarbeit geleistet, hätten Sie herausgefunden, dass Patrick Wood ein Deckname ist. Ein Geist. Bis vor acht Jahren hat er nicht einmal existiert. Und in dem Moment, als er in das Flugzeug steigen sollte, ist er verschwunden, genau wie Victoria. Klingt das für Sie nach einem abgeschlossenen Fall?“, frage ich.

Sein Gesicht ist knallrot geworden. Es ist offensichtlich, dass Burke es nicht gewohnt ist, dass man seine Autorität infrage stellt. Dass er so lange der Chef dieses Reviers ist, ist ihm zu Kopf gestiegen. „Sehen Sie das, Slate?“, fragt er und zeigt auf einen Stapel Ordner an der Seite seines Schreibtischs. „Das sind echte Fälle. Anzeigen wegen häuslicher Gewalt, Diebstahl, Einbruch, Sachbeschädigung, Brandstiftung. Alles echte Probleme, die echte Menschen in dieser Gemeinschaft haben. Und es werden jeden Tag mehr. Ich habe nicht die Zeit, um …“

„Was? Ihre Pflicht zu tun?“, reize ich ihn noch mehr. „Seltsam, dass Sie einen Mord, der in Ihrer Stadt geschieht, einfach unter den Tisch kehren, genau wie den Fall, den Sie abgeschlossen haben. Da frage ich mich doch, was Sie zu verbergen haben.“

„Das reicht“, ruft Burke, steht auf und versucht, mich durch seine Größe einzuschüchtern. „Das hier ist meine Wache, meine Stadt. Und Sie werden nicht hierher kommen und mir sagen, wie ich sie zu führen habe.“

„Sie sind nicht in der Lage, sie zu leiten, wenn Sie gewillt sind, solchen Dingen nicht nachzugehen“, widerspricht Liam.

„Das reicht, Detective“, wiederholt Burke. „Ich habe Sie bereits von diesem Fall abgezogen. Wollen Sie vielleicht auch noch suspendiert werden?“

Ich schaue hinter mich und sehe, dass wir das Interesse der Leute auf uns gezogen haben. Da wir Burkes Tür nicht geschlossen haben, lugen Gesichter durch den Flur.

„Früher habe ich zu Ihnen aufgeschaut“, sagt Liam. „Als

Kind habe ich immer nur Gutes über Sie gehört. Aber Sie gefährden die Integrität Ihrer Position und Sie haben in einem Mordfall versagt."

„Das reicht. Sie sind suspendiert. Ohne Bezahlung. Geben Sie Ihren Ausweis und Ihre Waffe ab."

„Chief", mische ich mich ein und versuche, Liams Konsequenzen abzuwehren. „Wollen Sie mich ernsthaft zwingen, Verstärkung zu rufen? Sie haben diesen Fall wissentlich behindert."

„Wissen Sie was, Slate? Tun Sie, was Sie tun müssen. Ich habe nichts behindert. Ich habe auf der Grundlage der verfügbaren Beweise eine Entscheidung getroffen. Vielleicht hat sie sich als nicht richtig erwiesen. Und es war ja nicht so, dass Victoria Wright irgendwelche Verwandten hatte, die mich zur Aufklärung des Verbrechens gedrängt haben. Wir sind alle von derselben Annahme ausgegangen. Bevor Sie also hier hochmütig hereinplatzen, sollten Sie darüber nachdenken, was Sie Ihrer Karriere antun, wenn Sie versuchen, mich zu belangen."

Ich starre ihn an, weil ich nicht bereit bin, ihm das Vergnügen zu bereiten, dass ich als Erste den Blickkontakt abbreche. Aber er hat nicht ganz unrecht. Meine Theorie ist bestenfalls wackelig. Unter den richtigen Umständen könnte man annehmen, dass Victoria mit Wood durchgebrannt ist, was wahrscheinlich auch der Fall war. Aber an irgendeinem Punkt sind die Dinge dann schief gelaufen. Aber nachzuweisen, dass Burke diesen Fall wissentlich behindert hat, ist nahezu unmöglich. Nicht ohne weitere Beweise.

Schließlich wendet er seinen Blick von mir zu Liam. „Dienstmarke. Waffe. Jetzt."

Liam schnaubt und legt beides auf Burkes Schreibtisch.

„Dunwaite!", brüllt er. Ein weiterer Streifenbeamter kommt herein und sieht uns beide an. „Begleiten Sie Coll nach draußen. Bis zur Anhörung über seine Suspendierung hat er keinen Zugang mehr zu diesem Revier."

„Ja, Sir“, sagt Dunwaite.

„Und stellen Sie sicher, dass Agent Slate ebenfalls den Weg nach draußen nimmt“, fügt er hinzu.

„Sie können mich nicht gewaltsam aus diesem Revier entfernen“, knurre ich ihn an. „Sie haben keine Autorität über das FBI.“

Burke setzt sich wieder hin, faltet die Hände zusammen und schaut zu seinem Streifenbeamten auf. „Dunwaite, arbeiten Sie für das FBI?“

„Nein, Sir“, sagt Dunwaite.

„Das habe ich mir gedacht. Sehen Sie, Agent Slate, das ist meine Stadt und es sind meine Regeln. Wenn Sie jetzt mit einem ganzen Tross von FBI-Agenten hierher zurückkommen und eine kleine Polizeistation mitten im Nirgendwo überrollen wollen, können Sie das gern tun. Aber ich wette, Ihre Chefin wird nicht glauben, dass es die Mühe wert ist.“ Er nickt Dunwaite zu. „Schaffen Sie sie hier raus.“

Meine Hand wandert zu meiner Waffe, als Dunwaite auf mich zukommt. Es gibt einen angespannten Moment, in dem er erstarrt, weil er nicht weiß, ob ich sie ziehen werde oder nicht.

„Machen Sie jetzt keine Dummheiten, Agent“, sagt Burke. „Sie können immer noch einfach gehen.“

Ich hasse es, dass er recht hat. Eine Eskalation des Konflikts würde nur dazu führen, dass Menschen verletzt oder getötet werden, und einen Zwischenfall auslösen, den sich das FBI nicht leisten kann – nicht jetzt. Ganz zu schweigen davon, dass meine Laufbahn zu Ende wäre, wenn ich mit einer Waffe auf einen Beamten zielen würde.

Ich muss einen anderen Weg finden, um Burke festzunageln, denn es scheint, als würden seine Handlanger alles tun, was er ihnen sagt.

Ich strecke die Hand aus, um zu zeigen, dass ich nicht nach der Waffe greife. Doch bevor Dunwaite mich erreichen kann, drehe ich mich um und verlasse das Revier auf demselben Weg, den wir gekommen sind. Als Dunwaite uns hinausbegleitet, bemerke ich, dass fast jeder auf der Wache uns ansieht, auch die Kriminellen, die gerade polizeilich erfasst werden. Es ist, als hätte jemand alle Geräusche aus dem Raum gesaugt und das Einzige, was ich höre, sind meine Stiefel auf dem Linoleum.

Als wir wieder draußen sind, bleibt Dunwaite an der Tür stehen, während wir auf den Parkplatz gehen. Liam dreht sich zu ihm um. „Micah, du kannst doch nicht glauben, dass das richtig ist."

„Ob richtig oder nicht, ich habe eine Familie zu ernähren. Ich kann mir eine Suspendierung nicht leisten", antwortet Dunwaite. „Einige von uns haben Verpflichtungen."

„Selbst wenn er seine Position zu seinem Vorteil nutzt?", fragt Liam.

Dunwaite zuckt mit den Schultern. „Vielleicht ernennen sie ja jemand anderen. Aber das bezweifle ich. Du weißt doch, wie es hier läuft. Hier ändert sich nie etwas. Sorry, dass du da hineingeraten bist." Er dreht sich um und kehrt ins Gebäude zurück.

„Ja", sagt Liam hinter ihm.

Ich lege eine Hand auf seine Schulter. „Das hättest du nicht tun müssen. Er kann dir viel größeren Schaden zufügen als mir."

„Ich glaube schon, dass ich das tun musste", widerspricht er. „Das war nicht der Grund, warum ich Polizist geworden bin. All diese Machtspiele zu spielen. Ich wollte den Menschen einfach nur helfen. Aber nicht, wenn es bedeutet, die Wahrheit zu vertuschen."

„Mach dir keine Sorgen", sage ich und gehe zurück zum Auto. „Er kommt damit nicht durch. Wenn ich wieder in Washington bin, rede ich mit dem Büro des Generalstaatsanwalts und informiere sie über das korrupte Verhalten in Stillwater. Sie werden der Sache nachgehen."

„Und wenn Burke alle unter seiner Fuchtel hat?"

Darüber möchte ich nicht nachdenken. Aber genau wie in diesem Fall kommt es auf die kleinen Details an. Was hat Burke vergessen? Und was hat er übersehen?

„Wir werden einen Weg finden“, verspreche ich. „Das müssen wir einfach.“

Kapitel Achtundzwanzig

Mein erster Gedanke, nachdem ich von der Polizeiwache in Stillwater verwiesen wurde, war, Janice anzurufen und ihr mitzuteilen, was hier unten vor sich geht. Das einzige Problem dabei ist, dass es in direktem Widerspruch zu ihrem Auftrag an mich steht und nichts mit dem eigentlichen Problem zu tun hat, den Mörder von Victoria Wright zu finden. Ob Burke nun untergeht oder nicht, spielt in diesem Fall keine Rolle, es sei denn, er war in etwas anderes als Behinderung der Justiz verwickelt. In Anbetracht der Tatsache, wie unbekümmert er damit umgeht, habe ich das Gefühl, dass tatsächlich etwas anderes dahinter steckt, aber dafür habe ich keine Beweise.

Ganz zu schweigen davon, dass ein Anruf bei ihr den Eindruck nur bestärken würde, dass ich diesen Auftrag nicht erledigen kann und mich von den örtlichen Polizisten über den Tisch ziehen lasse. Beides wäre nicht gerade förderlich, um wieder in der Gunst des FBI zu stehen. Also muss ich Burke für den Moment beiseiteschieben und mich auf den Fall konzentrieren.

Das bedeutet, dass wir wieder am Anfang stehen: Wir müssen Patrick Wood finden.

Aber wie findet man jemanden, der sich eine falsche Identität zugelegt und acht Jahre lang als diese Person gelebt hat? Es könnte jeder sein.

Wir haben keine handfesten Beweise, die auf einen bestimmten Verdächtigen hindeuten, und allmählich schwinden meine Hoffnungen. Unser einziger Anhaltspunkt ist die Unterschrift auf dem Kaufvertrag, aber das Labor könnte Wochen für seine Analyse brauchen. Und selbst dann wird es nicht viel mehr als eine fundierte Vermutung sein. Aber es ist immer noch besser als nichts. Ich ziehe mein Handy heraus und rufe Zara an.

„Hey! Hast du meine Nachricht erhalten?"

„Ja, habe ich." Ich schaue kurz zu Liam. „Das war eine große Hilfe. Du musst noch etwas für mich tun."

„Schieß los."

„Ich schicke dir gleich ein Bild der Unterschrift von Patrick Wood vom Kaufvertrag seines Hauses und noch ein paar andere Unterschriften. Könntest du sie ins Labor geben und die Techniker ein paar Vergleiche anstellen lassen?"

„Klar. Es könnte aber sein, dass sie gerade einen Rückstand haben. Ich habe gehört, wie Simmons von einem großen Betrugsfall in Florida gesprochen hat, der gerade hereingekommen ist. Falls der für sie Priorität hat …"

Ich lehne den Kopf gegen die Stütze. „… könnte das eine Weile dauern." Ich schüttele den Kopf. „Ich schicke sie dir trotzdem. Falls du irgendetwas tun kannst …"

„Aber sicher. Bekommst du denn da draußen genug zu essen?"

Innerlich zucke ich zusammen, weil ich weiß, dass dem wahrscheinlich nicht so ist. Wenn ich von einem solchen Fall gefesselt werde, vergesse ich alles andere. „Ich arbeite daran."

„Okay." Ich weiß, dass sie sich nur Sorgen macht, aber es nervt mich trotzdem etwas. Deshalb lasse ich Menschen nicht gern an mich heran. Sie mischen sich in mein Leben ein und plötzlich habe ich das Gefühl, dass ich mich vor ihnen verantworten muss. Einen Moment lang herrscht Schweigen zwischen uns. „Schick sie rüber, wenn du so weit bist. Ich bringe sie dann runter."

„Danke, Zara. Wir reden später." Ich beende das Gespräch und gehe die Fotos auf meinem Handy durch, bis ich das Bild der letzten Seite von Patrick Woods Immobilienverkauf finde. Die anderen schicke ich ihr, wenn wir zurück sind.

„Alles in Ordnung?", fragt Liam.

„Klar", sage ich und kann die Lüge in meiner Stimme hören.

Wenigstens bin ich nicht auf mich allein gestellt. Wir fahren zurück zu meinem Motel, um die anderen Unterschriften abzufotografieren und die wenigen Beweise durchzugehen, die wir haben. In Anbetracht der Ereignisse auf dem Polizeirevier hat sich jeder Restverdacht, den ich gegenüber Liam hatte, in Luft aufgelöst. Ich glaube, ich sehe endlich den wahren Menschen, den Burke mit seinem Gerede über *vereinte Fronten* und *die Befehlskette* zu verschütten versucht hat. Obwohl diese Dinge wichtige Bestandteile der Polizeiarbeit sind, sind sie nicht das A und O. Liam war der Einzige auf dem Revier, der sich Burkes Schikanen widersetzt hat, und das könnte ihn seinen Job kosten. Aber trotzdem ist er hier und arbeitet immer noch mit mir an dem Fall, obwohl er rein technisch gesehen nicht einmal mehr ein Detective ist.

Als wir wieder im Zimmer sind, lasse ich mich auf das Bett fallen und versuche, den Fall in meinem Kopf durchzugehen. Bislang habe ich das Gefühl, als würden wir auf der Stelle treten. Wir können niemanden ausschließen und niemanden anklagen. Es ist, als ob nichts, was wir getan haben, etwas bewirkt hat, und das macht mich wahnsinnig. Ich atme frustriert aus.

„Das hört sich an wie eine altersschwache Lokomotive", meint Liam, der gerade auf seinem Handy herumtippt.

„Ja, eine Lokomotive, die die ganze Zeit auf dem falschen Gleis unterwegs ist", sage ich.

„Warten wir mal ab, was bei der Unterschrift herauskommt“, antwortet er und hält sich das Telefon ans Ohr. „Hey Jill, ja … nein, ja, ich weiß. Es ist nur … du musst mir einen Gefallen tun.“ Ich höre zu, wie er mit dieser Jill diskutiert, die ich nie kennenlernen durfte. Aber es ist leicht zu erkennen, dass sie gute Freunde sind, auch wenn es im Moment so klingt, als sei diese Freundschaft angespannt. Wahrscheinlich, weil Burke Druck auf alle Mitarbeiter der Wache ausübt, damit sie jeglichen Kontakt mit Liam abbrechen.

„Ich verstehe das, wirklich“, sagt er. „Aber ich brauche nur ein Dokument. Aus Fullers Anklageerhebung.“ Er hält kurz inne. „Das hat er. Okay. Kannst du mir seine Unterschrift besorgen? Nein, ein Foto reicht“, sagt er und sieht mich zur Bestätigung an. Ich nicke zustimmend. „Großartig, danke. Ich weiß. Ich schulde dir den größten Stapel Muffins, wenn ich zurückkomme.“ Er beendet das Gespräch.

„Das klang anstrengend“, sage ich.

„Nein, alles in Ordnung“, antwortet er und plappert damit meine eigenen Worte im Gespräch mit Zara nach. Er steckt sein Telefon wieder in die Tasche. „Eigentlich stimmt das nicht. Fuller hat heute Morgen seine Kaution hinterlegt und offenbar hat er es auf uns abgesehen. Er will uns wegen widerrechtlicher Verhaftung verklagen.“

„Rechtsanwälte. Vermutlich glaubt er, dass er keinen Grund mehr hat, nicht alles zu tun, was er kann, um diejenigen zu bestrafen, die er für verantwortlich hält, wenn er seine Zulassung verliert. Aber das spielt keine Rolle. Jetzt, wo die Anschuldigungen öffentlich sind, ist er ruiniert.“

„Wenn er Victoria Wright getötet hat, sollten wir vielleicht vorsichtig sein. Besonders du, denn der Mörder scheint es auf Frauen abgesehen zu haben.“

„Wenn er mich haben will, von mir aus gern.“ Mein Handy summt, als das Foto von Fullers Unterschrift ankommt. „Danke“, sage ich und halte das Telefon hoch. Ich leite es an Zara weiter.

„Du hast es erfasst. Zumindest ist es besser als nichts, oder?“

„Nur ein bisschen. Wer weiß, wie lange das dauern wird, und ob es überhaupt zu etwas führt? Soweit wir wissen, könnte er diese Dokumente mit seiner nicht-dominanten Hand unterzeichnet haben, was eine Identifizierung nahezu unmöglich macht. Nach allem, was wir über diesen Mann wissen, können wir sogar davon ausgehen.“

Liam schaut auf. „Du glaubst also, dass es ein Mann ist.“

„Ich bin mir fast sicher. Mittelgroß, Anfang dreißig bis Ende vierzig, wahrscheinlich weiß. Clever, höchstwahrscheinlich mit Hochschulbildung oder höher. Jemand, der geduldig, aber auch engagiert ist. Ein absoluter Narzisst, jemand, der so gut lügen kann, dass er kein Problem damit hätte, einen Lügendetektortest zu bestehen. Er ist hinterhältig … ein Peiniger. Er mag es, seinen Opfern nah zu kommen. Und sie ahnen nicht, was als Nächstes geschieht.“

Im Raum ist es einen Moment lang still. Normalerweise gebe ich meine Profile nicht so preis, sondern behalte sie für mich. Aber Liam hat sich mehr als vertrauenswürdig erwiesen.

„Wow“, sagt er. „Das ist … spezifisch.“

Ich setze mich auf. „Das ist unser Job.“

„Sonst noch etwas? Vielleicht eine vollständige Beschreibung des Mannes, sein Name und das soziale Umfeld?“

Ich lache. „Ich wünschte, es würde so funktionieren. Aber das basiert alles auf den Fakten, die wir haben. Wenn wir vielleicht …“ Ich halte inne und erkenne, dass ich etwas übersehen habe.

„Wenn wir was?“

Ich hole mein Handy heraus und gehe Zaras Nachrichten durch. „Mehr Daten hätten“, sage ich. Ich blättere zurück durch meine E-Mails, bis ich finde, was ich suche. „Gib mir meinen Laptop.“

Liam nimmt ihn vom Stuhl und gibt ihn mir. Ich rufe die

verschlüsselten Dateien auf, die Zara mir über das zweite Opfer geschickt hat: Laura Allen. Oder vielleicht sollte ich sie das erste Opfer nennen. „Diese andere Frau“, sage ich, „die in einem ähnlichen Zustand aufgefunden wurde, wir müssen mit den Leuten sprechen, die ihren Fall bearbeitet haben.“

„Was meinst du damit? Das war in einem anderen Bundesstaat“, sagt er. „Das ist nicht unsere …“

„… Zuständigkeit?“, frage ich.

Er tippt sich an den Kopf. „Richtig. Ich habe zu viele Jahre zu eng gedacht. Aber wenn sie den Mörder nie identifiziert haben und er trotzdem seine Identität geändert hat, was soll das bringen?“

„Weitere Informationen, durch die wir sein Profil vervollständigen können. Vielleicht gibt es eine Gemeinsamkeit zwischen den beiden Fällen, die wir nicht gesehen haben, weil wir uns auf die reinen Tatsachen konzentriert haben. Die Kollegen wussten nicht, dass sie es mit einem Serienmörder zu tun hatten. Hier steht sogar, dass sie nicht sicher sind, ob sie eines natürlichen Todes gestorben ist oder nicht.“ Ich gehe die Informationen durch. „Wir müssen nach Soft Bend.“

„Nach Maryland? Das sind mindestens anderthalb Stunden Fahrt von hier.“

„Ja, sind es. Also sieh zu, dass du noch auf die Toilette gehst, bevor wir losfahren.“

Kapitel Neunundzwanzig

TROTZ SEINES ANGEBOTS bestand ich darauf, nach Soft Bend zu fahren. Es kommt nicht oft vor, dass ich außerhalb der Stadt fahre, also ist es eine schöne Abwechslung für mich, und um ehrlich zu sein, habe ich dadurch das Gefühl, mehr Kontrolle zu haben, auch wenn ich weiß, dass das eine Illusion ist. Ich könnte genauso leicht einen Unfall verursachen wie Liam oder irgendjemand anderes, aber mich überkommt immer eine gewisse Gelassenheit, wenn ich mich hinter das Steuer setze. Und nachdem ich die Fallnotizen zu Laura Allen noch einmal gelesen habe, fühle ich mich noch energievoller.

Ich glaube, Lauras Fall ist in den Hintergrund getreten, weil ich so sehr mit Victoria beschäftigt war. Aber ich hätte es schon früher bemerken müssen: ein ähnlicher Fall, eine ähnliche Vorgehensweise … Wenn das unser Mörder ist, hat er bei Laura vielleicht einen Fehler gemacht – irgendetwas, nach dem die Polizei in Soft Bend nicht gesucht hat. Etwas, das ihm gelehrt hat, wie er Victoria entsorgen musste, ohne dass wir je in der Lage sein werden, seine Identität zu ermitteln. Vielleicht war Laura der ‚Testfall'. Unabhängig davon eröffnen sich für uns eine ganze Reihe neuer Möglichkeiten.

„Und du wirfst mir vor, dass ich zu schnell fahre", sagt Liam und klammert sich an den ‚Schwiegermutter'-Griff über seinem Fenster, als ich auf der Landstraße eine scharfe Kurve nehme.

„Dieses Auto hat einen niedrigen Schwerpunkt", erkläre ich ihm. „Das passt schon."

„Glaubst du wirklich, dass wir dort etwas Brauchbares finden? Das war vor sechs Jahren."

„Du wärst überrascht, woran sich die Leute auch nach sechs Jahren noch erinnern", antworte ich und biege erneut ab. Die Strecke von Stillwater nach Soft Bend führt durch West Virginia und dann in den oberen Arm von Maryland, der tief in die Appalachen eingebettet ist. Hier oben gibt es keine Autobahnen und die Leute halten sich nicht an die Geschwindigkeitsbegrenzungen.

Wir fahren einen Hügel hinauf und die Stadt Soft Bend kommt im Tal darunter in Sicht. Sie ist wahrscheinlich nur halb so groß wie Stillwater und sieht aus wie eine Eisenbahnstadt, soweit ich das anhand der vielen Gleise, die durch ihr Zentrum führen, beurteilen kann. Das Tal ist von dichten Wäldern und sanften Hügeln umgeben. Hier kann man leicht verschwinden und sich aus dem Rampenlicht heraushalten.

„Hätten wir ihnen nicht vorher sagen sollen, dass wir kommen?", fragt Liam.

Ich schüttle den Kopf, als wir die Serpentinen hinunter ins Tal fahren. „Ich wollte sie nicht erschrecken oder vorwarnen. Es ist besser, ihnen keine Gelegenheit zu geben, etwas zu verstecken."

„Warum sollten sie etwas verstecken?"

„Keine Ahnung. Warum hat Burke versucht, Victorias Fall unter den Teppich zu kehren?"

„Gutes Argument", sagt er und blickt auf sein Handy. „Ich habe wieder Empfang."

„Gut. Ich hatte schon Angst, dass wir hier draußen auf das Festnetz angewiesen sind."

Wir fahren an vielen alten Häusern vorbei, die aussehen,

als ob sie hundert Jahre oder älter wären, und dann an einer großen Fabrik im Osten der Stadt, die geschlossen und verlassen wirkt. Doch je näher wir dem Stadtzentrum kommen, desto mehr kann ich erkennen, dass viel Mühe in die Wiederbelebung der Gemeinde gesteckt wurde. Viele Grünflächen, neue Gebäude, sogar Apartmenthäuser. Das ist etwas, was man normalerweise in kleineren Städten wie dieser nicht sieht, weil es dort einfach keine Arbeitsplätze gibt, die das erforderlich machen.

Nachdem wir wieder Empfang haben, führt uns das GPS direkt zur Hauptpolizeistation in der Nähe des Stadtzentrums. Mir fällt auf, wie sehr diese Stadt Stillwater ähnelt, und ich frage mich, ob es etwas gibt, das unseren Mörder anzieht.

Ich halte direkt vor der Wache. Es gibt keine Parkuhren und keine vorgeschriebenen Parkzeiten, also mache ich mir nicht die Mühe, einen anderen Platz zu suchen. Liam und ich steigen aus und gehen durch die Vordertür des Reviers, hinter der ein kleiner Schreibtisch an der Seite steht, während eine Trennwand mit einer offenen Tür den Rest der Wache abteilt.

„Guten Tag“, sagt der Mann am Empfang und schaut auf. Er ist Ende fünfzig und hat graue Haare. Aber er ist schlank und seine hochgekrempelten Ärmel zeigen Arme, die aussehen, als hätten sie im Laufe der Jahre einiges an Arbeit hinter sich. „Was kann ich für Sie tun?“

„Ich bin Agent Slate vom FBI“, sage ich und halte meinen Ausweis hoch. „Und das ist …“ Ich zögere, weil ich Liam nicht verraten will, falls sich unser Erscheinen in Stillwater herumspricht. „… ein ziviler Partner, den wir für einen Fall engagiert haben, an dem ich gerade arbeite. Liam Coll.“

Diese Vorstellung ruft ein strahlendes Lächeln bei Liam hervor.

„FBI?“, fragt der Mann mit einem amüsierten Grinsen. „Was in aller Welt wollen Sie denn hier oben?“

„Wir ermitteln in einem Fall, in dem es um den Tod einer

jungen Frau geht. Wie wir wissen, hatten Sie vor etwa sechs Jahren einen ähnlichen ungelösten Fall."

Die Belustigung verschwindet aus seinem Gesicht. „Laura Allen."

Ich nicke, als er aufsteht und die Hand ausstreckt. „Sheriff Willie Parks. Freut mich, Sie kennenzulernen." Er schüttelt uns beiden die Hand und führt uns dann durch die offene Tür nach hinten.

„Ist es normal, dass der Sheriff den Dienst am Empfang übernimmt?", frage ich.

Er wirft mir einen amüsierten Blick über seine Schulter zu. „Heute ist Sonntag, Ma'am. Die meisten Leute sind mit ihren Familien unterwegs und genießen den Tag. Wir haben hier nicht allzu viele Probleme. Außerdem habe ich ein paar Hilfssheriffs auf Abruf, falls ich sie brauche."

Er führt uns in sein Büro, was mich daran erinnert, wie ich vor Burkes Schreibtisch gesessen habe. Steht mir nun ein weiterer Kampf bevor? Hat Sheriff Parks auch etwas zu verbergen?

„Also, wie kann ich helfen?", fragt er zu meiner Erleichterung. Wenigstens ist er nicht offen feindselig.

„Wir hatten gehofft, mit dem Beamten – oder dem Deputy – sprechen zu können, der den Fall untersucht hat."

Er lacht spöttisch. „Es gab ein totes Mädchen. Wir haben *alle* in dem Fall ermittelt."

„Sie waren zu dieser Zeit hier?", will ich wissen.

„Natürlich. Ich bin seit sechsundneunzig hier. Vorher war ich Sheriff drüben in Hardy, wussten Sie das?" Ich schüttele den Kopf. „Nun, wie auch immer. Ich bin schon eine Weile hier. Lange genug, um zu wissen, dass es hier nicht viele Morde gibt."

Ich setze mich auf einen der Stühle vor seinem Schreibtisch. „Sie glauben also, dass es Mord war. Die Akte war diesbezüglich unklar."

„Nun", sagt er, wobei sein Akzent mit jedem Wort etwas

deutlicher wird. „Das musste ich in die Akte schreiben, weil wir keine Beweise für das Gegenteil hatten. Aber die Art und Weise, wie das Mädchen eingepackt wurde … das war kein Unfalltod, das kann ich Ihnen sagen. Und wie ihre Augen zusammengenäht waren … Ich meine, man könnte argumentieren, dass es sich um ein Todesritual handelte, nehme ich an. So wie zwei Münzen für den Fährmann, aber das habe ich nie geglaubt.“ Er zögert. „Was brauchen Sie noch von mir, wenn Sie die Akte bereits gelesen haben?“

„Wir müssen genauso viel über Laura Allen wissen wie Sie“, sagt Liam. „Alles, was nicht in der Akte steht, oder von dem Sie glauben, dass es uns helfen könnte.“

Er starrt uns verwirrt an. „Warum?“ Er betont den letzten Buchstaben.

Ich hole tief Luft. „Weil eine zweite Frau gefunden wurde, die sich in fast demselben Zustand befand“, sage ich. „Unten in Stillwater.“

„Mein Gott“, sagt er und hält sich eine Hand vor den Mund. „Ich hatte gehofft, dass es nur Zufall war … jemand, der auf der Durchreise war, oder irgendetwas in der Hitze des Gefechts. Ich hatte mich damit abgefunden, dass wir niemals herausfinden, wer sie getötet hat.“ Er steht auf und geht zu einem Schrank neben dem Schreibtisch, wo er die Akten durchblättert, bis er eine mit dem Namen ALLEN auf der obersten Registerkarte herauszieht. Parks kehrt zum Schreibtisch zurück und öffnet die Akte. Ich erkenne die gleichen Seiten aus den Unterlagen, die Zara mir bereits geschickt hat.

„Laura war bei uns allen bekannt und beliebt“, sagt er. „Deshalb war es so ein Schock, als sie verschwunden ist. Und dann taucht ihre Leiche drei Jahre später auf? Ihre armen Eltern … sie konnten es einfach nicht ertragen. Ihre Mom zog nach Kalifornien und ihr Dad blieb noch ein oder zwei Jahre in der Gegend, bevor er nach Florida ging.“

„Hatte sie Geschwister?“, frage ich.

„Natürlich. Zwei Brüder. Beide wohnen irgendwo im

Westen, glaube ich. Als ihre Leiche auftauchte, waren sie bereits weg. Sagten, sie wollten nichts mehr mit dieser verfluchten Stadt zu tun haben. Ich kann es ihnen nicht verdenken."

Ich schaue kurz zu Liam. Victoria hatte keine Eltern und keine Geschwister, was einen Unterschied zwischen den beiden Opfern darstellt. War es das, was Patrick gelernt hat?

„Und Sie haben nie einen Verdächtigen gefunden?", frage ich.

„Nein. Wir konnten nie ihr genaues Todesdatum herausfinden, was die Suche nach Verdächtigen erschwerte. Wir konnten es lediglich auf ein Zeitfenster von zwei Monaten eingrenzen. Und über einen so langen Zeitraum können wir niemanden erfassen."

„Wir haben ein ähnliches Problem", sage ich. „Aber zum Glück sind bei uns nur ein paar Monate vergangen. Haben Sie den Namen Patrick Wood schon einmal gehört?"

Parks schüttelt den Kopf. „Ich glaube nicht. Zumindest klingelt da nichts bei mir. Ist das Ihr Verdächtiger?"

„Den besten, den wir haben", meint Liam.

„Haben Sie ein Foto? Ich könnte es mir ansehen", schlägt Park vor.

„Leider nicht", antworte ich. „Im Moment ist er uns unbekannt." Ich zerbreche mir den Kopf. „Gibt es noch jemanden, der Laura kannte und mit dem wir reden könnten? Freunde? Hatte sie einen Freund? Oder gab es irgendjemand, der mehr über ihr Privatleben wusste?"

Er nickt. „Sie hatte einen Freund. Wir haben ihn an dem Wochenende, an dem sie verschwand, natürlich genauer angesehen. Aber er war in Boston, wo er auf das College ging. Wir hatten Fotos und Zeugenaussagen, die belegten, dass er dort war. Er wusste nicht, dass sie verschwunden ist, bis wir ihn anriefen. Er dachte, sie wäre mit Freunden unterwegs."

Ich schaue wieder kurz zu Liam. Ähnlich wie bei Gerald Wright.

„Wo ist dieser Freund jetzt?“, frage ich.

„Sein Name ist Brian Becker. Er lebt hier in der Stadt. Arbeitet auf der Farm oben auf dem Hügel.“ Ich werfe Parks einen verwirrten Blick zu, er kneift kurz die Augen zusammen und schnippt dann mit den Fingern. „Sie müssen die Route 17 hinuntergekommen sein, über den Berg, von Stillwater kommend. Da konnten Sie sie nicht sehen. Soft Bend ist das Zentrum eines neuen Windturbinenparks, gleich auf der anderen Seite des Bergrückens. Die meisten der Leute, die sie betreiben und bauen, leben hier.“

„Das erklärt Ihre Stadtentwicklung“, sage ich, obwohl ich eigentlich mehr an diesen Brian denke. Er könnte die einzige Spur sein, die wir zu Laura haben.

„Ja, Ma‘am. Das hat Wunder für diese Stadt bewirkt. Brachte viele Arbeitsplätze zurück. Brian ist einer der Betreuer des Projekts.“

„Haben Sie seine Adresse?“, fragt Liam.

Parks klappt seinen Laptop auf und tippt etwas ein. „Natürlich. Hier.“ Er dreht den Laptop um, auf dem eine Karte der Umgebung mit einem kleinen grauen Punkt auf einem Haus zu sehen ist. „Ich kann mir die Nummer nie merken, aber ich weiß, wo es steht. Das Gedächtnis ist manchmal echt komisch.“

Ich schaue auf die Uhr. Es ist fast vierzehn Uhr. Aber wenn man sich die Lage des Hauses auf der Karte ansieht, sollten wir keine fünfzehn Minuten bis dorthin brauchen. „Was hatte er damals dazu zu sagen?“

„Oh, er war untröstlich“, antwortet Park. „Sie waren schon eine Weile zusammen, als sie verschwand. Er dachte immer, sie sei mit einem anderen Kerl durchgebrannt … bis wir sie unter diesem Gebäude gefunden haben.“

Ich stehe auf und vergewissere mich, dass ich die Adresse in meinem Handy habe. „Danke Sheriff. Sie waren uns eine große Hilfe.“

„Immer wieder gern“, sagt er. „Das ist sozusagen unser

Motto hier. Die von diesen Turbinen erzeugte Energie wird eines Tages die halbe Ostküste mit Strom versorgen. Und das alles dank Soft Bend.“ Er lächelt. „Sagen Sie Bescheid, wenn ich noch etwas tun kann.“

Wir gehen zurück zum Auto und wieder einmal setze ich mich auf den Fahrersitz, bevor Liam es tun kann. „Was denkst du?“, fragt er.

„Dass Brian etwas wissen könnte. Vielleicht erinnert er sich an etwas. Seine Situation ist der von Gerald Wright zu ähnlich, um ein Zufall zu sein.“ Das ist weit hergeholt, ich weiß. Aber gleichzeitig hoffe ich, dass der Mörder bei Laura einen Fehler gemacht hat. Brian hat vielleicht nicht die Antwort, aber vielleicht ist er der Schlüssel zu einem Hinweis. Und er kann uns an ihre anderen Freunde verweisen, an jeden, der noch in der Gegend ist und vielleicht etwas über die Ereignisse weiß.

„Na los“, meine ich. „Wollen wir mal sehen, was er zu sagen hat.“

Kapitel Dreißig

Keine zehn Minuten später halten wir vor dem bescheidenen Haus. Entgegen den Angaben auf der Karte gibt es in Soft Bend praktisch keinen Verkehr.

Beckers Haus ist ein kleines, einstöckiges Farmhaus mit einigen Pflanzen an der Vorderseite und einem großen Erkerfenster, das einen Blick ins Wohnzimmer freigibt. Als wir den Weg hinaufgehen, hören wir Kinder im Garten spielen. Ich gebe Liam ein Zeichen, mir um die Seite des Hauses zu folgen, wo die Einfahrt zu einem großen Holzzaun führt, der den Hinterhof von der Straße abgrenzt. Peinlich berührt, dass ich mich auf die Zehenspitzen stellen muss, um darüber zu schauen, sehe ich ein paar Kinder, die mit einem neuen Spielhaus in Form einer mehrstöckigen Blockhütte spielen. Ein Mann und eine Frau sitzen in der Nähe, die Frau liest ein Buch, während der Mann an einer Budweiser-Dose nippt. Beide tragen dicke Jacken.

„Entschuldigen Sie", sage ich und halte meinen Ausweis hoch, damit sie ihn über den Zaun sehen können. Die Kinder schenken mir keine Beachtung, aber der Mann wirft einen Blick auf die Frau, von der ich annehme, dass es sich um seine

Ehefrau handelt, bevor er sich von seinem Plastikstuhl erhebt und in unsere Richtung kommt.

„Worum geht es?“, fragt er, als er näher kommt.

„Ich bin Agent Slate vom FBI, das ist Liam Coll. Sind Sie Brian Becker?“

Er bleibt stehen, als ich ihm sage, wer mich begleitet. „Ja. Was ist los?“ Die Frau steht auf und schlingt die Arme um sich, während sie ebenfalls zu uns kommt.

„Haben Sie eine Minute Zeit für uns, Sir? Ich muss Ihnen ein paar Fragen stellen.“

„Worüber?“, fragt er.

Ich seufze und wünsche mir, dass kein Zaun zwischen uns steht. „Über Laura Allen“, sage ich. Aus der Ferne sah Brian kaum älter als vierzig aus, aber als er auf uns zukam, konnte ich erkennen, dass die Zeit ihren Tribut gefordert hatte. Sein blondes Haar beginnt sich zu lichten und um die Augen zeigen sich tiefe Falten. Aber er wirkt nicht zurückweisend.

„Warum wollen Sie etwas über sie wissen?“, fragt die Frau über Brians Schulter.

„Mrs Becker?“, frage ich und sie nickt. „Wir sind hier, weil es in Lauras Fall einen Durchbruch gegeben haben könnte, dem wir nachgehen.“

„Einen Durchbruch?“, fragt Brian, als er den Zaun erreicht. „Ich dachte … also, Sheriff Parks sagte …“

„Dürften wir vielleicht reinkommen“, frage ich. „Oder können Sie wenigstens den Zaun öffnen, damit wir reden können?“

Brian löst einen Riegel auf der anderen Seite, sodass ein Teil des Zauns hereinschwingen kann. Ich nicke anerkennend, als Liam und ich in seinen Garten treten.

„Sie sind ja noch ein Kind“, meint Mrs Becker und schlingt die Arme noch fester um den Oberkörper. „Soll das ein Scherz sein?“ Sie sieht Liam an, als ob er sie einweihen würde.

Ich halte ihr meinen Ausweis hin. „Kein Scherz, Ma'am, und ich weiß, dass ich jung aussehe. Aber ich arbeite nun schon seit vier Jahren bei der Behörde. Mein Spezialgebiet war bisher die Infiltration von Straßenbanden und anderen Vereinigungen, für die jung aussehende Frauen gebraucht wurden."

Beckers Frau wirft einen Blick auf den Ausweis, schürzt dann die Lippen und widmet sich wieder den Kindern. Ich kann gar nicht sagen, wie dankbar ich bin, dass sie so mit ihrem Spielhaus beschäftigt sind.

„Sie müssen sie entschuldigen", meint Becker. „Sie kann manchmal ziemlich … unverblümt sein. Was ist denn mit Lauras Fall?"

„Mr Becker, was können Sie uns über ihr Verschwinden sagen?", fragt Liam.

Er verzieht das Gesicht, während er sich erinnert. „Laura und ich waren schon ein paar Jahre zusammen, aber es ging immer hin und her. Aber ich wusste, dass sie mich liebt. Als ich zum College ging, wollten wir es noch einmal versuchen. Sie konnte es sich nicht leisten, von hier wegzugehen, wollte aber bei mir einziehen, wenn ich mit dem College fertig war, wo auch immer ich landen würde. Irgendwie komisch, dass ich wieder hier gelandet bin."

Ich nicke und versuche, ihn zum Weiterreden zu ermutigen.

„Ich wusste nicht einmal, dass sie verschwunden war. Sie haben mich auf dem College angerufen und gesagt, ich solle vorbeikommen und eine Aussage machen. Aber da war sie schon zwei oder drei Tage weg. Ich glaube, sie haben nur nach jemandem gesucht, der etwas damit zu tun gehabt haben könnte."

„Ist Ihnen irgendetwas aufgefallen?", frage ich. „Als sie verschwand?"

Er schüttelt den Kopf. „Damals lief es zwischen uns nicht so gut. Ich meine, es lief auch nicht schlecht, aber es ist schwer, wenn man fast tausend Kilometer voneinander entfernt ist. Ich wusste, dass es nicht fair war, sie zu bitten, auf mich zu warten. Ich dachte nur, sie hätte genug von mir und wäre mit einem anderen durchgebrannt. Ich meine, jeder mochte Laura, also war es nicht unwahrscheinlich, dass ein Typ sie überredet hat, mit ihm abzuhauen."

„Bis die Leiche auftauchte", sage ich.

Er nickt. „Ich war das letzte Jahr am College, als mich Lauras Mutter anrief. Damals war ich schon mit Melanie zusammen." Er deutet auf die Frau auf der Veranda, die uns aufmerksam beobachtet. „Ich musste alles noch einmal mit der Polizei durchgehen. All meine Bewegungen drei Jahre vor ihrem Verschwinden und in der Woche, in der sie gefunden wurde, belegen. Aber zu diesem Zeitpunkt hatte ich Boston seit über zwei Jahren nicht mehr verlassen."

„Was hat Sie nach Soft Bend zurückgebracht?", frage ich.

„Der Job. Mein Hauptfach war Ingenieurwesen und als dieses Turbinenprojekt direkt neben der Stadt gebaut wurde, in der ich aufgewachsen bin, konnte ich mir die Chance nicht entgehen lassen." Er dreht sich zu seiner Familie um. „Es ist ein großartiger Ort, um eine Familie zu gründen."

„Ich nehme an, Sie waren noch nie in Stillwater?", frage ich.

„Drüben in Virginia?", fragt er. „Ich glaube nicht. Warum?"

Ich schüttele den Kopf. Ich habe nicht das Gefühl, dass Becker etwas mit Laura oder Victoria zu tun hatte. Er scheint mir nicht der Typ dafür zu sein. „Sie sagten, Sie dachten, sie sei mit einem anderen durchgebrannt. Hatten Sie jemand Bestimmten im Sinn? Vielleicht einen Ex-Freund?"

Er schüttelt nachdrücklich den Kopf. „Laura hatte vor mir nur einen einzigen ernsthaften Freund, und zu diesem Psycho wollte sie auf keinen Fall zurück."

„Was meinen Sie damit?", frage ich. Ich bemerke, wie Liams Körper sich anspannt.

„Der Kerl war echt übel. Sie waren ein paar Monate

zusammen, als er eines Tages aus heiterem Himmel mit ihr Schluss machte. Sie konnte nicht verstehen, warum, und war vielleicht ein wenig besessen von dem Wunsch, herauszufinden, warum er sie nicht mehr mochte. Dieser … Typ taucht also eine Woche später mit Blumen und einer Entschuldigung vor ihrer Tür auf und sagt, er habe einen Fehler gemacht. Sie kommen wieder zusammen und alles läuft gut zwischen ihnen. Er ist freundlich, aufmerksam … der perfekte Freund. Ich meine dieses ganze Drumherum: Er isst mit ihren Eltern zu Abend, sie sprechen über ihre Pläne nach der Highschool und er überhäuft sie mit Geschenken, Einladungen zum Abendessen, einfach allem. Es ist wie ein Märchen. Dann, genau ein Jahr, seitdem sie wieder zusammen sind, trennt er sich erneut von ihr und sagt ihr, dass das ganze Jahr nur Show gewesen war. Nur um ihr zu zeigen, dass er ihr Vertrauen in eine künftige Beziehung komplett zerstören kann. Das hat sie fertig gemacht."

„Mein Gott", meint Liam.

Mein Herz rast. Er entspricht genau meinem Profil. Ein Narzisst, der nur mit seinen eigenen Gefühlen beschäftigt ist und keine Gewissensbisse hat, andere zu verletzen, ist – gemäß den Vorschriften – ein Psychopath. Und nach dem, was wir über Victorias Erfahrungen wissen, passt es. Dieser Typ muss die Gestalt von Patrick Wood angenommen haben, als er nach Stillwater ging und sich auf die Lauer legte. Aber acht Jahre sind viel länger als ein Jahr. Was könnte er die ganze Zeit über getan haben? „Hat die Polizei nach diesem Mann gesucht, als Laura verschwand?"

„Das war es ja", ruft Becker. „Er selbst ist ein paar Monate vor ihr abgehauen. Spurlos verschwunden, leeres Haus, kein Hinweis darauf, wohin er gegangen sein könnte. Der Sheriff meinte, dass sie nie herausfinden würden, wo er hingegangen oder was mit ihm passiert ist. Aber er war das, was die Polizei eine Person von Interesse nannte."

„Verdammt", fluche ich. „Wie hießt der Mann?"

„Joe Lewis", antwortet Becker, wobei ein Hauch von Hass in seiner Stimme mitschwingt. Etwas, das über das hinausgeht, was er Laura angetan hat. Etwas, das Becker für diesen Lewis empfindet … ein Maß an Abscheu, das ich zuvor vermisst hatte.

„Sie kannten ihn, nicht wahr?", frage ich.

„Wir waren alle zusammen in der Schule", antwortet Becker, dem nun die Tränen kommen. „Und ich habe es nie gesehen. Er war ein Mensch wie jeder andere. Ein normaler Junge. Wenn ich damals erkannt hätte, was er ist, hätte ich sie vielleicht warnen und verhindern können, dass sie jemals mit ihm ausgeht. Er hat sie einfach so sehr verletzt …"

„… und Sie waren da, um die Scherben aufzusammeln", sage ich nachdenklich. „Sie haben nicht zufällig ein Foto von Joe, oder?"

Er wischt sich mit dem Ärmel über die Augen. „Wahrscheinlich gibt es eins in meinem alten Jahrbuch. Er war eine Klasse über mir."

Mein Herz schlägt schneller. „Könnten Sie es bitte für uns holen?"

Er schaut zurück zu seinem Haus. „Ja, sicher. Nur … ähm … nur eine Minute." Er geht zurück auf die Veranda, wo seine Frau wartet, und spricht mit ihr, aber sie sind zu weit weg, als dass wir sie hören könnten. Doch an ihrer Körpersprache erkenne ich, dass ihr nicht gefällt, was wir verlangen. Einen Moment später verschwindet er im Haus und Mrs Becker stapft wieder die Treppe hinunter und kommt auf uns zu.

„Verdammt", flüstere ich. Liam nickt.

„Was zum Teufel glauben Sie, was Sie da tun?", fragt Melanie Becker. „Mein Mann hat wegen dieser Frau schon genug durchgemacht. Trotzdem taucht alle paar Jahre jemand anderes ihretwegen bei uns auf."

„Wir versuchen, ihren Mörder zu finden, Mrs Becker", erkläre ich ihr.

„So wie jeder andere in diesem Bezirk auch. Glauben Sie nicht, dass ich nicht von Zeit zu Zeit in den lokalen Klatschspalten davon höre. Seit wir hierher gezogen sind, vergeht kein Monat, in dem nicht jemand Laura Allen und den armen, armen Brian Becker und seine Frau erwähnt. Und dass sie nicht glauben können, dass wir zurückgekommen sind."

„Ich nehme an, Sie mögen Soft Bend nicht", sage ich.

Sie kneift die Augen zusammen. „Sagen wir mal so, es ist nicht gerade mein Lieblingsort."

„Mommy!", schreit eines der Kinder und löst damit einen Adrenalinstoß bei mir aus. Ich muss mich zusammenreißen und meinen Körper dazu bringen, sich zu beruhigen. Ich weiß nicht, ob Mrs Becker es bemerkt, aber Liam tut es bestimmt. „Komm und schau zu!"

Sie winkt dem kleinen Mädchen zu und wendet sich dann wieder uns zu. „Bitte, lassen Sie meinen Mann in Ruhe. Geben Sie uns die Chance, unser Leben einfach weiterzuleben." Sie dreht sich um und geht zum Spielhaus hinüber.

„Alles okay?", fragt Liam.

„Ich will einfach nur dieses Foto haben und dann verschwinden", sage ich und zwinge mich, meinen Herzschlag zu verlangsamen.

„Glaubst du, dass Joe Lewis sie wirklich getötet hat?", fragt Liam.

„Ich bin mir sogar sicher. Denk doch mal nach. Nur ein wirklich geistig verwirrter Mensch würde sich ein ganzes Jahr lang mit jemandem verabreden, nur um ihn dann zu verletzen. Das nennen wir, eine wirklich langfristige Strategie zu verfolgen. Sich so lange zu verstellen, so geübt zu sein und sich nicht ablenken zu lassen, damit man eines Tages einfach einen Schalter umlegen kann … Wir haben es hier mit einer emotional rachsüchtigen Person zu tun, die zu allem fähig ist. Jemand, der ein geübter Lügner ist. Wie ich gesagt habe."

„Ich habe es gefunden", ruft Brian und tritt durch die

Schiebetür ins Freie. Er geht die Treppe hinunter, sein Gesicht ist weniger rot als zuvor. „Tut mir leid, dass es etwas länger gedauert hat. Es war unter einigen Sachen in unserer Rumpelkammer vergraben.“ In der Hand hält er ein dünnes, gebundenes Buch mit grünem Hochglanzeinband und goldenen Buchstaben. Er schlägt es auf und blättert durch die Seiten, bis er die richtige findet. „Ja, hier ist er. Dieser Mistkerl.“ Er dreht das Buch zu uns und mir bleibt der Mund offen stehen, als ich das Bild sehe.

„Verdammter Mist“, sagt Liam.

Ich mache mit meinem Handy ein Foto von der Seite. „Wir müssen zurück nach Stillwater. Sofort.“

Kapitel Einunddreißig

„Ich verstehe das nicht“, sagt Liam, als ich auf das Gaspedal trete und der Wagen um die Kurve rutscht. Ich schaue hinüber und sehe, dass er das Bild von Joe Lewis auf seinem Handy aufgerufen hat und es mit dem Bild von Gerald Wright in der Akte vergleicht. Es ist nicht zu übersehen, dass es sich um ein und dieselbe Person handelt, die etwa fünfzehn Jahre älter ist. „Was geht hier vor sich?“

„Ich bin mir nicht sicher“, sage ich. „Ich weiß nur, dass die Freundin von Joe Lewis und die Frau von Gerald Wright beide mit zugenähten Augen in einer Kiste gelandet sind. Die Tatsache, dass die beiden ein und dieselbe Person sind, ist kein Zufall.“ Ich versuche herauszufinden, wie ich das übersehen konnte. Ich bin Wrights Hintergrundinformationen durchgegangen. Es war alles da. Geburtsort, Schulen, College und so weiter. Es gab keine Hinweise darüber, dass er achtzehn Jahre in Soft Bend unter einem anderen Namen gelebt hat.

„Aber was haben diese beiden Personen … oder diese Person, nehme ich an, mit Patrick Wood zu tun?“

„Und wenn sie alle dieselbe Person sind?“, frage ich, als ich in die nächste Kurve einbiege und der Wagen ins Schlingern gerät.

„Dieselbe Person?"

„Denk doch mal nach. Joe Lewis wächst in Soft Bend auf, ist aber geistig nicht gesund, sodass er kurz vor seinem ersten Mord ‚verschwindet' und den Anschein erweckt, er habe die Stadt verlassen, während er in Wirklichkeit in Stillwater eine völlig neue Identität als Wright angenommen hat. Er kommt zurück, tötet Laura und kehrt dann zu seinem Leben in Stillwater zurück, wo er die nächsten zehn Jahre damit verbringt, sich als Immobilienmogul zu etablieren. Er heiratet, bekommt Kinder und beschließt dann, sich eine *weitere* Identität zuzulegen, um seine jetzige Frau loszuwerden. Er erschafft Patrick Wood aus dem Nichts und hält ihn acht Jahre am Leben. Bis es eines Tages so weit ist."

„Aber dieses Mal ist er nicht verschwunden", sagt Liam. „Er ist immer noch in Stillwater, drei Monate nach Victorias Tod. Wenn das sein Muster wäre, wäre er dann nicht schon längst weg?"

Ich schüttele den Kopf. „Jetzt ist das etwas anderes. Er hat Kinder. Sie sind sein Erbe und er muss sie schützen. Er wird nicht einfach verschwinden und sie allein lassen. Mit Kindern eine neue Identität zu erschaffen, ist viel schwieriger als allein. Emma ist vielleicht noch nicht alt genug, um sich an alles aus ihrem alten Leben zu erinnern, Jacob schon. Ihn mitzunehmen und ihm zu erklären, dass er in einer neuen Stadt einen neuen Namen benutzen muss, wäre ein großes Risiko. Außerdem besitzt Wright inzwischen ein Immobilienimperium. Er wird nicht einfach so auf mehrere Millionen Dollar verzichten. Aber Patrick Wood zu erschaffen, gab ihm die Möglichkeit, seine Frau zu töten, ohne dass er sich irgendwo anders ein neues Leben aufbauen musste. Er hat es einfach umgedreht."

„Aber warum hat er sich die Mühe gemacht, Patrick Wood überhaupt erst zu erschaffen? Und warum für so lange Zeit? Wusste er schon vor acht Jahren, was er tun würde?"

Ich schaue ihn verwundert an. „Denk daran, was Brian

gesagt hat. Dass Joe ein ganzes Jahr lang den liebevollen Freund gespielt hat, bevor er sein wahres Gesicht zeigte. Was wäre, wenn das hier nur eine Weiterentwicklung ist? Als ob er gewusst hätte, dass er sie eines Tages loswerden wird, aber erst, wenn er dazu bereit ist."

„Was für ein verdrehter Mann."

„Deshalb musst du auf dem Revier anrufen und Burke oder jemand anderen zu Wrights Haus schicken. Unser Besuch heute Morgen hat ihn wahrscheinlich aufgeschreckt. Ich will nicht, dass er flieht." Mein Herz rast so schnell, dass ich es in meiner Brust spüren kann. Meine Hände zittern förmlich, also umklammere ich das Lenkrad noch fester. Ich kann einfach nicht glauben, dass ich das nicht gesehen habe. Man muss ein Meister der Täuschung sein, um all die kleinen unwillkürlichen Dinge zu kontrollieren, die der menschliche Körper beim Lügen macht, und Gerald hat diesen Test mit Bravour bestanden. Wie ich bereits vorausgesagt habe: Er würde ohne Probleme einen Lügendetektortest bestehen. Der perfekte Lügner.

Liam presst das Handy an sein Ohr. „Hey Jill … ja, ich weiß. Nein, ich weiß, okay? Hör zu, du musst jemanden zum Haus der Wrights schicken und dafür sorgen, dass er nicht abhaut. Nein … hörst du mir bitte einfach zu? Es ist mir egal, ob Burke uns alle feuert, Wright ist unser Hauptverdächtiger!"

Ich beneide Liam nicht. Das wird nicht gut für ihn ausgehen. Aber wenn wir Wright diese Morde nachweisen können, werden sie uns alles verzeihen. Das einzige Problem ist, dass wir im Moment nur Indizien und Spekulationen haben. Aber wenn wir Wright mit Wood in Zusammenhang bringen, können wir ihn festnageln. Das Bild ist Beweis genug, dass Gerald Wright früher Joe Lewis war, jetzt müssen wir nur noch die Verbindung finden.

„Okay, ja, danke", meint Liam und beendet das Gespräch.

„Und?"

„Sie schickt den nächsten verfügbaren Streifenwagen los,

damit die Kollegen ein Auge auf ihn haben. Aber wenn Burke das herausfindet, wird ihr wahrscheinlich dasselbe blühen wie mir."

„Ich werde dafür sorgen, dass sie ein herzliches Dankeschön vom FBI bekommt, wenn wir diesen Kerl festgenommen haben."

„Und wie sollen wir das machen?"

„Keine Ahnung. Aber wir müssen ihn zur Vernehmung abholen, zu einer *richtigen* Vernehmung. Irgendwohin, wo ich ihm gegenübersitzen und ihn mit dem konfrontieren kann, was wir wissen. Er ist noch nie vernommen worden. Er könnte unter dem Druck zusammenbrechen."

„Ich hoffe, du hast recht", sagt Liam und schaut auf sein Handy. „Und ich habe gerade den Empfang verloren. Großartig."

„Der kommt wieder, sobald wir über den Berg sind", erkläre ich ihm und fahre durch eine weitere Haarnadelkurve. Ich weiß, dass ich das Auto gerade an seine Grenzen bringe, aber ich will so schnell wie möglich zurück nach Stillwater. Ich kann nicht glauben, dass ich dem Mann erst heute Morgen ins Gesicht geschaut und es nicht gesehen habe.

Oder vielleicht habe ich das. Ich erinnere mich, dass ich etwas auf seinem Gesicht aufblitzen sah, als wir ankamen, aber nicht sagen konnte, was es war. Wir hatten ihn mit unserer Rückkehr überrascht. Er hatte nicht damit gerechnet, dass wir wiederkommen. Und er war seinen Kindern gegenüber kurz angebunden. Ich dachte, das wäre der Ungeduld und dem Ärger über uns geschuldet, weil er sonst so normal schien.

Das zeigt nur, dass man nie sicher sein kann.

„Also, erzählst du mir jetzt davon, oder was?", fragt Liam.

Ich schaue für einen kurzen Moment zu ihm. „Wovon?"

„Das ist das zweite Mal an einem Tag, dass ein Kind dich aus der Fassung bringt. Wenn wir uns in eine potenziell feindliche Situation begeben, muss ich wissen, was los ist."

Ich schnaube leise und konzentriere mich auf die Straße. „Können wir es nicht einfach gut sein lassen?“

„Nein. Denn wenn du da draußen in Schockstarre verfällst, könntest du dich, mich oder jemand anderen umbringen. Sag mir, was los ist, damit wir uns einen Plan überlegen können.“

Ich beiße die Zähne zusammen und versuche, nicht an diese Nacht vor drei Monaten zu denken. Aber ich kann immer noch die Hitze über uns spüren, den Schweiß, der mir den Rücken herunterlief, als ich zu schnell rannte, um ihn einzuholen. Zara hat recht, ich hätte gar nicht erst dort sein sollen.

„Ich hätte fast ein Kind erschossen“, sage ich und lasse die Worte zwischen uns in der Luft hängen. Ich nehme die nächste Kurve und lasse die Stille auf mich wirken, bis das Auto über ein Schlagloch fährt, was uns beide in unseren Sitzen hochschrecken lässt.

„Was ist passiert?“, fragt er leise.

„Die Verhaftung ging schief. Ich war … zu emotional. Es war gleich nachdem Matt …“ Ich muss mich kurz sammeln und beruhigen. „Egal. Ich habe nicht aufgepasst und der Junge kam einfach so aus dem Nichts. Ich habe tatsächlich den Abzug gedrückt. Wenn ich eine bessere Schützin gewesen wäre, hätte ich ihn getroffen. Ich hätte ihn wahrscheinlich umgebracht.“ Ich atme hektisch aus. Nur Janice und Zara kennen alle Einzelheiten der Geschehnisse jener Nacht, und wenn es nach mir geht, wird das auch so bleiben.

„Hast du … mit jemandem darüber gesprochen?“

Ich schüttele den Kopf. „Ich rede nicht darüber.“

Er wippt langsam mit dem Kopf. „Und seitdem warst du nicht mehr in der Nähe von Kindern.“

„Bis heute nicht“, sage ich und erinnere mich an die Beinahekatastrophe in Wrights Haus. Ich bin mir nicht sicher, ob ich mir selbst zutrauen kann, ihn festzunehmen, wenn diese Kinder dabei sind. Ich habe das Gefühl, dass alles auf

Messers Schneide steht. Als ob eine falsche Bewegung genügen könnte, damit ich etwas tue, das ihr Leben gefährdet. Kinder sind so klein, so … zerbrechlich.

Ich schüttele den Kopf. „Können wir es bitte gut sein lassen?“

„Okay. Aber wenn wir zu Wright gehen, übernehme ich die Führung, nur für den Fall. Die Kinder sind wahrscheinlich noch im Haus. Wenn wir Glück haben, erwischen wir sie vielleicht unvorbereitet beim Abendessen.“

Ich schaue auf die Uhr im Armaturenbrett. Anderthalb Stunden zurück nach Stillwater – wenn ich mich ins Zeug lege, kann ich vielleicht eine Viertelstunde einsparen. Aber auch dann treffen wir immer noch nach achtzehn Uhr ein, wenn die Sonne schon untergegangen ist. Ich hoffe nur, dass Wright so eingebildet ist, dass er glaubt, er könne damit noch durchkommen. Ich möchte nicht daran denken, was passieren könnte, wenn er Angst bekommt oder versucht, zu fliehen.

„Emily?“ Ich kann die Sorge in seiner Stimme hören. „Hattest du schon einmal mit so jemandem zu tun?“

Ich wünschte, ich könnte ihm sagen, dass dem so ist. Ich wünschte, ich könnte ihm sagen, dass ich schon viele Serienmörder gestellt habe, dass ich eine Expertin darin bin, zu wissen, was sie als Nächstes tun werden. Aber die Wahrheit ist, dass wir nicht oft mit solchen Fällen zu tun haben. Bei den meisten meiner Fälle ging es um die Infiltration von Drogenringen, Entführungsorganisationen und sogar um so etwas Banales wie Steuerhinterziehung. Das hier fühlt sich jedoch ganz anders an. Wir haben es mit jemandem zu tun, der sich problemlos in eine andere Person verwandeln und ohne Reue töten kann. Jemand, dem es an jeder Art von wahrer Empathie fehlt, jemand, der ein Meister darin ist, eine Rolle zu spielen, sich zu verstellen, um sich anzupassen und unbemerkt zu bleiben. Ehrlich gesagt ist das der furchterregendste Verdächtige, mit dem ich je zu tun hatte. Er macht mir sogar noch mehr Angst als diejenigen, die eine Waffe direkt auf mich gerichtet haben. Denn selbst in diesen Situationen habe ich immer gewusst, mit wem ich es zu tun hatte.

Ich habe Gerald Wright direkt in die Augen gesehen und nichts Schlechtes gesehen. Und das macht mir am meisten Angst.

„Nein“, antworte ich schließlich. „Noch nie.“

Kapitel Zweiunddreißig

Wir brauchen eine weitere Stunde, um die andere Seite des Gebirges zu erreichen und wieder Empfang zu haben. Kaum sind wir aus dem Funkloch heraus, klingelt und brummt Liams Handy gleichzeitig.

„Verdammt“, flucht er und starrt auf den Bildschirm. „Ich habe sechs Nachrichten erhalten. Und Jill ruft gerade an.“

Mir wird übel. Ich weiß, dass das nichts Gutes bedeuten kann, wenn ich an ihr letztes Gespräch denke. Mir gehen sämtliche Möglichkeiten durch den Kopf: Sind die Polizisten aufgetaucht und Wright ist durchgedreht? Hat er noch jemanden getötet?

„Jill, hey“, sagt Liam. Er schweigt einen Moment, während ich die Frau am anderen Ende des Telefons hören kann. Ich kann zwar ihre Worte nicht verstehen, doch ihr Ton klingt dringend, aber professionell. „Okay. Danke. Wir sind auf dem Weg.“ Er beendet das Gespräch. „Wright ist weg.“

„Wie bitte?“

„Als die Streifenpolizisten ankamen, stand sein Auto nicht mehr in der Einfahrt, und es war niemand zu Hause. Die Kinder sind auch verschwunden.“

„Er ist geflohen. Das heißt, er weiß es. Er weiß, dass wir ihm auf der Spur sind, und jetzt ist er in Panik geraten. Wenn man bedenkt, wie vorbereitet er bisher war, gehe ich davon aus, dass er eine Ausstiegsstrategie hat. Haben sie eine Ahnung, wie lange er schon weg ist? Oder in welche Richtung er gefahren ist?“

Er schüttelt den Kopf. „Nein.“

„Verdammt noch mal!“ Ich schlage auf das Lenkrad. „Wenn ich gesehen hätte, wer er ist, als wir dort waren, hätten wir einfach … zumindest hätten wir abwarten können, was er tut. Er könnte gleich nach uns losgefahren sein, das heißt, er …“ Ich schaue wieder auf die Uhr. „hat vier Stunden Vorsprung? Oder fünf? Er kann schon auf halbem Weg durch Pennsylvania oder in North Carolina sein.“

Ich ziehe mein Handy aus der Tasche, tippe auf die einzige belegte Kurzwahltaste und stelle das Telefon auf Lautsprecher. „Schnapp dir Wrights Akte“, sage ich zu Liam, während es klingelt.

„Hallo“, meldet sich Zara. „Was macht die Jagd?“

„Zara, wir haben ein Problem“, sage ich. „Wir vermuten, dass Gerald Wright der Mörder ist, aber er ist abgehauen. Kannst du uns Informationen über die Verkehrskameras in der näheren Umgebung geben?“

„Was? Ist das der Ehemann?“, fragt sie. „Wow, ja … ähm, schieß los.“ Ich schaue zu Liam.

„Das Kennzeichen lautet Virginia, Adam-Robert-Frank-vier-eins-neun-zwei“, sagt er.

„Verstanden. Sie sind nicht zufällig Detective Coll, oder?“, meint Zara. Ich sehe, wie Liams Wangen rot werden.

„Zara, nicht jetzt“, sage ich. „Geh die Aufzeichnungen durch, ab elf Uhr heute Morgen. Ab da kann er zu jedem Zeitpunkt aufgebrochen sein.“

„Okay, ich werde sehen, was ich tun kann. Soll ich Janice informieren?“

Ich malme mit dem Kiefer, aber im Moment habe ich wohl keine andere Wahl. Ich habe die Kontrolle über die

Situation verloren. Wir brauchen vielleicht Verstärkung, falls wir ihn wie durch ein Wunder finden sollten. Ganz zu schweigen davon, dass er höchstwahrscheinlich bereits die Staatsgrenzen überschritten hat. „Nein, ich rufe sie selbst an. Wir sind noch zwanzig Minuten von Stillwater entfernt. Ich muss sie darüber informieren, was vor sich geht."

„Verstanden. Ich halte dich auf dem Laufenden. Pass auf dich auf."

„Und du auf dich", sage ich aus Gewohnheit und beende das Gespräch. Ich drehe mich zu Liam um. „Würde es etwas bringen, Burke zu sagen, dass er eine Fahndung nach diesem Kerl herausgeben soll?"

„Er wird zwar bestimmt nicht zuhören, aber wir können es versuchen." Er wählt die Nummer und stellt sein Handy für mich auf Lautsprecher.

„Stillwater Police, was kann ich für Sie tun?", sagt eine gelangweilte Stimme am anderen Ende. Ich nehme an, es ist derselbe Mann, den ich heute Morgen am Empfang gesehen hab.

„Jerry, ich muss mit Burke sprechen", sagt Liam.

„Coll? Ich darf dich nicht durchstellen. Er sagte, du sollst eine Nachricht hinterlassen."

„Das ist wichtig. Wir haben einen Verdächtigen, der auf der Flucht ist. Ich habe keine Zeit für diesen Quatsch."

Der Mann am anderen Ende seufzt. „Okay. Bleib dran."

In der Leitung bleibt es eine Weile still, bis er endlich abhebt.

„Burke." Offensichtlich hat Jerry ihn nicht vorgewarnt, sonst hätte er den Anruf wohl kaum angenommen.

„Chief", meint Liam. „Wir haben ein Problem. Ein Verdächtiger ist …"

„Coll, was zum Teufel machen Sie da? Sie sind suspendiert. Und das seit nicht einmal sechs Stunden! Raus aus meiner Leitung."

„Wollen Sie noch mehr Tote auf dem Gewissen haben, Chief?", frage ich. Ich kann mich einfach nicht beherrschen.

„Slate, was … sind Sie … Ist Coll bei Ihnen?"

„Ich habe ihn als zivilen Auftragnehmer engagiert", sage ich.

„Das war's, ich habe genug davon", antwortet er. „Sie sind hier nicht der Polizeichef und Sie werden sich nicht mit meinen Beamten davonmachen!"

„Ein Beamter, den Sie suspendiert haben. Soweit es mich betrifft, ist er ein freier Mitarbeiter. Sie können mich nicht davon abhalten, ihn für einen Fall einzusetzen, bei dem ich glaube, dass er einen großen Beitrag leisten kann."

„Sie machen sich besser auf jede Menge Ärger gefasst, Agent Slate. Glauben Sie bloß nicht, dass ich …"

„Bevor Sie mir weiter drohen", falle ich ihm ins Wort. „sollten Sie wissen, dass wir Gerald Wright als einen möglichen Verdächtigen im Mordfall Victoria Wright identifiziert haben."

Er schweigt einen Moment lang. „Sein Motiv?", fragt er schließlich.

„Noch unklar. Aber wir haben ihn mit einem ähnlichen Fall in Maryland in Verbindung gebracht, wo er unter falschem Namen gelebt hat. Wir vermuten, dass er sich eine neue Identität zugelegt hat, als er nach Stillwater kam, und dass er anschließend Victoria unter falschem Namen in eine Falle gelockt hat."

„Das ist doch lächerlich", meint Burke. „Und es ergibt überhaupt keinen Sinn. Warum hätte er seine Frau unter anderem Namen in eine Falle locken sollen? Er hatte jederzeit uneingeschränkten Kontakt zu ihr."

Ich schüttele den Kopf. „Da bin ich mir nicht sicher. Er ist sehr clever. Wir müssen ihn verhaften und verhören."

„Agent Slate, ich weiß nicht, wie Sie das in D.C. handhaben, aber hier gibt es ein so genanntes Verfahren. Sie können nicht einfach herumlaufen und Bürger eines Verbrechens beschuldigen, nur weil Sie eine Theorie haben. Haben Sie irgendwelche konkreten Beweise, die Wright mit dem Tatort oder der Leiche selbst in Verbindung bringen?"

Ich schüttele den Kopf. „Dieser Typ ist zu schlau, um Beweise zu hinterlassen. Er ist sehr geübt, das ist es, was ich Ihnen zu sagen versuche. Er weiß, wie er damit durchkommen kann."

Burke lacht nur hämisch. „Und Sie nennen mich einen schlampigen Detective. Sobald Sie Ihren eigenen Hintern hochbekommen und etwas Konkretes haben, können wir vielleicht reden. Bis dahin habe ich wirklich Besseres zu tun."

Die Leitung ist tot.

„Das war äußerst produktiv", sagt Liam.

Ich schlage wieder auf das Lenkrad und drücke das Gaspedal durch. Ich hätte wissen müssen, dass Burke nicht zuhören würde, aber es macht mich einfach wütend, wenn man versucht, jemandem die Wahrheit zu sagen, und derjenige alles in seiner Macht Stehende tut, um einem Steine in den Weg zu legen, anstatt richtig zuzuhören. „Trotzdem danke."

„Nun, ich bin so gut wie gefeuert", meint Liam. Er schaut zu mir herüber und zuckt mit den Schultern. „Das Komische daran ist, dass ich mich gar nicht so schlecht dabei fühle. Eigentlich fühle ich gar nichts."

„Ich denke, du hast den falschen Job gewählt. Aber du bist trotzdem ein guter Detective."

Er lächelt. „Danke. Ich wünschte nur, wir hätten uns Wright heute Morgen schnappen können, als wir die Gelegenheit dazu hatten."

„Geht mir genauso", sage ich. „Burke hat aber nicht unrecht. Wenn er wirklich Patrick Wood war, warum sollte er sich dann all die Mühe machen, nur um seine Frau irgendwohin zu locken?"

„Nun", meint Liam. „Um sich zu schützen. Wenn sich alle auf Patrick Wood konzentrieren, schaut niemand auf ihn."

„Stimmt. Aber wäre das nicht viel schwieriger, wenn Patrick Wood keine reale Person ist? Warum hat er ihr nicht einfach gesagt, dass sie ihn irgendwo treffen soll? Wenn er und Wood dieselbe Person sind, muss er den Mord so oder so begehen.“ Während der Fahrt klopfe ich auf das Lenkrad. Warum dieser ganze Aufwand? Was hat er davon?

Ich gehe das Profil in meinem Kopf noch einmal durch. Wright ist klug, aber es fehlt ihm auch an Empathie. Nach dem, was wir über Laura Allen wissen, war er ihr gegenüber mehr als grausam. Vielleicht ist das die Antwort. Vielleicht erregen ihn die Grausamkeit und das Erkennen des Verrats in den Augen eines anderen. „Stell dir vor, dein Ehemann, mit dem du seit acht Jahren verheiratet bist, verhält sich dir gegenüber kalt. Vergiss nicht, dass die Wrights Eheprobleme hatten.“

„Angeblich“, meint Liam.

„Richtig. Nachdem du es also eine Weile versucht und nichts zurückbekommen hast, machst du dich auf die Suche nach … irgendetwas. Nach Gesellschaft.“ Ich versuche, mich in Victoria Wrights Lage zu versetzen, um zu verstehen, was sie gedacht haben könnte. „Und du lernst jemanden kennen … online. Es stellt sich heraus, dass diese Person all das sagt, wonach du dich sehnst. Alles, was du von deinem Mann nicht bekommst.“ Ich drehe mich zu Liam um. „Es gibt keine Unterlagen, die belegen, dass Victoria und Patrick sich vor dem Tag ihres Verschwindens getroffen haben, nicht wahr?“

Liam holt die Akte vom Rücksitz und blättert alle Notizen, Nachrichten und E-Mails durch. „Nicht, soweit ich das beurteilen kann.“

„Siehst du, das ist der Knackpunkt. Wenn er Patrick Wood ist, kann er nicht zulassen, dass sie ihn sieht. Nicht bevor er bereit ist, seinen Plan in die Tat umzusetzen.“

„Also … was? Er catfisht seine eigene Frau?“, fragt Liam.

Ich nicke. „Das ist genau das, was er tut. Denn er weiß, dass er den Ausdruck auf ihrem Gesicht braucht, wenn sie merkt, dass sie betrogen wurde. Genau darum geht es hier. Und für ihn, der acht Jahre darauf gewartet hat, muss das eine große Erleichterung gewesen sein. Der beste Rausch, den er je hatte. Er hat das seit dem Tag, an dem er sie kennengelernt hat, minutiös geplant."

„Mein Gott", meint Liam. „Die Ehe, die Kinder … all das, nur um dieses eine Gefühl zu spüren?"

Ich nicke erneut. „Vergiss nicht, dass Menschen wie Gerald, Menschen, die echte Psychopathen sind, anders gestrickt sind. Während du und ich das nicht könnten, weil wir in der Lage sind, den Schmerz einer anderen Person zu spüren, nimmt er diesen nicht wahr. Alles, was zählt, sind seine eigenen Gefühle. Wenn dabei jemand anderes verletzt wird, hat das für ihn keine Bedeutung. Und er wird so viele Menschen verletzen, wie er muss, um zu bekommen, was er will."

Plötzlich wird mir etwas klar und ich trete das Gaspedal bis zum Boden durch, als wir die ersten Häuser von Stillwater sehen, die in der Landschaft um uns herum auftauchen.

„Was ist?", fragt er.

„Die Kinder. Er beschützt sie nicht. Er wird sie benutzen. So wie er Victoria benutzt hat."

„Du meinst, er wird sie umbringen?"

Ich schaue zu ihm hinüber. „Was könnte besser sein für ein Monster, das sich von Grausamkeit und Verrat ernährt, als dieses Gefühl durch ein Kind zu bekommen? Durch sein eigenes Kind, um genau zu sein. Das ist die ultimative Verletzung."

Eine Welle von Emotionen droht über den Damm zu schwappen, den ich in mir errichtet habe. Diese Kinder werden darunter leiden, dafür wird er sorgen. Und das dürfen wir auf keinen Fall zulassen. Wir müssen ihn finden.

Kapitel Dreiunddreißig

Mein Mietwagen kommt quietschend zum Stehen, als ich Wrights Haus erreiche. Auf der Straße steht ein Streifenwagen, in dem zwei Beamte sitzen. Als sie das Geräusch hören, steigen beide aus ihrem Fahrzeug, aber ich halte meinen Ausweis hoch, bevor sie reagieren können.

„Ich habe euch gerufen“, sagt Liam und einer der Beamten entspannt sich sichtlich, während der andere sich nicht rührt.

„Du hast hier nichts zu suchen, Coll, Befehl vom Chief“, ruft er.

„Steig wieder ins Auto“, sage ich zu Liam, während ich zur Tür laufe. „Sie beide, mit mir!“ Obwohl Wright bereits weg ist, muss ich sein Haus überprüfen und sicherstellen, dass er nichts Belastendes hinterlassen hat. Und da Burke keinen Finger krumm machen wird, um uns zu helfen, kann ich mich auf niemanden verlassen, der diese Aufgabe übernimmt.

Ich klingle, obwohl ich weiß, dass niemand da ist. Ich schaue zur Kamera, die über dem Rahmen angebracht ist. Das blaue Licht leuchtet. Das bedeutet, dass Wright höchstwahrscheinlich weiß, dass ich hier bin. Gut. Ich möchte, dass er mich sieht, dass er weiß, dass ich ihm auf der Spur bin.

Vielleicht gerät er in Panik, lässt die Kinder zurück und läuft davon. Zum jetzigen Zeitpunkt würde ich mich für diese Option entscheiden, auch wenn das bedeuten würde, dass er auf Nimmerwiedersehen verschwinden könnte. Solange die Kinder in Sicherheit sind …

„FBI", rufe ich und bin mir sicher, dass die Kamera meine Worte aufnimmt. „Öffnen Sie die Tür, wenn Sie zu Hause sind. Ich zähle bis drei."

„Was haben Sie vor?", fragt einer der Polizisten. „Ohne Durchsuchungsbeschluss dürfen Sie nicht ins Haus eindringen."

„Gefahr in Verzug", sage ich, während ich meine Dienstwaffe aus dem Holster ziehe. Dann trete ich gegen die Tür und das Glas zerbricht im Rahmen. Im Haus ertönt ein Alarm. Ich trete noch einmal dagegen. Der Rahmen gibt endgültig nach, die Tür fliegt auf.

„Emma! Jacob! Hier ist Emily von heute Morgen! Seid ihr hier?" Ich gebe den Beamten ein Zeichen, das Haus zu durchsuchen. Vorsichtshalber ziehe ich meine Waffe und halte sie auf den Boden gerichtet, während wir mit der Suche beginnen und die heulende Sirene durch den Raum schallt. Bei einer kurzen Inspektion des Erdgeschosses stelle ich fest, dass alle Spielsachen, die heute Morgen auf dem Boden verstreut waren, verschwunden sind. Sie befinden sich in keinem der Eimer oder Kisten, die ich sehen kann.

„Sauber!", ruft einer der Beamten von oben.

Ich gehe durch die Hintertür in den Garten und konzentriere mich auf die Garage im hinteren Bereich. Wie das Haus ist auch dieses Gebäude dunkel und die Zugangstür verschlossen. Ich trete gegen sie, bis das Schloss bricht. Als ich das Licht einschalte, bin ich überrascht, dass ich Victorias Auto nicht sehe. Ich war mir so sicher, dass es hier ist, aber im Großen und Ganzen handelt es sich nur um einen Lagerraum voller Werkzeuge, Farben und diverser anderer Haushaltsgegenstände. Aber neben dem Wagen entdecke ich eine kleine Nische … groß genug für ein Kind, um hineinzukrabbeln.

„Und?" Ich schaue auf und sehe Liam in der Tür. „Ich habe dich von der Straße aus herkommen sehen."

„Komm her und hilf mir suchen." Ich krabble auf allen vieren in die Nische und stelle fest, dass sie zu einer Art Abstellkammer neben der Garage führt. Bilder von toten Kindern überfluten mein Gehirn, aber als ich die Taschenlampe meines Handys einschalte, sehe ich nur ein paar Kisten. Aber das, was ganz oben auf der Kiste steht, erregt meine Aufmerksamkeit: die Initialen *PW.*

„Was soll's", sage ich und greife nach ihr. Ich habe keine Zeit für die korrekte Verfahrensweise, nicht wenn das Leben dieser Kinder auf dem Spiel steht. In dem Karton befinden sich weitere Finanzdokumente, nur das auf keinem sein Name steht, sondern der von … *Patrick Wood.*

„Jetzt hab ich dich", sage ich. „Ruf Burke an. Sag ihm, dass wir seinen Beweis haben!"

„Was hast du gefunden?" Ich ziehe die Kiste in die Garage, damit wir uns einen besseren Überblick verschaffen können.

„Em." Liam greift in die Kiste und holt einen kleinen Schlüssel mit der eingravierten Zahl Drei und eine Spule mit einem dicken, schwarzen Faden hervor. „Kommt dir das bekannt vor?"

„Das ist der Schlüssel vom Motel Five", sage ich. „Er hat ein Andenken behalten. Und das, was er für ihre Augen benutzt hat." Ich bin mir zwar nicht sicher, aber für mich sieht es wie dasselbe Garn aus. Es ergibt alles Sinn. Alles über Patrick Wood ist in dieser Kiste. Er wollte die Sachen aufbewahren, damit er sie sich immer wieder ansehen und sich daran erinnern kann, wann immer er will.

„Moment", sage ich. „Was, wenn er gar nicht geflohen ist? Nachdem er Laura Allen getötet hat, ist er nicht quer durchs

Land gezogen, um irgendwo neu anzufangen. Er ist in eine Stadt gezogen, die anderthalb Stunden entfernt war! Er war die ganze Zeit direkt vor der Nase von Soft Bend."

„Eine Machtdemonstration", sagt Liam. „Er wusste, dass er damit durchkommen würde."

Ich nicke. „Ganz genau. Was, wenn er jetzt das Gleiche tut?" Ich halte den Schlüssel hoch. „Was, wenn er immer noch hier ist?"

Wir schauen uns noch einen Moment an, bevor wir aus der Garage laufen. Einer der Polizisten steht auf dem Rasen. „Versiegeln Sie das Gebäude!", rufe ich. „Holen Sie die Spurensicherung her. Rufen Sie Burke an und sagen Sie ihm, dass wir Verstärkung im Motel Five Hotel brauchen. Möglicherweise bewaffneter Verdächtiger, hochgefährlich und mit Geiseln!"

Die Augen des Beamten blitzen auf, er nickt, zieht sein Funkgerät hervor und gibt die Befehle an die Zentrale weiter. Liam und ich erreichen das Auto und ich fahre los, noch bevor wir die Türen geschlossen haben.

„Glaubst du, dass sie noch leben?", fragt er.

„Hoffentlich", antworte ich. „Ihm zuliebe." Ich bereue meine Entscheidung, die Kameras von Wright so dreist zu benutzen, aber zu dem Zeitpunkt habe ich gedacht, er wäre längst auf dem Weg nach Memphis.

Während ich fahre, klingelt mein Telefon. Ich ziehe es heraus, werfe einen Blick auf den Bildschirm und nehme das Gespräch an.

„Em, gut, dass ich dich erwische", sagt Zara. „Ich habe die Jungs dazu gebracht, die Kameradaten für Stillwater zu besorgen, obwohl Janice nicht glücklich darüber war. Ich dachte, du wolltest sie anrufen?"

„Dazu hatte ich keine Zeit mehr." Mit Janice kann ich mich später befassen. Im Moment zählt nur das Leben dieser beiden Kinder.

„Nun, in dem Zeitraum, den du genannt hast, gab es nur zwei Treffer. Einmal auf einer Kamera an der Ecke Vierte und Blakewell.“

„Weißt du, wo das ist?“, frage ich Liam.

Er nickt. „In der Nähe des Stadtzentrums, nicht allzu weit vom Revier entfernt.“

„Und einmal auf der Route 9 in Richtung Interstate“, fügt Zara hinzu. „Aber ich habe alle Autobahnkameras überprüft und nichts gefunden.“

„Das liegt daran, dass er nicht auf die Interstate aufgefahren ist“, sage ich. „Das Motel liegt an der Route 9.“ Unsere Vermutung war also richtig. „Ruf im Motel an. Hol den Manager ans Telefon, ich will mit ihm reden. Danke Zara!“

„Schnappt ihn euch!“, ruft sie und beendet das Gespräch.

Liam wählt die Nummer des Motels, aber niemand hebt ab. „Nicht gut“, meint er.

Mein Herz schlägt so schnell, dass ich das Gefühl habe, es würde explodieren. Die Straßenlaternen weichen der Dunkelheit der Straße, unsere Scheinwerfer sind das Einzige, was vor uns leuchtet, abgesehen von den gelegentlichen Häusern auf beiden Seiten.

Ein Teil meines Gehirns denkt, dass jetzt der beste Zeitpunkt ist, um ein Worst-Case-Szenario durchzugehen. Ein Reh könnte uns vor den Wagen springen, was zu einem Totalschaden am Auto führen und uns möglicherweise töten würde. Wright könnte den Manager töten, bevor er die Kinder in das Zimmer bringt, um auch sie zu töten. Er könnte bereits alles erledigt haben und sich vielleicht sogar selbst das Leben nehmen. Jede dieser Möglichkeiten besteht und ich muss einen Ausweg finden. Ich muss das Schicksal zwingen, sich meinem Willen zu beugen, um Wright davon abzuhalten, die eine Sache zu tun, von der ich weiß, dass sie ihm mehr Freude bereitet als alles andere.

„Du schaffst das“, sagt Liam neben mir. Er muss meine Mimik gelesen haben.

Ich antworte nicht, sondern konzentriere mich auf die bevorstehende Aufgabe. Was auch immer es kostet, ich *werde* diesen Mann aufhalten.

Kapitel Vierunddreißig

Das flackernde Schild des Motel Five taucht vor uns auf und ich gebe Vollgas, bis wir die Kurve erreicht haben und das Auto in die Einfahrt rutscht. Ich fluche, als ich den Parkplatz sehe: Fünf Autos stehen dort, darunter Wrights Mercedes, der direkt vor der Tür von Nummer drei geparkt ist. Er versteckt sich nicht, nicht jetzt, was meine Besorgnis nur verstärkt. Dass er so unverschämt ist, gefällt mir nicht; er versucht nicht einmal mehr, sich zu verstecken. Wie ein Tier, das in die Ecke gedrängt wird, ist er unberechenbar.

„Wir müssen auf die Verstärkung warten", sagt Liam.

Ich schüttele den Kopf. „Er weiß, dass wir kommen. Ich kann das Leben dieser Kinder nicht noch mehr riskieren, als ich es ohnehin schon getan habe. Sieh doch, er ist in demselben Zimmer, in dem er seine Frau getötet hat. Du weißt, dass er es gerade jetzt tut. Wenn wir warten, haben sie keine Chance."

Ich habe das Tempo rapide gedrosselt, damit unsere Anwesenheit nicht bemerkt wird. Zumindest hoffe ich das. Ich sehe keine Bewegung am Fenster von Zimmer drei, was sowohl gut als auch schlecht ist. Ich will nicht, dass er weiß, dass wir kommen, aber gleichzeitig will ich auch nicht, dass er den Kindern etwas antut. Ich halte ein paar Meter entfernt, lasse den Motor laufen, öffne leise die Tür, ziehe wieder meine Dienstwaffe und stelle sicher, dass sie entsichert ist.

Mein Puls schlägt so laut, dass ich kaum sagen kann, ob die Geräusche des Parkplatzes von meiner beschleunigten Atmung kommen oder eine andere Ursache haben. Meine Hände sind schweißnass, aber ich habe die Waffe fest im Griff und halte sie unten und zur Seite, während ich langsam zur Tür gehe. Das Zimmer neben Nummer drei ist wieder besetzt, was bedeutet, dass ich mich vor Kollateralschäden hüten muss. Wenn Wright eine Waffe hat, könnte er jeden erschießen.

Als ich die Tür erreiche, berührt meine Hand zwar kaum die Klinke, aber ich weiß bereits, dass sie verschlossen ist. Ich gebe Liam ein Zeichen, mir den Schlüssel aus Wrights Garage zu geben, den ich ganz langsam hineinstecke. Von drinnen höre ich nichts, weshalb ich am liebsten die Tür eintreten würde. Aber es gibt keine Garantie, dass ich sie bereits mit dem ersten Tritt öffne, und ich darf Wright keine Sekunde Vorsprung geben. Sobald der Schlüssel ganz drin ist, drücke ich den Griff hinunter und er gibt nach. Ich stoße die Tür auf und richte meine Waffe im Raum aus.

Wright kniet auf dem Boden. Vor ihm steht Jacob, der zu seinem Vater aufsieht, während Wright eine Plastiktüte in der Hand hält. „Keine Bewegung!“, rufe ich.

Wright wirbelt Jacob herum und hält ihm ein Messer an die Kehle. Ich weiß nicht einmal, woher es kommt, aber mein Blick ist auf beide gerichtet. Jacobs Augen sind rot umrandet und sein Gesicht ist gerötet, als hätte er geweint, und zwar sehr viel. Ich werfe einen Blick auf das Bett und sehe Emma, deren Kopf in einer Plastiktüte steckt, die fest um ihren Hals gewickelt ist.

Der Anblick ist wie ein Speer, der mich durchbohrt. Sie bewegt sich nicht.

„Wright, es ist vorbei!“, brülle ich. „Lassen Sie ihn gehen.“

Er packt den Jungen an den Haaren und reißt seinen Kopf hoch, während er das Messer an seinen Hals legt. Ich denke an den Vorfall vor drei Monaten zurück und erstarre.

„Und mir das verweigern, worauf ich die ganze Zeit gewartet habe?“, fragt er. „Das glaube ich nicht. Selbst wenn Sie mich töten, habe ich es schon erlebt. Und er auch. Seine letzte Erinnerung wird die an seinen Vater sein, an den Mann, zu dem er sieben Jahre lang aufgeschaut und der ihm mehr wehgetan hat, als jeder andere es je könnte.“

„Und dann?“, schaffe ich zu fragen und schaue wieder zu Emma. Wie lange liegt sie schon so da? Ist sie bereits tot? „Was nützt es, jemanden auf diese Weise zu betrügen, wenn er es nicht sein ganzes Leben lang spürt? Sie berauben ihn seines lebenslangen Schmerzes, wegen dem er nie wieder jemandem vertrauen kann, richtig?“

„Sie sind erstaunlich intuitiv, Agent Slate. Das sagen alle über Sie. Ich habe eine Weile gebraucht, um herauszufinden, wer Sie sind, weil Sie den Namen Ihres Ehemannes nicht mehr benutzen.“ Seine Bemerkung irritiert mich, aber ich konzentriere mich weiter auf Jacob und versuche, ihm wortlos zu vermitteln, dass alles in Ordnung ist. Ich habe keine Ahnung, woher Wright etwas über mich weiß, und es ist mir auch egal. Ich weiß nur, dass der Junge tot ist, wenn ich nichts unternehme. „Tatsache ist, dass ich sie nicht brauche, um ein Leben nach dem Verrat zu führen. Ich habe gesehen, wie das war. Die Menschen sind widerstandsfähiger, als man erwarten würde.“

„Laura Allen, richtig?“

In seinen Augen flackert etwas auf und auf seinen Lippen erscheint der Anflug eines Lächelns. „Es war richtig, davonzulaufen. Sie meinten, ich würde überreagieren, aber sie haben keine Ahnung, wozu Sie fähig sind“, sagt er.

„Wer sind *sie*?“, will ich wissen und schaue erneut zu Emma. Solange er weiterredet, ist Jacob sicher, aber Emma nicht. Ich muss einen Weg finden, ihn auszuschalten.

„Ich habe versucht, Laura am Leben zu lassen. Das habe ich wirklich“, sagt er und ignoriert meine Frage. „Ich habe sie im Auge behalten. Aber dann sah ich, wie es ihr immer besser ging. Wie sich ihr Leben trotz allem, was ich ihr angetan hatte, zum Guten wendete. Es war, als ob sie mich vergessen hätte. Und das war inakzeptabel.“

„Weil sie genauso unglücklich sein musste wie Sie.“

„Weil sie gebrochen sein musste. Ich wollte Victoria nicht die Chance geben, wegzugehen und ein besseres Leben ohne mich zu führen. Diesen Fehler habe ich einmal gemacht. Nie wieder. Sie sehen also, Agent Slate, erst werden sie in ein Gefühl der Sicherheit gelockt. Dann kommt der Verrat, dann der Tod. Und ich sorge dafür, dass sie ihre Augen niemals wieder öffnen können. Ich schließe die Erfahrung ein und raube ihnen jeden Frieden im Tod. Das ist der einzige Weg. Aber da ich mir sicher bin, dass Ihre Verstärkung längst unterwegs ist, sollte ich die Sache nun beenden.“ Ich erkenne es im Bruchteil der Sekunde, bevor er das Messer bewegt. Er hat sich bereits entschlossen.

Vor meinem geistigen Auge sehe ich nur noch das verängstigte kleine Kind in der Ecke, das ich beim letzten Mal fast getötet hätte, als ich eine Waffe abfeuerte. Es steht da, zittert, während im Raum der Schuss widerhallt, und ich stehe weniger als einen Meter von ihm entfernt und bin entsetzt darüber, dass ich glaube, es tatsächlich getroffen zu haben. Aber gleichzeitig sehe ich Jacobs flehende Augen; der Junge weiß, dass dies seine letzten Momente sind. Plötzlich werde ich ganz ruhig und drücke ab.

Wrights Körper zuckt zurück, als die Kugel in seine obere Schulter eindringt und das Messer aus seiner Hand fliegt. Ich springe nach vorne und schnappe mir Jacob, während Liam hinter mir vorbeiläuft, Emma hochhebt und sie aus dem Zimmer bringt. Als ich Jacobs Hand nehme, scheint sich die Welt in Zeitlupe zu bewegen und ich bemerke das Blinken der roten und blauen Lichter vor der Tür. Mit aller Kraft ziehe ich Jacob an mich heran, obwohl er keinen Fuß vor den anderen setzen kann. Immer mehr Tränen fließen über sein Gesicht, also nehme ich ihn die Arme. Ich drehe mich um und schiebe ihn zurück zur Tür, weil ich weiß, dass er immer noch nicht in Sicherheit ist. Nicht solange Wright nicht verhaftet ist.

Als ich mich umdrehe, bewegt sich die Welt wieder im normalen Tempo.

Ich hebe meine Waffe erneut, um sie auf Wright zu richten, aber er ist inzwischen hinter das zweite Bett gekrochen. Ehe ich mich versehe, rollt er sich über den unverletzten Arm über die Matratze und stößt mich mit dem Rücken gegen die Kommode, die sich in meinen Rücken bohrt. Ich schreie auf und ramme das Knie in sein Brustbein, was ihn wieder auf den Boden wirft. Er ist auf allen vieren und ich bemerke, dass die Kugel glatt durchgegangen ist, obwohl er Blut verliert. Ich richte meine Waffe wieder auf ihn, aber er hat das Messer wieder in der Hand und sticht es mir direkt in den Oberschenkel, wo es stecken bleibt. Ich spüre es nicht einmal. Ich drücke noch einmal ab und die Kugel durchschlägt seinen Bauch. Er grunzt und fällt zur Seite.

Das Adrenalin bewahrt mich davor, zusammenzubrechen. Ich kann einen Kabelbinder hervorholen, ihn um seine Arme legen und sie hinter seinem Rücken verschränken.

Liam taucht zusammen mit einer weiteren Polizistin in der Tür auf.

„Ich habe ihn“, sage ich und schaue auf. „Die Kinder?“

„Jacob geht es gut“, sagt Liam. „Die Sanitäter kümmern sich gerade um Emma.“ Ich humple zur Tür und dränge mich an ihm vorbei. Ich sehe, wie Emma zwischen den Sanitätern auf dem Boden liegt und wiederbelebt wird. Ich habe keine Ahnung, wie lange die Tüte um ihren Kopf gewickelt war oder wie viel Kohlendioxid sie eingeatmet hat. Überall sind Polizisten im Einsatz, halten Menschen zurück und sichern die Umgebung. Ich humple zu den Rettungssanitätern hinüber und sehe zu, wie sie sich um das kleine Mädchen kümmern.

Der schlimmste Fall blitzt wieder in meinem Kopf auf. Ich war nicht schnell genug. Wenn ich es nur ein paar Minuten früher herausgefunden hätte, wäre sie noch hier und läge nicht auf einem kalten Parkplatz, während das Leben aus ihr herausströmt.

Plötzlich höre ich sie husten. Ich schaue auf und sehe, dass sie zwar eine Sauerstoffmaske trägt, aber ihre Augen sind offen und sie versucht zu husten. Einer der Rettungssanitäter zieht die Maske zurück und hilft ihr, den Kopf zur Seite zu legen, damit sie besser Luft holen kann.

Ich spüre, wie sich eine kleine Hand in meine schiebt. Ich schaue nach unten und sehe Jacob neben mir. „Wird sie wieder gesund?“, fragt er mit leiser, ängstlicher Stimme.

Ich schaue wieder zu dem kleinen Mädchen, das jetzt selbstständig zu atmen scheint, während die Rettungssanitäter ihre Vitalwerte überprüfen. „Ich glaube, ja.“

Jacob schlingt die Arme um mein unverletztes Bein und ich merke, dass das Messer immer noch aus dem anderen Oberschenkel herausragt. „Danke“, sagt er. „Danke, dass du uns gerettet hast.“

Ich lege eine Hand auf seinen Rücken und zucke zusammen, als der Schmerz in meinem Bein real wird.

„Gern geschehen“, sage ich und meine es auch so.

Kapitel Fünfunddreißig

Es waren nur zwei Krankenwagen am Unfallort und trotz meiner Verletzung bestand ich darauf, dass der erste Emma und Jacob zur Untersuchung ins Stillwater Medical Hospital bringt. Der andere ist für Wright reserviert, der in schlechterer Verfassung ist als ich.

Inzwischen untersuchen zwei Sanitäter meine Wunde, aber ich habe nur Augen für die offene Tür zu Zimmer Nummer drei. Nachdem ich herausgekommen war, eilten weitere Beamte und Sanitäter herbei, die zweifellos versuchten, Wrights Leben zu retten. Zu diesem Zeitpunkt ist es mir egal, ob es ihnen gelingt oder nicht. Von mir aus kann er in diesem Zimmer sterben, wie er es verdient.

„Alles okay, Agent?", fragt der Mann links von mir in dunkelblauer Uniform. Er ist jung, wahrscheinlich kaum älter als einundzwanzig. Aber er sieht sehr freundlich aus. Ich drehe mich zu ihm um. „Angesichts der Stelle, an der das Messer steckt, empfehle ich, es nicht zu entfernen, bevor wir Sie ins Krankenhaus gebracht haben."

„Wie schlimm ist es?"

„Es steckt ziemlich nah an der Oberschenkelarterie. Wenn wir es jetzt herausziehen, könnten wir versehentlich die

Arterie treffen und Sie könnten verbluten, bevor wir die Blutung stoppen können." Er holt tief Luft und inspiziert die Stelle, an der er meine Jeans aufgeschnitten hat. „Andererseits möchte ich Sie aber auch nicht bewegen. Jede Bewegung des Beins in die eine oder andere Richtung könnte dieselben Folgen haben. Bleiben Sie sitzen. Wir schnallen Sie auf eine Trage und bringen Sie ins Krankenhaus, sobald der andere Krankenwagen zurück ist, okay?"

Ich nicke. Sie haben mich schon gezwungen, mich zu setzen, also muss ich nur darauf achten, mich nicht zu bewegen. Dann kann mir nichts passieren.

Immer mehr Menschen tauchen auf, auch Vertreter der Lokalnachrichten, vermutlich, weil sie den Polizeifunk abhören. Ich bemerke Liam, der sich mit derselben Beamtin unterhält, die ihm zuvor geholfen hat. Ich kann nur vermuten, dass es Jill ist. An der Art und Weise, wie sie reden, und an ihrer entspannten Körpersprache kann man leicht erkennen, dass da etwas ist. Oder das da in der Vergangenheit einmal etwas gewesen ist. Er beendet das Gespräch, geht zu mir und mustert mich. „Und? Wie groß ist der Schaden?"

„Ziemlich groß, fürchte ich", sage ich und schaue auf die Wunde hinunter. „Du hast mich angelogen."

Er erstarrt. „Wie bitte?"

Ich nicke Jill zu. „Du hast doch eine Freundin."

Erleichterung macht sich auf seinem Gesicht breit. „Oh nein, sie ist nur eine Freundin der Familie. Wir dachten einmal, dass das mit uns etwas geben könnte … aber es hat nicht funktioniert."

„Das kann ich gut verstehen. Was ist mit Wright? Liegt er tot da drinnen?"

Liam schüttelt den Kopf. „Sie versuchen nur, ihn zu stabilisieren. Er will einfach nicht die Klappe halten und will unbedingt mit dir reden."

„Ich will nichts mehr hören, was er zu sagen hat."

„Geben Sie mir einen Moment", sagt der Sanitäter. „Ich

bin gleich wieder da.“ Er läuft zurück zum Krankenwagen. Ich schaue nach unten und sehe, dass er mir einen behelfsmäßigen Verband angelegt hat, um das Messer zu fixieren. Der Bereich um die Wunde herum ist blutig, aber ich verliere nicht so viel Blut, dass ich mir ernsthaft Sorgen mache.

„Du hast sie gerettet, weißt du“, sagt Liam und deutet auf meine Wunde. „Ich habe gehört, wie sich zwei Sanitäter unterhalten haben. Sie sagten, wenn Emmas Kopf noch länger in der Tüte gesteckt hätte, wäre sie an Hypoxie gestorben.“

Ich sitze da und lasse die Wellen der Emotionen über mich hereinbrechen. Ich weiß, wie knapp es war. Und wie schlimm es hätte enden können. Zum Glück haben wir sie rechtzeitig gefunden. „Ich glaube, so hat er Victoria getötet. Er hat sie erstickt.“

„Das ergibt Sinn. So sind nach einer Weile kaum noch Spuren zu finden.“

„Und die Methode ist kalt, distanziert und dennoch persönlich. Das ist genau das, was jemand wie Wright seinen Opfern antun würde. Ich bin mir sicher, dass es Laura Allen genauso ergangen ist. Er ist besessen davon, ihre letzte Erinnerung zu sein. Deshalb näht er ihnen auch die Augen zu, damit sie nie wieder etwas anderes sehen können.“ Ich werfe noch einen Blick auf die Tür, als sie die Trage hineinrollen.

„Weißt du“, sagt Liam. „Ich bin froh, dass du ein Kreuzritter bist. Sonst hätten wir es jetzt mit zwei weiteren Mordopfern zu tun.“

„Ohne dich hätte ich es nicht geschafft“, sage ich. „Du hast die Kiste gefunden.“

Er setzt sich neben mich und zieht die Beine an die Brust. „Ja. Das *war* ziemlich heldenhaft von mir. Ich habe dir buchstäblich den Schlüssel zur Lösung des Falles gegeben.“

„Wir wollen doch nicht übertreiben, oder?“, frage ich und zucke zusammen. Ein stechender Schmerz durchfährt mein

Bein, als der Rettungssanitäter zurückkommt und die Wunde mit einem Gel behandelt. „Was ist das?"

„Superkleber", sagt er. „Der hält alles zusammen, bis wir Sie ins Krankenhaus bringen können."

„Sehr witzig", antworte ich.

„Wow", meint Liam und beugt sich vor, um die Wunde zu betrachten. Ich atme den Duft seines Aftershaves ein und beiße mir auf die Lippe, um mir einen Kommentar zu verkneifen. „Wenn sie mit dir fertig sind, bist du wie die bionische Frau."

„Die bionische was?", frage ich und richte mich auf.

„Egal … oh, verdammt." Ich folge seinem Blick zu der Stelle, an der gerade ein weiteres Polizeiauto auftaucht. Burke steigt aus, schaut sich um und bellt den Beamten Befehle entgegen. Er bringt sie dazu, die immer größer werdende Menschenmenge zurückzudrängen und das Gebiet weiträumiger abzusperren. Ein weiterer Beamter eilt herbei und raunt sie an, bevor er innehält und zu uns schaut. Mein ganzer Körper spannt sich an, während ich mich auf den Kampf vorbereite, von dem ich weiß, dass er bevorsteht.

„Agent, bitte", sagt der Sanitäter. „Es wäre besser für Sie, wenn Sie sich entspannen würden." In der Ferne höre ich die Sirene des zweiten Krankenwagens, der bereits auf dem Rückweg ist.

„Also", sagt Burke und hakt den Daumen im Gürtel ein, während er auf uns zukommt. „Wie ich sehe, haben Sie ihren Mann gefunden."

„Nicht dank Ihnen. Sie sollten sich vielleicht einen Rechtsbeistand suchen, Chief, denn wenn ich hier fertig bin, werden Sie wegen Behinderung der Justiz angeklagt. Sie haben verdammtes Glück, dass die Kinder überlebt haben, sonst würde ich noch Beihilfe zum Mord auf die Liste setzen."

Seine Miene bleibt unbewegt. „Wir werden sehen." Dann wendet er sich an Liam. „Ich sollte Sie wegen Fehlnutzung von Polizeimitteln verhaften lassen."

„*Fehlnutzung*?“, sage ich und versuche, aufzustehen, aber der Sanitäter hält mich zurück. „Alles, was er getan hat, war, das öffentliche Interesse zu schützen und einen Mörder zu jagen! Wenn Liam nicht gewesen wäre, wäre die Sache womöglich ziemlich übel ausgegangen. Aber drohen Sie uns ruhig weiter. Mal sehen, wie gut das für Sie ausgeht.“

Burke starrt mich einen Moment mit zusammengekniffenen Augen an, bevor er sich umdreht und in Richtung der Nachrichtenkameras geht.

„Typisch“, meint Liam.

„Oh, nein. Damit kommt er nicht durch. Er hat diese Untersuchung von Anfang an behindert und ich werde dafür sorgen, dass er dafür zur Rechenschaft gezogen wird.“ Ich ziehe mein Handy aus der Innentasche meiner Jacke. Aber bevor ich eine Nummer wählen kann, sehe ich, wie sie Wright aus dem Zimmer rollen. Er ist auf der Trage festgeschnallt und hat eine Maske über dem Mund, die ihn mit Sauerstoff versorgt. Zwei Beamte, darunter der, mit dem Liam vorhin gesprochen hat, begleiten die Trage mit den Sanitätern nach draußen. Ich kann sehen, dass Wright etwas murmelt, verstehe es aber nicht.

Als er mich sieht, werden seine Augen immer größer.

Mit einer Hand greift er nach oben und zieht die Maske ab.

„Emily!“ Seine Stimme ist heiser, hat aber immer noch viel Kraft. Ich bin überrascht, dass er nicht betäubt ist. „Ich brauche Schutz! Wenn Sie sich bereit erklären, mir den Schutz des FBI zu gewähren, werde ich Ihnen alles erzählen.“

„Wir haben bereits alles, was wir brauchen“, rufe ich zurück. „Viel Spaß im Gefängnis.“

Er schüttelt den Kopf und schiebt die Hand weg, die ihm die Maske wieder aufsetzen will. „Nein, ich meine es ernst. Sie werden mich umbringen. Ich kann Ihnen alles sagen.“

Ich schüttle den Kopf, als sie ihn wegrollen.

„Ihr Mann!“, schreit er. „Matthew, richtig? Ich weiß über

ihn Bescheid. Ich werde Ihnen sagen, wie sie ihn getötet haben! Beschützen Sie mich!“

Ich habe das Gefühl, dass mein Herz stehen geblieben ist. Im Handumdrehen bin ich auf den Beinen. Von irgendwo hinter mir ertönt ein lautes Geräusch, aber ich kann mich nur auf Wright und die Trage konzentrieren, die in den Krankenwagen gerollt wird. Jemand hält mich am Arm fest, während jemand anderes mir etwas zuruft, aber es ist, als wäre die ganze Welt dunkel geworden, und alles, was ich sehen kann, ist Wright, der unter der Maske immer noch etwas schreit, während sie ihn in das Fahrzeug schieben. Seine Augen sind wild, aber klar, und sie starren direkt in meine Seele. Ehe ich mich versehe, sind die Türen geschlossen, und der Krankenwagen fährt los.

Ich schaue auf mein Bein hinunter und sehe, wie das Blut aus der Wunde strömt. Mein Kopf fühlt sich schwach an, und die Welt beginnt sich zu drehen. Das Letzte, was ich aus den Augenwinkeln sehe, bevor ich zu Boden gehe, ist Liams Gesicht.

Dann wird alles schwarz.

Kapitel Sechsunddreißig

Das Erste, was ich wahrnehme, ist, dass mein Kopf pocht, noch bevor ich die Augen öffne. Es fühlt sich an, als hätte mir jemand gegen den Hinterkopf getreten, und eigentlich will ich die Augen nicht öffnen, aber ich tue es trotzdem. Zum Glück bin ich an einem Ort mit gedämpftem Licht. Ich merke, dass ich friere. Meine Arme sind nackt und ich bin nur mit einer dünnen Decke zugedeckt. Eine Bewegung zu meiner Rechten lässt mich aufhorchen, und ich schaue zu einem Mann in hellgrünem Kittel hinüber, der einen an einem Haken hängenden Beutel kontrolliert. Ich öffne den Mund, um ihn zu fragen, was los ist, aber er ist trocken und ich bekomme kaum ein Wort heraus.

Er sieht mich lächelnd an und reicht mir einen Becher mit Eiswasser, den ich hastig trinke. Ich genieße die Kühle, die meine Kehle umhüllt, und gebe ihm den Becher zurück. „Danke“, krächze ich. „Was ist …“

„Sie hatten verdammtes Glück, das ist passiert.“

Ich schaue zum Fußende meines Bettes, wo eine Frau steht, deren imposante Statur einen Schatten auf mein Bett wirft, obwohl es im Raum nicht sehr hell ist. Ihr Haar ist silbern und zu einem Dutt hochgesteckt, und sie trägt eine Brille mit dunklem Gestell.

„Janice?" Ich blinzle ein paar Mal und versuche, mich zu orientieren. Ich bin in einem Krankenhauszimmer. Vorher war ich … in dem Moment kommt alles schlagartig zurück.

Die Konfrontation mit Wright im Motel, die knappe Rettung der Kinder, das Messer in meinem Bein. Ich ziehe die dünne Decke zurück und stelle fest, dass mein Bein in einem Verband steckt, der den ganzen Oberschenkel einnimmt. Der Krankenhauskittel bedeckt nur das Nötigste und ich ziehe die Decke wieder zurück. „Kann ich noch eine Decke bekommen?", frage ich den Pfleger.

„Klar", sagt er und zwinkert mir zu.

Ich kneife die Augen zusammen, als er den Raum verlässt, und wende mich wieder an meine Chefin. „Was ist hier los?"

„Sie sind fast verblutet, das ist los", sagt sie. „Wäre der Krankenwagen nicht gleich um die Ecke gewesen, wären Sie auf dem Parkplatz gestorben." Sie zieht eine E-Zigarette aus der Tasche, zieht daran und bläst den Dampf nach oben und weg.

„Ich glaube nicht, dass man das hier drin darf."

„Sie haben meine Zigaretten mitgenommen, aber nicht meinen verdammten Pen", sagt sie, zieht einen der Stühle neben dem Bett heran und setzt sich. Sie steckt die Zigarette wieder in den Mantel, als der Pfleger mit einer Decke zurückkommt und sie über mich ausbreitet. Es fühlt sich etwas besser an, vor allem, wenn man bedenkt, dass ich unter dem Laken praktisch nackt bin. Warum müssen Krankenhäuser nur so … klinisch sein?

Der Pfleger lässt uns allein. Ich drehe mich um und schaue auf die Maschine, die meine Werte überwacht. Soweit ich das beurteilen kann, scheint alles im normalen Bereich zu liegen. „Wie lange war ich weg?"

„Etwa zwanzig Stunden. Sie mussten die Arterie flicken

und das Bein wieder zusammennähen. Sie haben außerdem festgestellt, dass Sie an einem Vitaminmangel leiden. Also haben sie Sie an den Tropf gehängt.“ Sie deutet auf den durchsichtigen Schlauch, der unter der Haut meiner rechten Hand zu einer Nadel führt.

Ich versuche, mit dieser Hand nach oben zu greifen, aber der Schlauch hält mich davon ab, sie zu weit zu bewegen. Stattdessen fahre ich mir mit der anderen Hand durch das Gesicht. „Ich fühle mich, als hätte mich ein Lastwagen überrollt.“

Janice holt den Pen wieder hervor. „Man hat mir gesagt, dass Sie morgen wieder auf den Beinen sind.“

Ich sehe sie an, diesmal wirklich. Sie trägt den üblichen schwarzen Hosenanzug, in dem ich sie immer sehe, weiße Bluse, keine Handtasche. Janice braucht nicht viele Accessoires. Alles, was sie nicht in ihre Anzugtasche stecken kann, nimmt sie einfach nicht mit. „Was machen Sie hier?“

Sie nimmt noch einen Zug. „Als ich gehört habe, dass einer meiner besten Agenten sterben könnte, dachte ich mir, dass ich besser vor Ort sein sollte. Sie wissen schon, für den Fall, dass Sie abtreten.“

Das bringt mich zum Grinsen. „Wir haben ihn. Gerade noch rechtzeitig, aber wir haben es geschafft.“

„Oh ja, das haben Sie“, sagt sie und lächelt dabei. „So ungern ich es tue, ich glaube, ich muss Sie für eine Belobigung vorschlagen.“

„Ich nehme an, das bedeutet, dass ich wieder in der Gunst des FBI stehe?“

„Also bitte, Sie sind so etwas wie ein Held. Dieser Fall war nicht einfach. Ich habe bereits mit Detective Coll gesprochen. Er hat nur Gutes über Sie zu sagen.“

Ich lege den Kopf zurück. „Das ist schön.“ Dann fallen sie mir schlagartig wieder ein. Wrights letzte Worte an mich. Ich kann nicht glauben, dass ich sie vergessen habe. Aber jetzt übermannen sie mich wieder, genau wie beim ersten Mal.

Ich werde Ihnen sagen, wie sie ihn getötet haben.

Matt starb an einem Herzinfarkt. Zumindest dachte ich das. Das hat mir der Gerichtsmediziner gesagt. Aber irgendwie weiß Wright von ihm. Er weiß, was ich durchgemacht habe. Wie ist das möglich? Ich setze mich wieder auf. „Wo ist Wright?"

Janice schüttelt den Kopf. „Sie haben ihn noch einmal operiert und versucht, den Schaden zu reparieren, den Ihre Kugeln angerichtet haben." Bevor ich protestieren kann, hält sie eine Hand hoch. „Verstehen Sie mich nicht falsch, ich hätte das Gleiche getan. Aber ich will diesen Mistkerl lebend, damit er vor Gericht kommt. Mit den Beweisen, die Sie bei ihm zu Hause gefunden haben, und seinen Taten im Motel werden die Geschworenen ihn auf jeden Fall verurteilen. Zara arbeitet gerade daran, ihn auch mit Laura Allens Tod in Verbindung zu bringen. Nichtsdestotrotz, Sie haben den Mistkerl erwischt."

Ich öffne den Mund, um ihr zu sagen, was er über Matt gesagt hat, zögere dann aber. Ich bin mir nicht sicher, ob jetzt der beste Zeitpunkt ist, es anzusprechen. Außerdem möchte ich erst einmal abwarten, was er sagt, und mich vergewissern, dass es nicht nur eine Art Trick ist. Wright hat Beziehungen, vielleicht versucht er, sie zu nutzen, um mich dazu zu bringen, nachsichtig mit ihm zu sein. Aber die Beweise werden für sich selbst sprechen. Wenn ich ihm sage, dass ich nichts tun kann, damit er nicht ins Gefängnis muss, werde ich sehen, ob er vielleicht seine Meinung ändert.

Stattdessen wechsle ich also das Thema. „Kurz vor meinem … Unfall … wollte ich Sie anrufen."

„Ach ja?", fragt sie mit einem Augenzwinkern.

„Ich erstatte Anzeige gegen Chief Burke. Er hat die Ermittlungen wissentlich und absichtlich bei jedem Schritt behindert. Er hat Ressourcen gekürzt, uns Informationen vorenthalten, die uns in dem Fall hätten helfen können, ganz zu schweigen von dem offensichtlichen Machtmissbrauch."

Sie nimmt noch einen Zug. „Ich habe einige Gerüchte gehört. Ich mochte diesen Mistkerl von dem Moment an nicht, als er versucht hat, Sie anzuschwärzen.“

Erleichterung überkommt mich. Ein kleiner Teil von mir dachte, dass er vielleicht einen Weg finden würde, damit durchzukommen. Zu meinem Glück ist Janice zwar hart, aber immer fair. Und sie wird nicht zulassen, dass jemand wie er bei der Polizei von Stillwater bleibt. Plötzlich fühle ich mich gestärkt, als ob ich neuen Atem bekommen hätte. „Wann werde ich entlassen?“

Sie zuckt mit den Schultern. „Haben Sie nicht gesagt. Wahrscheinlich heute oder morgen.“ Sie schaut auf ihre Uhr und steht wieder auf. „Ich muss zurück nach D.C. Aber vertrauen Sie mir, wenn ich sage, dass Sie die volle Autorität des FBI hinter sich haben. Schließen Sie die Sache hier ab und kommen Sie zurück. Wir brauchen Sie.“

Das sind die Worte, nach denen ich mich sehne, seit ich vor drei Monaten einen Fehler gemacht habe. Endlich wieder den Job zu haben, den ich liebe.

Janice grinst, dann versteckt sie ihre E-Zigarette wieder und legt eine beruhigende Hand auf mein unverletztes Bein. „Gute Arbeit, Agent Slate.“

Ich atme tief die kalte Luft ein, als ich aus dem Auto steige, eine Mappe unter den Arm geklemmt. Hinter mir steigt ein Team von vier FBI-Agenten aus D.C. aus ähnlichen, schwarzen Autos. Alle sind heute Morgen auf meinen Wunsch hin eingetroffen.

Es ist ein gutes Gefühl, zurück zu sein.

Ich habe es gestern Abend geschafft, aus meinem Krankenzimmer zu verschwinden, ohne allzu viel Aufsehen zu erregen. Sie wollten mich über Nacht zur Beobachtung behalten, aber das wollte ich nicht. Stattdessen traf ich mich mit Liam und wir besprachen unsere Strategie für heute. Er ist bereits auf dem Revier und diskutiert mit Burke, wobei er versucht, den Mann dazu zu bringen, zumindest die Formulare auszufüllen, aus denen hervorgeht, dass er Liam aufgrund eines hinreichenden Verdachts gefeuert hat, den er aber natürlich nicht hat.

In der anderen Hand halte ich eine Gehhilfe, was verdammt peinlich ist, aber wenn ich es nicht tue, dauert die Heilung doppelt so lange. Die Ärzte meinten, dass ich sie nur zwei bis drei Wochen lang benutzen muss, bis mein Bein wieder einigermaßen belastbar ist. Aber in Wirklichkeit mache ich mir die größten Sorgen wegen der Aikido-Stunden, die ich verpassen werde.

Ich gebe den Agenten ein Zeichen und wir gehen die Treppe zur Wache hinauf. Drinnen sitzt Trisha mit ihrem Buch in der Hand hinter der Plexiglasscheibe. Sie schaut mit großen Augen auf, als wir eintreten. Ich kann mir vorstellen, dass dieser Anblick für sie ziemlich einschüchternd ist. Ich deute auf die Tür und sie nickt, ohne mit der Wimper zu zucken.

Als es summt, öffne ich die Tür und führe die Agenten den Flur hinunter, wobei das Klacken unserer Schuhe auf dem Linoleum alle gleichzeitig aufschauen lässt.

Burkes Tür ist geschlossen, als wir uns nähern. Ich klopfe nicht einmal an, bevor ich sie öffne. Stattdessen reiße ich sie auf und sehe Burke, dessen Gesicht rot angelaufen ist, während er mit Liam streitet. Er schaut zu uns fünf auf und jede Farbe verschwindet aus seinem Gesicht.

„Chief William Burke", sage ich. „Ich verhafte Sie wegen Behinderung der Justiz, Manipulation von Beweismitteln und Verschwörung." Ich öffne die Mappe, ziehe den Haftbefehl heraus und zeige ihn ihm.

„Das können Sie nicht tun“, stottert er, immer noch bemüht, seine Macht zu behaupten. Aber dieses Mal wird es nicht funktionieren. Zwei der Agenten umkreisen den Schreibtisch.

„Nehmen Sie die Hände auf den Rücken“, sagt einer von ihnen. Burke sitzt einfach nur da und nimmt sie nicht einmal zur Kenntnis. Stattdessen starrt er mich wie gebannt an. Für einen kurzen Moment glaube ich, dass er sich zur Wehr setzen wird. Dass er vielleicht tatsächlich versuchen wird, sich aus dieser Situation herauszuschießen. Sein Blick fällt auf die Waffe an seiner Seite. Doch bevor er etwas unternehmen kann, nimmt Agent McCoy Burkes Kopf und schlägt ihn auf den Schreibtisch, was ihn aufstöhnen lässt. McCoy nimmt Burke die Waffe aus dem Gürtel, und er und Pearson fesseln ihm die Hände auf dem Rücken, bevor sie ihn hochheben und mir gegenüberstellen. Seine Miene zeigt reine Empörung und Zorn.

„Das ist noch nicht vorbei“, knurrt er mich an.

„Wollen Sie darauf wetten?“, frage ich. „Sie haben dreißig bis fünfzig Jahre vor sich, und bei Ihrem allgemeinen Gesundheitszustand glaube ich nicht, dass Ihnen so viel Zeit bleibt.“ McCoy und Pearson müssen ihn mit Gewalt aus dem Büro und den Flur hinunter ziehen, wobei er sich die ganze Zeit wehrt. Etwa auf halber Strecke gibt er schließlich auf, sein Körper wird schlaff und jeder Kampfgeist verlässt ihn. Liam und ich folgen ihnen, bis sie draußen sind, wo die lokale Presse bereits wartet und filmt, wie Burke auf den Rücksitz eines schwarzen Geländewagens gestoßen wird. Einen Moment später fahren die beiden SUV davon.

„Das war äußerst befriedigend“, meint Liam.

„Wem sagst du das.“

Er dreht sich zu mir um. „Verschwörung? Ich dachte, ihr erhebt nur zwei Anklagen gegen ihn.“

„Wir haben dieses kleine Bonbon heute Morgen hinzugefügt. Zara hat mich angerufen. Du wirst nicht glauben, was sie gefunden hat: eine Datenspur von Rex Fuller direkt zu William Burke. Fuller hat Burke bezahlt, damit die Ermittlungen beim ersten Mal eingestellt und die Vorwürfe wegen sexueller Übergriffe gegen ihn nicht untersucht werden. Burke wollte den Fall unbedingt unter Verschluss halten, weil er weiterhin Zahlungen von Fuller als Gegenleistung für sein Schweigen erhielt."

Liam bricht in schallendes Gelächter aus und ich glaube, ich höre ihn zum ersten Mal so lachen. „Oh Mann, alle hatten Fuller am Wickel! Wer hat den Kerl eigentlich nicht erpresst?"

„Das habe ich mich auch gefragt." Zum Glück werden die Beweise, die Zara gefunden hat, auch dafür sorgen, dass Fuller die nächsten Jahre hinter Gitter muss. Ihn erwartet eine ähnliche Reihe von Anklagen.

Liam wischt sich immer noch lachend die Augen und schaut dann zu dem Nachrichtenteam hinüber. Es ist dasselbe, das am Vorabend vor dem Motel war, mit derselben Reporterin. Ich kann mir nicht vorstellen, dass es in einer Stadt dieser Größe viele Journalisten gibt. „Woher wusste die Presse, dass sie hier sein sollten?"

Ich zucke mit den Schultern. „Wer weiß? Vielleicht hat ihnen jemand einen Tipp gegeben", meine ich augenzwinkernd.

„Dich sollte ich lieber im Auge behalten", antwortet er lachend. „Du spielst wirklich keine Spielchen."

Ich sehe zu, wie die SUV in der Ferne verschwinden. „Ich denke, wir können dir deinen Job zurückgeben. Ich würde sogar darauf wetten, dass der Bürgermeister dich dank deiner Hilfe bei dem Fall als neuen Interimschef bis zur nächsten Wahl in Betracht zieht."

Liam streckt abwehrend die Hände aus. „Oh, nein, bitte nicht. Ich habe genug von diesem lokalen Polizeikram. Ich meine, ich habe gern in diesem Fall geholfen, aber ich habe etwas Größeres im Sinn."

„Und was?"

„Nun, ich kann dir ja nicht den ganzen Spaß überlassen, oder?“

Ich denke einen Moment lang über seine Worte nach. „Warte, heißt das, du bewirbst dich beim FBI?“

Er nickt. „Ich glaube, es ist an der Zeit, dass ich endlich aus dieser Stadt verschwinde. Dass ich endlich etwas tue, was wirklich wichtig ist, verstehst du?“

„Ja“, sage ich und strahle vor Stolz. „Ich schreibe dir gern eine Empfehlung.“

„Oh, ich habe schon eine“, meint er grinsend.

Ich runzle die Stirn, bevor mir die Erkenntnis dämmert. „Zara?“

Er lacht wieder. „Sie hat es mehr als gern getan.“

„Ehrlich gesagt, glaube ich, dass sie in dich verknallt ist.“

„Sie kennt mich doch gar nicht.“

Ich werfe ihm meinen skeptischsten Blick zu. „Vertrau mir. Sobald sie deinen Namen kennt, weiß sie bereits *alles* über dich. Sie arbeitet nicht umsonst bei der Datenbeschaffung.“

„Das ist irgendwie unfair.“ Er schaut mir einen Moment in die Augen und ich spüre wieder diese unglaubliche Anziehungskraft tief in mir. Schließlich senkt er den Blick. „Aber vielleicht ist es so am besten.“

„Ja, vielleicht“, stimme ich zu. Ich bin dankbar, dass er nicht versucht, diese … Sache … zwischen uns zu erzwingen. Denn wenn er es täte, bin ich mir nicht sicher, wie lange ich ihm widerstehen könnte. Und im Moment muss ich mich konzentrieren. Er hat definitiv gehört, was Wright gestern über meinen Mann gesagt hat, aber er hat das Thema nicht angesprochen, und ich habe es auch nicht getan.

Ich muss erst herausfinden, was Wright weiß. *Dann* kann ich einen Plan aufstellen. Ich habe immer noch keine Ahnung, ob er gelogen hat oder nicht.

Ich schaue auf meinem Handy nach der Uhrzeit. „Ich muss zurück zum Motel und auschecken. Dann will ich mit

Wright sprechen, bevor er seinen Anwalt einschaltet. Falls es dafür nicht schon zu spät ist."

„Verständlich." Er streckt die Hand aus. „Ich schätze, wir sehen uns in D.C."

Ich nehme sie und schüttle sie kräftig. „Ich freue mich darauf."

Epilog

„Also, hast du alles gepackt?“, fragt Zara.

Ich starre auf das Telefon auf dem Nachttisch des Motels und verdrehe die Augen, obwohl sie mich nicht sehen kann. „Ich habe nur eine Tasche mitgebracht. Es gibt nicht viel zu packen.“

„Was ist mit den ganzen Fallnotizen?“, fragt sie.

„Sind schon im Auto“. Ich strecke die Arme über den Kopf und spüre dabei einen stechenden Schmerz im Bein. Es ist jetzt drei Tage her, dass ich aus dem Krankenhaus ‚entlassen‘ wurde. Ich soll zu einer Nachuntersuchung noch einmal dorthin kommen, was ich normalerweise ignorieren würde, wenn ich Wright nicht persönlich aufsuchen wollte. Er hat beide Operationen überstanden und es sieht so aus, als würde er sich vollständig erholen, auch wenn er noch ein paar Tage im Krankenhaus bleiben muss. Ich habe mir von der Polizei in Stillwater bestätigen lassen, dass er mit Handschellen an sein Bett gefesselt ist. Man hat mir versichert, dass er nicht entkommen wird, obwohl er hier so etwas wie eine lokale Sensation geworden ist. Diese Nachrichtensache ist ein zweischneidiges Schwert.

„Und morgen treffen wir uns zum Mittagessen, sobald du zurück bist."

Ich seufze. „Wenn es sein muss", sage ich, habe aber ein Lächeln auf den Lippen. „Weißt du, ohne deine Hilfe hätte ich das nie geschafft."

„Ich weiß. Und Janice auch. Sie hat mich für die Ausbildung zum Außendienst empfohlen."

„Wirklich? Das ist großartig!"

„Ja, ich bin deswegen ziemlich nervös. Aber zum Glück kenne ich jemanden, der das alles schon durchgemacht hat und mir genau sagen kann, wie ich bestehen kann", erklärt sie mit übertriebener Zuversicht.

„So funktioniert das nicht. Es ist nicht nur ein Test, auf den man die Antworten kennen muss. Sie werden dich in Echtzeit auf deine Fähigkeiten testen."

„Dann sollten wir vielleicht ein paar Nachhilfestunden vereinbaren, in denen du mir einige Beispiele zeigst. Du weißt schon, nur um mich vorzubereiten."

Ich stopfe meine Sachen tiefer in die Tasche, damit sie sich schließen lässt. „Ich schätze, das bin ich dir schuldig."

„Ich meine, ich habe auf deinen Hund aufgepasst, während du weg warst, wobei ich überlege, ihn selbst zu adoptieren."

„Das wirst du nicht", meine ich lachend. „Er liebt mich zu sehr. Ich will einfach nur nach Hause kommen und mich auf der Couch entspannen, während er zu meinen Füßen einschläft."

„Von wegen. Ich werde nicht zulassen, dass du dich weiter vergräbst. Du kannst vielleicht alle anderen täuschen, aber ich kenne alle deine Geheimnisse."

Ich lache. „Okay, ich bin auf dem Weg zu meiner Untersuchung und zu einem Gespräch mit unserem Freund Wright, bevor er nach D.C. verlegt wird."

„Fahr vorsichtig!", ermahnt sie mich. „Und wir sehen uns, wenn du zurück bist."

Ich nicke, beende das Gespräch, stecke das Telefon in meinen Mantel, schnappe mir meine Tasche und sehe mich ein letztes Mal im Zimmer um. Es war nicht der schönste Ort, aber ich konnte hier meine Arbeit erledigen, und das war alles, was ich wirklich brauchte. Janice hatte wohl wirklich gewusst, was sie tat, als sie mich mit diesem Fall beauftragte.

Als ich zurück zum Stillwater Medical Hospital fahre, muss ich daran denken, wie viel Glück wir hatten, den Fall zu lösen. Jetzt, da Wright für den Rest seines Lebens ins Gefängnis muss, haben seine Kinder die Chance auf ein neues Leben, auch wenn es nicht leicht sein wird. Sie sind beide traumatisiert von dem, was sie durch die Person, der sie am meisten vertraut haben, erleiden mussten, und es wird viel Liebe, Geduld und Zeit brauchen, aber am Ende wird es ihnen gut gehen. Ich habe mit dem Sozialamt gesprochen, das sich bemüht, ein gemeinsames Zuhause für die beiden zu finden, das ihren besonderen Umständen Rechnung trägt. Leider haben sie keine anderen Angehörigen, da sowohl Victoria als auch Gerald – nein, Joes Eltern – tot sind.

Ich habe Sheriff Parks sämtliche Informationen zu dem Fall weitergegeben und ihm mitgeteilt, dass wir Laura Allens Mörder gefunden haben. Er hat mir bereits gesagt, dass sowohl ihre Eltern als auch ihre Schwestern zur Verhandlung nach D.C. kommen werden.

Ich kann es ihnen nicht verdenken.

Ich frage mich, wie viele andere Opfer es da draußen gibt, von denen wir nichts wissen. Das ist einer der Hauptgründe, warum ich Janice überzeugen konnte, mir etwas Zeit mit Wright zu gewähren, bevor er in offiziellen Gewahrsam genommen wird. Der eigentliche Grund, warum ich ihn sehen muss, ist jedoch, dass ich wissen muss, woher er von Matt weiß und ob seine Informationen mir weiterhelfen. Ist das hier nichts weiter als ein Versuch, mich zu manipulieren, damit ich ihm helfe? Oder hat er wirklich Informationen?

Ich kann nicht glauben, dass er tatsächlich etwas Wertvolles weiß. Ich meine, es ist ja nicht so, dass er wusste, wer ich war, bevor ich nach Stillwater kam, also woher sollte er überhaupt von Matt wissen? Meine Theorie ist, dass er einen Teil seiner Macht und seines Einflusses genutzt hat, um Details über mein Leben auszugraben, als wir ihn genauer unter die Lupe nahmen, damit er einen Trumpf in der Hand hat. Alles, was er braucht, ist der Anschein eines Druckmittels, aber Tatsache ist, dass ich bereits weiß, dass das Blödsinn ist. Niemand hat meinen Mann getötet; er starb an einem gemeinen Herzinfarkt, trotz seines jungen Alters. Das passiert selten, kommt aber vor. Und eines kann man mir glauben, ich habe nach seinem Tod viel über dieses Phänomen recherchiert.

Eine Zeit lang war ich geradezu davon besessen.

Ich fahre auf den Parkplatz des Krankenhauses und bemerke die Menschenmenge, die sich in der Nähe des Eingangs versammelt hat. Viele von ihnen halten Schilder in die Höhe, auf denen sie gegen Wrights Anwesenheit protestieren. Die allgemeine Reaktion der Öffentlichkeit ist sehr negativ. Die Einwohner von Stillwater wollen ihn so schnell wie möglich loswerden und scheuen sich nicht, ihre Meinung lautstark kundzutun. Draußen steht auch derselbe Nachrichtenwagen, der an dem Abend vor Ort war, als wir ihn festgenommen haben, und an dem Tag, als Chief Burke verhaftet wurde.

Als ich mich auf die Menge zubewege, bemerkt mich die Reporterin. Das ist auch nicht allzu schwer, da ich hier die einzige Person Mitte zwanzig bin, die einen Stock benutzt. Ihre Augen leuchten auf und sie kommt zu mir herüber, dicht gefolgt von ihrem Kameramann.

„Agent Slate“, ruft sie. „Schön, Sie hier zu sehen. Wie geht es Ihnen?“

Ich werfe einen Blick auf die Kamera und sehe, dass die kleine rote Lampe leuchtet. „Kein Kommentar“, sage ich und gehe an ihnen vorbei.

„Wie wäre es mit ein paar kurzen Fragen?“, hakt sie nach. „Wie war das, als Ihnen endlich klar wurde, dass Gerald Wright der Mann war, den Sie gesucht hatten?“

Ich ignoriere sie und gehe weiter.

„Bedauern Sie, dass Sie ihn nicht früher gefunden haben? Soweit ich weiß, haben Sie ihn zweimal aufgesucht, bevor Sie zu dem Schluss kamen, dass er Ihr Verdächtiger ist. Darf ich fragen, warum das so lange gedauert hat?“

Ich spüre die Hitze in meinen Wangen aufsteigen. Aber ich muss einen kühlen Kopf bewahren. Ich habe gerade die Sache mit dem FBI geklärt. Das kann ich jetzt nicht durch ein schlampiges Interview gefährden.

„Ich bin nur zu einer Nachuntersuchung meiner Verletzung hier“, sage ich und versuche, das Tempo zu erhöhen, aber der Stock hindert mich daran. Ich werde schnelles Gehen nie wieder als selbstverständlich ansehen.

„Sind Sie sicher, dass Sie alle seine Opfer gefunden haben?“, will sie wissen, als ich die Eingangstür erreiche. Am liebsten würde ich mich umdrehen und ihrem Mitarbeiter die Kamera mit dem Stock aus den Händen schlagen. Vor allem, nachdem ich ihnen den Tipp wegen Burke gegeben habe. Das war eine große Story für sie. Aber das ist nie genug; sie sind immer auf der Jagd nach der nächsten großen Geschichte. Die Medien sind unersättlich.

Ich drehe mich auf dem Absatz um und schaue der Frau direkt in die Augen. „Ich wünsche Ihnen einen schönen Tag“, sage ich und bemühe mich um einen zuckersüßen Ton. Sie verzieht die Lippen zu einem Strich und mustert mich mit zusammengekniffenen Augen, als ich das Foyer des Krankenhauses betrete. Ich weiß, dass sie eine kurze Sekunde lang dachte, sie würde tatsächlich etwas von mir bekommen.

Jetzt muss ich nur noch hoffen, dass Wright nicht so stur ist wie ich.

Ich gehe an der Rezeption vorbei und mache mich auf den Weg zum Aufzug. Mein Termin ist im zweiten Stock, aber ich weiß, dass Wright im vierten Stock liegt. Ich soll ihn eigentlich erst nach meinem Besuch bei Dr. Naraki treffen, aber meine Neugierde ist einfach zu groß. Seit diesem Abend habe ich an nichts anderes mehr gedacht. Und auch wenn ich weiß, dass dieser Mann ein geübter Lügner ist, muss ich ihm ins Gesicht sehen und ihn befragen. Ich muss wissen, was er weiß.

Und da auch er meine Hilfe zu benötigen scheint, bin ich zuversichtlich, dass ich Erfolg haben werde. Aber gleichzeitig werde ich im selben Raum mit jemandem sein, der keine Skrupel hat, zu töten, um zu bekommen, was er will. Das absolut Schlimmste vom Schlimmsten.

Meine Hand schwebt über der Taste ‚2', aber dann drücke ich stattdessen die ‚4'. Ich stütze mich auf den Gehstock und atme tief ein. Naraki kann warten. Und falls er es nicht kann: Ich brauche die Untersuchung sowieso nicht. Mein Bein fühlt sich bereits stärker an und ich bin mir ziemlich sicher, dass ich den Stock in ein paar Tagen nicht mehr brauche.

Die Türen öffnen sich im vierten Stock und ich stehe einer jungen blonden Frau in einem schwarzen Trenchcoat gegenüber, die kaum älter als ich ist. Sie schenkt mir ein süßes Lächeln, als sie mir erlaubt, aus dem Aufzug zu steigen, bevor sie eintritt. Sie sieht mich an, als würde sie mich kennen, aber ich erkenne ihr Gesicht nicht.

Ich schüttle den Gedanken ab und gehe den Flur entlang zu Wrights Zimmer. Doch bevor ich fünf Schritte machen kann, blinkt ein blaues Licht über meinem Kopf und auf dem Flur ertönt ein Alarm. Plötzlich herrscht ein reges Treiben um mich herum: Krankenschwestern und Pfleger eilen vorbei, einige schnappen sich einen Notfallwagen und laufen den Flur hinunter. Während ich dem Personal zuschaue, dreht sich mir der Magen um und ich stürme selbst den Flur hinunter. Ich stolpere fast und hätte fast den Stock verloren, aber es gelingt mir, mich an einem der Geländer an der Wand festzuhalten und mich zu stabilisieren. Ich beobachte entsetzt, wie alle

Krankenschwestern in Zimmer vier-fünfundzwanzig eilen, das Zimmer, in dem Wright liegt. Draußen steht ein leerer Stuhl, auf dem ein Polizeibeamter aus Stillwater Wache halten sollte. Ich schaue mich um und sehe, wie ein Beamter von der anderen Seite den Flur hinunter eilt.

„Wo waren Sie?“, schreie ich ihn an, während ich mich auf den Weg zur Tür mache.

„Ich musste auf die Toilette“, sagt er. „Die Krankenschwester war gerade hier, ich habe sie reinkommen sehen!“

Ich betrete den Raum und sehe Wright auf seinem Bett liegen, seine Augen sind glasig, während acht Leute an ihm arbeiten. Der Monitor an der Seite des Bettes zeigt mir, was ich schon weiß: Er ist weg. Die Krankenschwestern sind bei ihrer Arbeit erstaunlich organisiert und ich bekomme alles mit, was sie sagen, während sie versuchen, Wright zurückzuholen. Aber je mehr Sekunden vergehen, desto klarer wird mir, dass es hoffnungslos ist; nichts von dem, was sie tun, hat irgendeine Wirkung.

„Er hat einen Herzstillstand erlitten“, sagt eine der Krankenschwestern, und sofort fühle ich mich in den Moment vor drei Monaten zurückversetzt, als ich dastand und mir die Tränen über das Gesicht liefen, während eine Menge Leute meinen Mann versorgten und alles in ihrer Macht Stehende taten, um ihn wiederzubeleben.

Alles spielt sich genau so ab.

Die verstohlenen Blicke auf ihren Gesichtern. Sie wissen, dass es hoffnungslos ist, tun aber trotzdem, was sie können.

Wrights schlaffer Körper, der bereits zu verwesen beginnt, während die Ärzte und Krankenschwestern ihm einen Elektroschock nach dem anderen verpassen, um ihn zurückzuholen.

Es wird nicht funktionieren. Er ist weg. Sie werden seine Augen schließen und die Uhrzeit notieren.

Und dann werden alle gehen, ihre Arbeit ist getan. Und ich werde wieder einmal allein zurückgelassen.

Ich denke wieder an die Frau im Aufzug. Die, die aussah, als würde sie mich kennen. Und jetzt, wo ich darüber nachdenke, könnte sie unter dem Trenchcoat einen Kittel getragen haben.

Ich humple zurück in den Flur, zu dem Polizisten, der seinen Posten wieder eingenommen hat, obwohl das inzwischen völlig nutzlos ist. „Die Krankenschwester, die Sie gesehen haben, war blond?" Er nickt. „Sie hat sich verkleidet und trägt einen schwarzen Trenchcoat. Finden Sie sie!"

Er rennt den Flur entlang und schreit in sein Funkgerät.

Ich folge ihm, aber als ich mit dem Aufzug zurück ins Erdgeschoss fahre und ihn am Eingang finde, ist von der Frau nichts mehr zu sehen.

Wright hat also nicht nur versucht, mich zu manipulieren. Er wusste, dass jemand hinter ihm her sein würde. Genauso wie er wusste, dass mein Mann keines natürlichen Todes gestorben war.

Auf was zum Teufel bin ich da gerade gestoßen?

Das Ende?

Fortsetzung folgt …

Möchtet ihr mehr über Emily lesen?

Als die Tochter eines Bundesrichters spurlos verschwindet, ist es die Aufgabe der kürzlich rehabilitierten FBI-Agentin Emily Slate, sie zu finden. Nur dass Emily nicht ahnt, welche Gefahren am Rande dieses außergewöhnlichen Falles lauern.

Special Agent Emily Slate ist auf der Jagd. Nach ihrer Rückkehr aus Stillwater wird sie mehr denn je von den Geistern der Vergangenheit heimgesucht. Geister, von denen sie glaubte, sie hätte sie zum Schweigen gebracht, tauchen plötzlich wieder auf, und die einzige Person, die ihre Fragen beantworten kann, ist fort.

In der Zwischenzeit wird die Tochter eines Bundesrichters als vermisst gemeldet, und es liegt an Emily, sie zu finden. Als sie die Ermittlungen aufnimmt, entdeckt sie einen cleveren Kopf, der gegen sie arbeitet, und jede Minute, die vergeht, könnte bedeuten, dass es für seine Opfer zu spät ist.

Findet heraus, was in *The Collection Girls* passiert und KLICKT HIER, um euch euer Exemplar zu sichern!

KLICKT HIER oder scannt den Code weiter unten, um THE COLLECTION GIRLS zu erhalten!

· · ·

KOSTENLOSES Buchangebot!

Was ist in Emilys Leben schief gelaufen?

Ich hoffe, euch hat *Sein perfektes Verbrechen* gefallen. Die tragischen Umstände des Todes ihres Mannes sind euch inzwischen bekannt. Wenn ihr jetzt erfahren wollt, was in den Tagen nach seinem Tod mit Emily geschah und warum sie fast aus dem FBI geflogen wäre, dann habt ihr Glück! *Her Last Shot* stellt Emily vor und erzählt die Geschichte des Falls, der beinahe ihre Karriere beendet hätte. Interessiert? Dann KLICKT HIER für ein KOSTENLOSES Exemplar!

Nirgendwo sonst erhältlich!

Außerdem erfahrt ihr als Erste, wann der nächste Band der Emily-Slate-Reihe erscheint!

Ladet euch HIER das kostenlose Leseexemplar herunter oder scannt den unten stehenden Code!

Bücher von Alex Sigmore

Die Emily Slate FBI Mystery Serie

Kostenloser Prequel - Ihr letzter Schuss (Emily Slate Bonus-Geschichte)

Sein perfektes Verbrechen - (Emily Slate Serie Buch Eins)

Die Mädchensammlung - (Emily Slate Serie Buch Zwei)

Rauch und Asche - (Emily Slate Serie Buch Drei)

Ihre letzten Worte - (Emily Slate Serie Buch Vier)

Man kann sie nicht verfehlen - (Emily Slate Serie Buch Fünf)

Die verlorene Tochter - (Emily Slate Serie Buch Sechs)

Die geheimen Sieben - (Emily Slate Serie Buch Sieben)

Das Grab eines Lügners - (Emily Slate Serie Buch Acht)

Das Mädchen in der Wand - (Emily Slate Serie Buch Neun)

Sein letzter Akt - (Emily Slate Serie Buch Zehn)

Die verschwindenden Augen - (Emily Slate Serie Buch Elf)

Am Rande des Waldes - (Emily Slate Serie Buch Zwölf)

Die fehlenden Knochen - (Emily Slate Serie Buch Dreizehn)

Ein Brief von Alex

Ich hoffe, euch hat *Sein perfektes Verbrechen* gefallen. Mein Wunsch ist es, euch eine fesselnde Geschichte zu bieten, die euch auch noch nach dem letzten Satz zufriedenstellt. Aber als neuer Autor hat man es in diesem Geschäft nicht leicht. Eure Unterstützung leistet den entscheidenden Beitrag. Schließlich seid ihr der Grund, warum ich schreibe!

Da ich weder über ein großes Budget noch über eine große Fangemeinde verfüge, nehmt euch bitte die Zeit, um eine Rezension zu hinterlassen oder das Buch einem anderen Bücherfreund zu empfehlen. Damit wird sichergestellt, dass ich in Zukunft noch viele weitere Bücher der *Emily-Slate-Serie* schreiben kann.

Danke, dass ihr so treue Lesende seid und mir eine Chance gebt.

Alex

Printed in Poland
by Amazon Fulfillment
Poland Sp. z o.o., Wrocław

47074138R00170